삶에 대한 생각

Thoughts on Life

저자 正岩 양태승

목 차

삶에 대한
생각

인간의 본성에 대해서는 오래전부터 다양한 논의가 이어져 왔다.

인간은 본래 선하게 태어난다고 주장한 맹자(孟子)의 성선설이 있는가 하면, 태어날 때부터 악하다고 본 순자(荀子)의 성악설도 전해진다.

이러한 논쟁은 인간이 어떤 존재인가를 묻는 철학적 질문일 수 있지만, 필자는 인간을 처음부터 선하거나 악한 존재로 규정하기보다는, 어떤 환경 속에서 어떤 삶을 살아왔는가에 따라 인성이 형성된다는 "성무설(性無說)"을 주장하고 싶다.

사람은 태어날 때 아무것도 정해지지 않은 채 세상에 나오고, 성장 과정에서 보고 듣고 겪는 경험을 통해 생각의 방향과 삶의 기준을 만들어 간다.

부정적인 말과 행동을 가까이에서 보며 자란 아이는 세상을 의심하여 경계하게 되고, 성실하게 살아가는 어른의 모습을 보며 자란 아이는 삶을 진지하게 여기고, 폭넓은 생각으로 상대를 조금이라도 더 신뢰하게 될 것이다.

결국 한 사람의 인격은 타고난 성향보다 그를 둘러싼 환경과 관계 속에서 서서히 빚어지는 결과라 할 수 있다.

이러한 생각은 필자의 삶과도 깊이 맞닿아 있다.

돌이켜보면 나 역시 가난과 불안 속에서 오랜 시간을 보내야만 했다.

가진 것은 없었고, 하루 앞을 내다보기조차 쉽지 않은 시절이 계속되었다.

그럼에도 불구하고 그 시간 속에서 마음속으로 놓지 않으려 했던 것이 하나 있다면, 적어도 부끄럽지 않게 살아야겠다는 생각이었다.

눈앞의 이익보다는 정직을 택하려 했고, 빠른 길보다는 돌아가더라도 바른 길을 가고자 애써 왔다.

그 힘들고 어렵던 시간들은 당장 눈에 띄는 변화를 가져다주지는 않았지만, 흔들리지 않는 삶의 기준이 되었고, 결국 지금의 나를 이끄는 바탕이 되었다.

이 책을 쓰게 된 이유는, 정의롭고 상식이 통하는 사회를 바라는 마음에서 우리 사회의 불의와 불공정을 조금이라도 정화하고, 동시에 너무 당연하게 여기며 지나쳐 온 가치들을 다시 돌아보고, 아울러 미처 그 고마움을 느끼지 못한 시간들을 되짚어 보고도 싶었기 때문이다.

평생을 살아오며 느끼고 경험하고 배워온 것들을 돌아보면서, 삶과 인간을 사랑하는 마음에는 저마다의 고귀함과 의미가 있음을 새삼 깨닫게 되었다.

여러 가지 핑계로 그간의 생활이 타성에 젖어서 배움을 게을리 하게 되는 현실에서 급변하는 시대의 흐름을 미처 따라가지 못하고 있음은 매우 안타까운 일이다.

오늘날 우리는 정보가 넘쳐나는 시대에 살고 있다.

인터넷과 인공지능을 통해 많은 답을 빠르게 얻을 수는 있지만, 그 정보들을 어떻게 이해하고 활용할 것인지는 여전히 각자가 배워가야 할 몫이다.

무엇이 옳은지, 무엇을 물어야 하는지를 판단하는 힘이 없다면 정보는 오히려 혼란이 될 수도 있다.

그래서 필자는 여전히 생활에서 얻어야 할 것들은 책을 읽고 생각을 쌓아 가는 일이 삶의 중심에 있어야 한다고 믿는다.

이 책에는 고령화 사회로 접어든 오늘날, 50대 이후의 세대가 배움을 멈추지 않고 삶의 주도권을 지키며 살아가기를 바라는 마음도 담았다.

잠시의 재미보다는 삶에 도움이 되는 생각과 성찰을 전하고자 했고, 바쁜 일상 속에서도 책을 펼치는 독자의 시간이 헛되지 않기를 바라는 마음으로 이 글을 써 내려갔다.

이 글을 읽는 그대가 자신의 삶을 천천히 돌아보고, 스스로의 기준을 세우며, 활기차고 의미 있는 인생을 살아가는 데 길잡이가 되기를 진심으로 바란다.

2026. 3.

삶에 대한 생각
저자 正岩 양태승

제1부

삶의 기초

관계

인간은 혼자가 아니라 관계 속에서 만들어진다

1 관계의 출발

인간은 태어나는 순간부터 관계 속에서 삶을 시작한다.

부모와 형제, 혈연으로 이어진 가족, 그리고 태어난 지역과 환경은 스스로 선택할 수 없는 조건들이다.

이러한 관계는 개인의 의지와 무관하게 주어지며, 인생의 출발선에서 이미 정해진 요소들이라고 할 수 있다.

그래서 인간 삶의 상당 부분은 노력이나 선택 이전에 자신의 '운명'이라는 말로 설명되기도 한다.

그러나 모든 관계가 처음부터 정해진 것은 아니다.

어떤 관계는 스스로 선택해서 맺어지고, 어떤 관계는 우연한 계기로 시작된다.

또 원하지 않아도 유지해야 하는 관계가 있는가 하면, 시간이 흐르면서 자연스럽게 멀어지는 관계도 있다.

인간의 삶은 이처럼 다양한 관계들이 얽히고 풀리면서 이어진다.

사람은 태어나자마자 가족이라는 작은 공동체에 속하게 되고, 두 돌을 지나 유치원에 들어가면서 처음으로 사회적 관계를 경험한다.

그곳에서 만나는 선생님과 또래 친구들이 첫 번째 사회적 관계가 된다.

이 시기부터 사람은 타인의 시선과 반응을 통해 자신을 인식하고, 관계 속에서 살아가는 법을 배워 나간다.

심리학에서는 처음 보는 사람에 대해 짧은 시간 형성되는 첫 인상을 '초두효과'라고 한다.

외모나 말투, 표정과 분위기 같은 인상은 상대에 대한 전반적인 평가를 좌우하게 되는데 이 판단은 몇 초 만에 이루어지지만, 이후의 관계에 오래도록 영향을 미친다.

첫인상이 좋으면 시간이 지나 단점이 드러나더라도 비교적 관대하게 받아들이는 경우가 많다.

반대로 첫인상이 좋지 않으면, 이후에 장점을 보이더라도 처음 느꼈던 감정을 바꾸기가 쉽지 않다.

'초두효과'를 잘 활용하는 대표적인 공간이 백화점이다.

1층 출입구에 명품 브랜드를 배치해서 고객의 시선을 끌거나, 좋은 향기로 후각을 자극해서 구매를 유도하는 것 역시 일종의 관계적 상술이라 할 수 있다.

사람은 긍정적인 기억보다 부정적인 기억을 더 오래 간직하는 경향이 있는데,

특히 자신을 불편하게 대했던 사람에 대해서 더 주목하고 경계하게 된다.

이 때문에 인간관계는 단순한 감정만으로 유지될 수 없으며, 균형과 절제가 필요하다.

관계는 순간의 감정이 아니라, 오랜 시간 쌓여 온 태도와 책임 속에서 형성되며, 그것은 한 사람의 인생에서 사람과 사건, 선택을 잇는 연결 고리 역할을 한다.

그래서 인간관계는 단순히 맺는 것만으로 끝나지 않고, 어떻게 대하고 어떤 기준을 유지하느냐에 따라서 삶의 방향이 달라질 수 있다.

관계는 단순한 만남이 아니라, 한 사람의 인격과 삶의 방향을 결정짓는 가장 강력한 환경이라 할 수 있다.

2 가족 교육 인연

관계는 삶의 주변에 머무는 요소가 아니라, 인생의 중심에 놓여 있다.

사람은 관계 속에서 형성되고, 그렇게 만들어진 인연들이 결국 자신의 운명을 만들어 간다.

친족 관계는 더욱 복잡하다.

부모와 형제자매는 피로 맺어진 운명 공동체로, 끊을 수 없는 절대적 관계이기에 좋든 싫든 각자의 자리에서 도리를 다하며 살아가야 한다.

부모가 부자라고 하여 효를 다해야 하는 것도 아니고, 가난하다고 무시해서는 안 된다.

부모와 자식, 형제 사이의 관계 역시 감정이 아니라 책임과 기준 위에서 유지되어야 하며, 서로를 원망하거나 지나치게 의지하거나 하대해서도 안 된다.

우리 동네에 한때 돈을 잘 벌던 박수무당이 살았다.

늦게 본 자식이 너무 귀했던 나머지, 어린 시절부터 원하는 것은 무엇이든 다 들어주며 키웠다.

그 아이는 고등학교 다닐 때 외제 스포츠카를 타고 학교에서 힘 꽤나 쓰더니, 졸업 후에는 건달이 되어서 부모 속을 무던히도 썩였다.

결국 큰 죄를 짓고 평생을 감옥에서 보내게 되었다.

부모가 자식을 사랑하는 것은 당연하겠지만, 사랑이 지나치면 오히려 독이 될 수 있다.

좋은 옷을 차려입고 겉치레만 가꾼다고 인품이 훌륭해지는 것은 아니다.

행색이 초라하고 투박해 보이며 성격이 거칠어도, 내면의 성품이 시원시원하고 약속을 잘 지키며 정직한 사람이, 겉만 번지르르한 신사보다 오히려 인성이 좋을 수 있다.

사람을 겉모습만 보고 판단해서는 안 되는 이유이다.

누군가와 관계를 맺을 때는 늘 신중해야 한다고 말은 하지만, 사람의 속을 들여다볼 수는 없는 것이다.

그래서 사람들은 종교에 의지하여 신께 기도하고, 조상님께 제사를 지내는지 모른다.

인연의 중요성을 예로 들자면, 만약 내가 소유한 건물에 입주한 음식점 주인이 솜씨가 좋고 사업 수완이 뛰어나서 식당이 오래도록 번창한다면, 건물주에게는 삶에 도움이 되는 큰 축복이 될 것이다.

반대로 식당 사장이 모나고 자기 욕심만 부리며 인색하고, 음식 맛도 없고 손님을 함부로 대하면서 자리 탓만 한다면, 그 관계는 결국 양쪽 모두를 불편하게 만들 것이다.

"세 살 버릇 여든 간다"는 말이 있다.

유년 시절에 보고 배우며 체득한 것들은 성인이 되어서도 습관이 되어 인격을 형성하고 인성을 쌓아 가는 토대가 된다.

그렇기에 유아기와 아동기의 학습과 환경은 무엇보다 중요하다.

아동 역시 성인과 마찬가지로 자신과 취미나 성향이 비슷한 사람에게 친밀감을 느끼고 쉽게 가까워지며, 자연스럽게 닮아 가려는 경향을 보인다.

이 과정에서 경쟁의식 또한 함께 형성된다.

성장 과정에서 어떤 일에 집중해서 좋아하고 관심을 갖고 쉽게 싫증 내지 않으며 오랫동안 몰두하고, 그 활동 자체를 즐기고 잘해 나가는 능력을 우리는 재능이라고 한다.

유소년 기는 삶의 기초를 다지고 관계를 확장해 나가며 인격을 형성하고, 재능을 발굴해서 밝고 건강한 사회인으로 성장하기 위한 초석을 다지는 시기이다.

따라서 유년기와 청소년기에는 폭넓은 지식과 사회적 관계를 경험하도록 도와서 웅대한 포부와 의욕을 품을 수 있도록 해야 한다.

반대로 가르침이 잘못되거나 폭력이 난무한 불안한 관계 속에서 성장하게 되면 인격 형성에 문제가 생길 수 있다.

아이가 정당하지 못한 행동을 해도 지적하지 않은 채 방치한다면, 뚜렷한 목적 없이 희망과 포부를 상실하게 되는데, 이는 개인의 불행일 뿐 아니라 사회적으로도 큰 손실이 된다.

영국 속담에 Being too close to the wrong people can ruin you 라는 말이 있다.

"잘못된 사람과 너무 가까이하면 당신도 망칠 수 있다"는 뜻으로, '유유상종'이나 "친구 따라 강남 간다"는 말과도 상통한다.

좋은 인성을 지닌 친구를 만나 보다 폭넓고 풍요로운 삶을 추구해야 한다.

"실패는 성공의 어머니다"라는 속담이 있다.

이는 젊었을 때의 실패를 두려워할 필요가 없다는 의미이다.

해 보지도 않고 안 될 것이라고 단정해 버리면 자신감 결여로 이어지고, 결국 무기력에 빠질 수 있다.

가장 두려워해야 할 것은 실패 그 자체가 아니라, 실패를 두려워해서 포기해 버리는 마음이다.

유소년 자녀를 둔 부모는 살아가는 방법과 태도를 말이 아니라 행동으로 보여 주어야 한다.

자녀의 심리 상태와 행동을 유심히 살피고, 정서적으로 안정된 가정을 꾸려 가는 것이 무엇보다 중요하다.

비싼 과외 수업보다 부모의 바른 생활 태도와 다정한 말 한마디로 배려와 사랑을 전하는 것이 더 좋은 교육이 될 수 있다.

삶을 풍요롭게 하기 위해서는 타고난 재능과 지능을 발견하는 일이 중요하다.

이를 위해 하버드대학교의 하워드 가드너 박사는 '다차원적 지능 이론'을 연구했는데, 이는 개인이 지닌 다양한 재능의 영역을 이해하는 데 도움을 준다.

자녀가 어떤 재능을 지니고 있는지, 타고난 강점이 무엇인지, 잘할 수 있으면서도 즐겁게 몰두할 수 있는 일이 무엇인지를 찾는 것은 일생을 살아가는 데 있어 매우 중요한 과정이다.

다차원적 지능 이론은 지능의 특성 영역을 크게 여덟 가지로 구분한다.

언어 지능, 논리·수학 지능, 공간 지능, 음악 지능, 신체·운동 지능, 대인관계 지능, 내적 지능, 자연 지능이 그것이다.

예를 들어 말주변이 좋고 사람을 설득하는 능력이 뛰어나며 재치 있게 언어를 구사한다면 언어 지능이 발달한 경우로, 정치가나 교수, 변호사와 같은 직업적 소질을 지녔다고 볼 수 있다.

계산과 수학에 능하고 논리적으로 사물을 파악하며 숫자에 소질이 있다면 논리·수학 지능이 뛰어난 것으로, 과학자나 공학 분야로 진출할 가능성이 크다.

공간 지능은 시각적 감각과 공간 배치 능력과 관련되어 있어 실내 장식, 시각 디자인, 사물 배치, 상품 디자인, 제품 발명과 같은 분야에서 두각을 나타낼 수 있다.

노래와 음악에 소질이 있다면 가수나 예능인, 탤런트로서의 재능이 있는 것이고, 신체·운동 지능이 뛰어난 사람은 운동선수나 체육계로 나갈 수 있다.

사람들과의 관계가 원만하고 누구와도 잘 어울리며 설득력이 뛰어나다면 대인관계 지능이 발달한 것으로, 정치·외교 분야나 사회 지도자로서의 소질이 있다 할 수 있다.

내적 지능이 뛰어나 자기 성찰을 잘하고 목표를 세워 이를 성취하는 능력이 탁월하다면 기업 경영이나 프리랜서로 성공할 가능성이 높다.

또한 자연 친화력이 뛰어나서 동식물을 사랑하고 보호하는 성향 역시 타고난 지능과 재능에 속해, 자연을 가꾸는 일이나 동물 관련 사업, 수의사와 같은 분야로 진출할 수 있다.

요즘 우리 교육 제도는 창의적인 인재 양성을 목표로 점차 개선되어, 경쟁 우위를 강조하기보다는 개인의 능력을 발굴하고 재능을 키워 주는 방향으로 변화하는 추세를 보이고 있다.

이러한 재능과 지능을 어릴 때 발견하지 못하면 제대로 활용하지 못할 수도 있으므로, 부모의 꾸준한 관심과 세심한 관찰이 필요하다.

부모들은 종종 "우리 아이는 잘하는 게 없어"라고 푸념하기도 한다.

반대로 유아기에는 부모의 눈에 자기 아이가 다른 집 아이보다 무엇이든 잘하는 것처럼 보이고, 천재이거나 유난히 영특해 보이는 편견을 갖기도 한다.

대부분의 부모가 겪는 일이기에 냉철한 판단이 요구된다.

유소년기에 재능을 발견하지 못한 채 부모의 뜻에 따라 적성에 맞지 않는 선택으로 진로를 정하게 되면, 직장 생활이나 사회생활에서 하기 싫은 일을 억지로 하게 되어 소심해지거나 의욕을 잃을 수 있다.

또한 대인관계에 적응하기 어려워지고, 가족 간 소통에서도 문제를 겪을 가능성이 커진다.

그러므로 적성과 재능에 맞는 일을 찾아서 진로를 정하는 것이 중요하다.

3 선택과 성찰

성장할수록 인간관계는 주어지는 것이 아니라, 스스로 선택하고 책임 져야 할 삶의 과제가 된다.

나이가 들수록 본인 스스로 관계를 결정하는 빈도는 점점 많아진다.

새로운 사람을 사귀고, 독립해서 살아갈 곳을 선택하며, 취미나 운동, 배우자를 정하는 일들 모두가 새로운 관계를 형성하는 결정들이다.

관계는 나이가 들수록 주어지는 문제가 아니라, 선택의 문제가 된다.

부모가 자녀에게 많은 교육비를 들여 사교육을 시키고, 학군이 좋은 곳으로 이사하며, 명품 옷을 입히고 게임하지 말고 공부하라고 지도하는 것 역시 자녀가 더 나은 환경에서 폭넓은 관계를 맺게 하려는 의도일 것 이다.

프랑스의 어느 한 작가는 우리가 일평생 살면서 엄청나게 많은 크고 작은 선택을 한다고 했는데, 이는 인간이 그만큼 수많은 결정을 하면서 살아간다는 뜻일 것이다.

점심으로 무엇을 먹을지 정하는 사소한 결정에서부터, 아파트를 살 것 인지 주식을 살 것인지, 누구와 결혼할 것인지, 자식은 몇을 낳을 것인지 에 이르기까지 선택은 모두 삶의 전반에 걸쳐 있다.

한 번의 선택으로 인생 전체가 달라질 수 있기에, 큰 결정일수록 더욱 신중해야 하며 객관적인 시각과 건강한 정신으로 결정하여서 관계를 맺 어야 한다.

평생 살아가며 일어나는 일들을 선택하고 결정해서 행동으로 옮기는 과정을 연속된 점의 연결이라고 한다면, 삶의 과정에서 겪는 수많은 일들은 결국 스스로가 선택한 작은 점들을 이어 만든 인생의 결과물이라고 할 수 있다.

인생은 과정도 중요하지만 결과 또한 중요하므로, 후회가 남지 않도록 선택을 잘 해야 한다.

제14대 대통령 김영삼은 서울대학교 철학과를 수료한 분으로, 이런 말을 하셨다.

하루에 만나는 사람이 대략 십여 명 정도인데, 오늘 대면하고 접하는 사람과의 인연을 소중히 여기고 관계 유지를 잘한다면 훗날 대통령이 될 수 있는 인맥을 형성할 수 있다는 것이다.

오늘 만나는 사람을 내일은 다시 보지 못할 수도 있다는 마음으로 성심껏 대하는 태도는 상대에게 좋은 인상을 남긴다.

그렇게 쌓인 인연은 훗날 어떤 사연으로 다시 만나게 되더라도 좋은 감정으로 이어지기 마련이다.

대인관계의 중요성을 모르는바 아니지만, 상호 신뢰를 바탕으로 친분을 오래도록 쌓아 가는 일은 결코 쉽지 않다.

고전에 제자가 공자에게 물었다.

"많은 사람 중에 좋은 친구를 만나서 사귀기가 참으로 어렵습니다.

어떤 사람을 친구로 두어야 오래도록 벗하며 좋은 관계를 맺을 수 있습니까?"

이에 공자는 그 사람의 성품 세 가지를 보라고 하였다.

첫째, 정직한가.

둘째, 근면하고 성실한가.

셋째, 견문이 넓은가.

이 기준은 누구나 쉽게 자신은 그렇다고 말할 수 있을 것이다.

그러나 실제로 따져 보면 이 세 가지를 모두 갖춘 사람을 만나기는 결코 쉽지 않다.

친구를 사귀려면 먼저 나 자신이 정직한지, 매사에 성실한지, 견문을 넓히기 위해서 노력하고 있는지를 성찰해야 한다.

우리는 이 기준을 잘 알고 실천하고 있다고 생각은 하지만, 객관적으로 바라보는 자신의 모습은 그렇지 않을 수 있다.

눈앞의 이익 앞에서 욕심과 욕망에 흔들려서 양심을 저버린 적은 없는지,

"이번 한 번만 거짓말하면 아무도 모르게 큰돈을 벌 수 있을 텐데"라는 유혹에 넘어간 적은 없는지 스스로에게 물어야 한다.

또 작은 약속이라고 가볍게 여기고 무시하지는 않았는지도 돌아봐야 한다.

약속은 크고 작음을 가리지 않고 반드시 지켜야 한다.

한 번 내뱉은 말은 반드시 실천하겠다는 다짐을 삶의 원칙으로 삼아야 한다.

성공하는 삶은 결코 거저 만들어지지 않고, 끊임없는 노력과 정직함 위에서만 가능하며, 부정한 유혹을 단호히 배척하고 냉정하게 거절한 끝에 얻어지는 결과물이다.

"소탐대실"이라는 말을 가슴에 새기자.

작은 욕심으로 인생을 욕되게 사느니, 이 정도 재물쯤은 돌보듯 여기는 편이 낫다.

목표를 세우고 성실하며 정직하게 살아가는 사람에게는 '스스로를 이

기는 힘'이 있다.

이를 우리는 "극기(克己)" 라고 한다.

상대가 무섭고 두려운 것이 아니라, 나 자신이 가장 강한 적이라는 사실을 먼저 알아야 한다.

나를 이기는 힘이 있어야 비로소 타인과의 경쟁에서 흔들리지 않을 수 있다.

타고난 재능이 있고 아무리 뛰어난 기술을 지녔다 해도, 일하기 싫어하고 작은 이익을 위해 양심을 버리며, 해야 할 일 앞에서 요령만 부린다면 결국 자신은 물론 가족과 사회로부터 인정받지 못할 것이다.

작은 이익을 좇아 양심을 저버리는 삶은 결국 스스로를 갉아먹는 길이다.

아는 것이 많지 않으면서 배움을 게을리 해서는 안 된다.

우리는 세상 이치와 물정을 제대로 알지 못하면서 모든 것을 다 아는 것처럼 자만하기 쉽다.

심지어 어떤 대학교수는 수십 년 전 쓴 학위논문 하나로 평생 학생을 가르치며 살아가기도 한다.

물론 끊임없이 연구하며 학문을 게을리 하지 않는 교수들도 계시지만, 많은 지도층 인사들은 이미 형성된 자신들만의 작은 세계에 머문 채 고인물이 썩어가는 줄도 모르고 배움을 멀리한다.

실력을 쌓기보다는 윗선의 눈치를 살피고 줄서기에만 몰두하며 쓸데없는 일에 시간을 허비하는 경우도 적지 않다.

평생 배우고 학습하며 새로운 것을 습득해야, 요즘처럼 급변하는 세상에서 뒤처지지 않고 비굴하게 아부하거나 눈치 보지 않으며 떳떳하고 자신감 있게 살아갈 수 있다.

고(故) 정주영 회장은 수십 개의 회사를 경영하느라 눈코 뜰 새 없이 바쁜 와중에도, 신세대 직원들과 가까워지기 위해서 대중가요 신곡이 나오면 자동차로 이동하는 동안 수십 번씩 노래를 연습해서 회식 자리에서 젊은 사원들과 함께 춤추고 노래 불렀다고 한다.

실로 놀라운 열정으로 삶을 꾸려 간 노력파였다.

요즘 젊은이들은 할 일이 없고, 노력해도 성공하기 어렵다고들 말한다.

그러나 아직 결핍과 곤란한 처지를 충분히 겪어보지 못해서 절박함이 부족한 것인지 모른다.

성공한 사람은 아무리 어려운 역경 속에서도 자신이 하고자 하는 일은 결국 해내고야 만다.

목적을 세우고 절박한 심정으로 도전하라.

하찮고 작은 일일지라도 맡은 바 직무를 성실히 수행하다 보면, 언젠가 어디선가 귀인이 나타나 그대를 도울 것이다.

누가 본다고 착한 척하고, 보지 않는다고 나쁜 짓을 일삼아서는 결코 성공할 수 없다.

"하늘은 반드시 이를 알고 벌을 내린다"는 말이 괜히 있는 것이 아니다.

사람은 마음만 먹으면 못 할 일이 거의 없다.

그럼에도 미리 안 될 것이라 단정하고 포기해 버리기 때문에 목적을 이루지 못하는 것이다.

시대가 변하면서 과거의 인간관계가 상사의 명령을 하달하고 따르는 수직적 관계였다면, 오늘날의 인간관계는 상호 동등한 입장에서 소통하는 수평적 관계를 지향하고 있다.

천륜을 제외한 인연은 스스로 만들기도 하고, 끊기도 하며 살아간다.

자기 자신과의 관계를 살펴보면 먼저 물리적 자기가 있다.

이는 신체적 매력과 소유한 것들, 그리고 현재 내가 어디에 존재하는가를 의미한다.

심리적 자기는 성격과 지적 능력, 학력, 인격을 포함하며 자만심·자존감·열등감과 같은 감정이 여기에 속한다.

이러한 요소들은 노력과 학습을 통해 어느 정도 극복이 가능하므로, 늘 자신을 갈고닦으며, 자신감을 갖고 살아야 한다.

사회적 자기는 교우관계와 사회적 지위, 타인과의 비교 속에서 형성되는 위치를 말한다.

이러한 관계를 맺을 때에는 나의 현실과 이상, 가능성과 의무를 함께 고려해야 한다.

지피지기면 백전백승이라는 말처럼, 항상 나부터 성찰하고 주변을 단정히 정리하는 태도가 필요하다.

의무적 관계란 부모로서의 의무, 배우자로서의 의무, 사회인으로서의 의무, 그리고 직장에서 맡은 직책과 직분에 따른 의무를 말한다.

관계가 잘못되었을 때는 먼저 나 자신을 돌아보고 문제의 원인을 냉철하게 판단해야 한다.

말로 상대를 설득해서 일시적으로 모면할 수는 있겠지만, 근본적으로는 나를 바꾸려는 노력이 필요하다.

변명과 발뺌으로 일관한다면 스스로 소인배임을 드러내는 꼴이 된다.

세상 사람들과의 불편한 관계를 단시간에 바꿀 수는 없다.

절이 싫으면 중이 떠나는 것이지, 절이 떠날 수는 없는 법이다.

일상의 잡다한 관계와 사사로운 일마다 모두를 이기려 들고 모든 것을 기억하고 관여한다면, 머릿속은 온통 잡동사니로 가득 찰 것이다.

다행히도 인간에게는 하느님이 준 망각이라는 큰 선물이 있어, 쓸데없이 얽혀있는 세상사를 자연스럽게 잊게 해 준다.

난해한 일을 계속 미루고 회피하기만 하면 문제는 더욱 복잡해지고 삶은 제자리걸음을 하게 되며 스트레스의 원인이 된다.

그러므로 관계를 정리하는 결단이 필요하다.

가능하다면 어렵고 힘든 일부터 처리하겠다는 마음가짐으로 매사에 임하자.

난해한 일을 미루는 것은 곧 불행의 씨앗이 된다.

행복해지기 위해서는 하기 싫은 일부터 해 버려야 한다.

식사 후 설거지는 바로 하는 것이 좋고, 너저분한 방도 미루지 말고 정리해 보자.

하기 싫은 일을 미루면 더 하기 싫어질 뿐 아니라, '아직 할 일이 남아 있다'는 강박관념이 떠나지 않기 때문이다.

매사 관계를 명확히 정리하는 것 또한 깔끔하게 살아가는 하나의 방법이 될 수 있다

외상값이나 갚아야 할 돈은 생각나는 즉시 해결해야 다른 일을 꼼꼼히 해 나갈 수 있다.

고진감래라는 말이 있듯이, 어려움을 이겨내면 반드시 즐거움도 따르게 마련이다.

삶에서 무엇보다 중요한 것은 자신을 믿고 스스로를 사랑하는 일이다.

지나치게 자존심을 세워서도 안 되지만, 쓸데없는 자만심은 버려야 한다.

부정적인 관계를 들여다보면, 무시를 당하거나 인격에 손상을 입었다고 느낄 때 우리는 분노하게 된다.

나의 가치와 인격이 훼손되지 않았을까 불안해하고, 공포와 수치심을 느끼며, 타인으로부터 비난 받았을 때 화가 나거나 복수심이 생기고 원망하게 된다.

이러한 감정이 지나치면 인격에 깊은 상처를 남겨 열등감이 큰 사람이 될 수 있다.

이는 자존감이 매우 낮은 소인배의 모습으로 나타나며, 실수를 인정하지 못하고 매사에 상대 탓만 하며 자신을 방어하는데 급급하게 된다.

따라서 부정적인 관계를 긍정적인 관계로 전환하려는 노력은 매우 중요하다.

나를 성찰하고, 때로는 자책하며 인내하고, 긍정의 힘을 믿으려 애써야 한다.

잘못을 인정하고 상대를 배려하여 마음에서 진정으로 우러나는 죄책감으로 사과하는 것은 건강한 감정이며, 이를 우리는 "양심(良心)"이라고 한다.

내가 원하는 것을 갖지 못했는데 그것을 상대가 가지고 있다면, 시기와 질투를 느끼는 것은 인간으로서 자연스러운 감정이다.

"사돈이 논을 사면 배가 아프다"는 말도 이와 같은 인간 심리를 잘 보여준다.

그러나 우리는 이를 부러움이나 시기로만 머물게 할 것이 아니라, 상대를 인정하고 좋은 점을 존중하며 진심으로 함께 기뻐하고, 칭찬과 격려를 아끼지 않으며 배우려는 자세를 가져야 한다.

나이가 들수록 자신에 대한 후회와 혐오감, 슬픔과 고독, 외로움을 느낄 수 있다.

이러한 감정은 누구나 겪을 수 있으며, 극복해야 할 과제이기도 하다.

자책에 머무르기보다 현실을 인정하고 새로운 삶의 방식을 모색하며 현명하게 대처할 줄 알아야 한다.

부정적인 관계를 치유하는 처방으로는 경제적 안정, 취미생활, 자기계발, 여행, 그리고 친구가 있는데, 이보다 중요한 것은 삶에 대한 사랑이다.

사람들이 애완동물을 키우는 이유도 여기에 있다.

타인으로부터 사랑받기만을 기다리지 말고, 사랑받을 만한 행동을 해야 한다.

황혼 이혼율이 점점 높아지는 현실 속에서, 사랑을 받으려는 이기심이 나에게 있는 것은 아닌지, 나는 과연 상대에게 사랑받을 만한 짓을 하고 있는지 스스로 돌아볼 필요가 있다.

가까운 사이일수록 사소한 일에도 감사할 줄 아는 관계가 되어야 한다.

이러한 정서적 유대는 마음의 안정과 서로에 대한 깊은 신뢰 속에서 만들어진다.

반대로 서운함이나 서글픈 감정은 대개 주관적인 해석에서 비롯된다.

가능하다면 부정적인 관계를 그대로 받아들이기보다, 이해와 신념이라는 대안적 사고를 바탕으로 긍정적인 관계로 전환해 나가려는 노력이 필요하다.

특히 남을 탓하기보다 내 탓을 먼저 하면 마음도 한결 편해지고, 더 나은 미래로 나아갈 수 있다.

필자의 경험상 아무리 화나는 일도 하루가 지나면 대부분이 풀렸다.

물론 크든 작든 잘못이 있다면 반드시 사과하고 화해해야 비로소 깔끔하게 해결된다.

대인배에게 실수했을 경우는 용서라도 구할 수 있지만, 소인배를 함부로 대하거나 그에게 실수라도 한다면 용서받지 못하고 보복을 당해 큰 화를 부를 수 있으니 각별히 유념해야 한다.

속이 좁은 사람은 직접 겪어 보고 아니다 싶다면 피하는 것이 상책이다.

인지의 변화를 통해 불만족을 만족으로 바꾸는 연습을 해 보자.

세상을 늘 투명하게만 바라보기보다는 때로는 색안경을 끼고 바라보는 여유도 필요하다.

인생은 결과도 중요하지만, 과정 또한 중요하다.

인생은 정해진 목적지가 있는 것이 아니라, 이미 맺어 온 세상의 모든 관계가 끝나는 순간이 있을 뿐이다.

죽음 앞에서는 모든 인연이 끊어진다.

용기와 진취적인 사고, 그리고 옳은 신념만 있다면, 그대는 누구와도 좋은 관계를 맺으며 살아갈 수 있을 것이다.

시간

누구에게나 공평하지만, 쓰임은 전혀 다른 자원

1 시간의 본질과 인간의 인식

"인간은 단 일초의 시간도 통제하거나 흐름을 방해하지 못한다." (정암 선생)

"시간은 인간이 쓸 수 있는 가장 값진 것이다." (아리스토텔레스)

"당신은 지체할 수 있지만, 시간은 그러하지 않을 것이다." (벤저민 프랭클린)

시간은 지위 고하, 부자와 가난한 자, 남녀노소를 가리지 않고 모두에게 공평하게 주어지며, 그 흐름을 느끼는 방식은 상황과 나이대에 따라 전혀 다르게 체감된다.

같은 한 시간이라도 바쁠 때는 순식간에 지나가고, 할 일 없이 무료할 때는 유난히 더디게 흐른다.

특히 약속 시간이 지연될 때 느끼는 조급함과, 하기 싫은 일을 억지로 해야 할 때 느끼는 시간의 감정은 극명하게 대비된다.

"시간이란 무엇인가?"

고대 철학자 아리스토텔레스는 시간을 "지금이라는 순간이 끝없이 이어지는 무한한 연속"이라 보았다.

근대 과학의 거장 뉴턴은 시간을 "순차적 질서로서 공간과 함께 존재하는 개념"이라 정의했고, 현대 물리학자 카를로 로벨리는 "시간은 흐르지 않으며, 보이는 현재라는 점들의 연속일 뿐"이라고 말했다.

물리학의 이론에 따르면 "움직이는 물체는 정지해 있는 물체보다 더 짧은 시간을 경험한다"고도 한다.

이는 블랙홀 효과와 유사한 개념으로, 우리가 일상에서 체감하는 시간과는 전혀 다른 차원의 이야기다.

아리스토텔레스는 또 이렇게 말했다.

"시간의 원초는 언제나 감추어져 있으나, 그 근본적 본질은 보존된다."

우리가 통상적으로 이해하는 시간이란, 과거에서 미래를 향해 등속도로 흐르는 '지금'의 연속이다.

그래서 시간을 계산의 대상으로만 취급하지만, 그 이면에 숨겨진 본질로서의 시간은 좀처럼 인식하지 못한다.

카타르시스의 원리 역시 시간과 깊이 연결되어 있다.

짧은 시간이 흐르는 동안 인간은 슬픔과 공포, 연민과 웃음을 경험하며 감정이 정화된다.

이 극적인 정서의 변화는 감정의 해방을 의미하지만, 때로는 강한 중독의 원인이 되기도 한다.

뉴턴의 시간·공간 개념과 만유인력, 그리고 운동의 3법칙(관성의 법칙, 가

속도의 법칙, 작용과 반작용의 법칙)은 근대 과학 전반에 지대한 영향을 미쳤다.

뉴턴은 시간을 "외부 사물이나 운동과 무관하게 독립적으로 존재하며, 일정한 속도로 연속적으로 흐르는 무한한 것"이라 정의했다.

그에게 공간과 시간은 물질세계와 분리된 절대적 존재였으며, 절대 시간과 절대 공간은 상대 시간과 상대 공간의 근거가 되는 형이상학적 개념으로서 인간이 아닌 신의 직관에 속하는 영역이었다.

카를로 로벨리는 『시간은 흐르지 않는다』라는 저서에서 우리가 알고 있는 과거-현재-미래라는 시간의 선형 구조 자체를 부정한다.

그는 시간이 연속된 선이 아니라 '점'에 가깝다고 말하며,

"시간이라는 개념 자체가 없다"고 주장한다.

그러나 이러한 비현실적인 시간 개념은 우리가 일상에서 체감하는 시간과는 거리가 있다.

우리가 시계를 보며 인식하는 시간은 결국 과거에서 미래로 일정하게 흐르는 '지금'이 무한히 이어지는 것일 뿐이다.

2 카이로스와 크로노스

시간이라는 도둑은 우리를 무한한 공간으로 끌고 간다.

마치 노예를 부리듯이 1초, 1분, 1년이라는 쏜살같은 흐름으로 우리를 삶 속에 밀어 넣었다가, 마침내 아무것도 없는 무(無)로 데려간다.

물고기가 물속에서 살듯이 인간은 시간 속에서 산다.

우리의 존재 또한 시간 속에 갇혀 있으며, 그 시간에서 벗어나는 순간 생명은 끝난다.

결국 시간이라는 것은 '지금'이라는 순간을 구분하기 위해 인간이 만들어낸 허구의 개념에 불과한지 모른다.

시간의 흐름이라는 관점에서 보면 과거와 미래는 현재를 설명하기 위해 덧붙여진 개념일 뿐, 실재하는 것은 오직 현재이다.

인간이 시간의 존재를 확신할 수 있는 이유는 단 하나, 생명이 유아기에서 어린 시절을 거쳐 성인이 되고, 노인이 되어 결국 죽음에 이른다는 분명한 사실일 것이다.

그러므로 두 개의 순간이 동시에 존재할 수는 없다.

과거와 현재, 그리고 미래는 눈 깜짝할 사이에 서로 자리를 바꾼다.

양씨라는 성도, 태승이라는 이름도 허상이다.

이것은 불교에서 말하는 '색즉시공, 공즉시색'이라는 말로, 우리가 보는 모든 것은 육신의 실체가 있는 듯 보이지만 영원하지 않다는 뜻이다.

우리가 사용하는 시간의 의미는 상황과 해석에 따라 전혀 다르게 나타난다.

고대 신화에는 두 가지 시간이 등장한다.

하나는 의미 있는 시간인 '카이로스'이고, 다른 하나는 의미 없는 시간인 '크로노스'이다.

이 둘은 고대 그리스 시대 신의 이름에서 유래했다.

카이로스는 기회, 결정적 순간, 특별한 시간을 의미하며 무엇인가를 새롭게 '새긴다'는 뜻을 지닌다.

그래서 고대 그리스인들은 의미 있고 보람된 시간을 보내는 것을 "카이로스"라고 하였다.

반면 크로노스는 쓸데없는 일에 시간을 허비하며 자식을 삼키는 이야기처럼 파괴성과 두려움을 상징하는 존재로 묘사되었고, 철학자들은 이런 신화적 상징을 빌려 의미 없이 흘려보낸 시간을 '크로노스'라 표현했다.

의미 있는 시간이란, 우리의 짧은 생애에서 시간을 허투루 쓰지 말자는 다짐인데, 대부분의 사람들은 열심히 살아가며 의미 있는 시간을 보내려고 애쓰지만, 그중에는 남을 해치거나 괴롭히는 데 힘을 쏟는 이도 있고, 스스로를 학대하며 무의미한 행동을 반복하면서 살아가는 사람도 있다.

또 어떤 이는 희망 없이 절망 속에 세월만 허비하고 있을지도 모른다.

약속 시간을 어기는 행위는 상대방의 소중한 시간을 빼앗는 행위이다.

시간은 곧 돈이기에 내 시간이 소중하듯 상대의 시간 역시 소중하다.

그래서 우리는 '기회비용'이라는 개념으로 시간의 가치를 따지는 것이다.

3 시간의 증거

그렇다면 인류는 언제부터 시간이라는 개념을 갖게 되었을까.

정확한 기원은 알 수 없지만, 대략 6천여 년 전 현재의 이라크 남부, 티그리스강 유역의 메소포타미아 문명에서 시작된 것으로 추정된다.

당시 수메르인들은 해가 뜨고 지는 것을 기준으로 하루를 정하고, 시간을 나누기 시작했다.

이것이 인류가 시간을 인식한 출발점이라 할 수 있다.

이후 해시계와 물시계, 모래시계를 거쳐 오늘날에는 원자시계를 만들어 수천 분의 1초까지 측정할 수 있을 만큼 정교한 시간 체계를 갖추게 되었다.

고대 이집트 나일 문명에서도 종교와 사회 활동이 활발해지면서 시간 측정의 필요성이 커졌고, 해의 그림자를 이용해 시간을 재는 오벨리스크가 세워졌다.

돌기둥 형태의 오벨리스크는 오랫동안 사용되었으나 이동이 불가능했고, 해가 지면 시간을 측정할 수 없다는 한계가 있었다.

그래서 보다 정확한 시간을 알고자 했던 고대인들은 문명의 발달과 함께 물시계와 모래시계를 사용하다가, 비교적 최근인 1300년경 이탈리아 정부 청사에 최초의 기계식 시계를 설치하게 된다.

이후 1500년경 독일의 발명가 피터 헬렌이 스프링을 이용한 이동식 태엽시계를 만들어냈는데, 이는 혁신적인 발명이었지만 정확성은 다소 떨어졌다.

그러다 마침내 1656년, 네덜란드의 과학자 크리스티얀 호이겐스가 하루 오차가 1초에 불과한 매우 정확한 진자시계를 발명했고, 이는 오늘날 우리 집 거실에 걸려 있는 추가 달린 괘종시계의 원형이 되었다.

시간을 거슬러 올라가 기원전 3~4세기 그리스·로마 시대를 살펴보면, 소크라테스·플라톤·아리스토텔레스와 같은 철학자들, 그리고 수학자 아르키메데스 등 수많은 위인들이 인간의 윤리와 도리를 철학적으로 조명했다.

그들의 사상은 2500년이 지난 오늘날까지도 인류의 사고와 학습에 깊은 영향을 미치고 있다.

같은 시기 공자 역시 '인(仁)과 예(禮)'를 군자가 지켜야 할 덕목으로 삼아 유학을 가르쳤는데, 이 가르침 또한 지금을 사는 우리에게 여전히 유효한 교훈이 되고 있어 필자 역시 유교를 신봉하고 있다.

우리에게 주어진 시간은 그리 짧지도, 그렇다고 길지도 않다.

53세를 살다 간 세종대왕과 56세에 타계한 스티브 잡스는, 결코 긴 생을 살지 않았지만 인류 문화와 문명을 획기적으로 발전시킨 인물들이다.

정주영 현대 회장 역시 전쟁의 폐허 속에서도 도전과 직관으로 조선소와 고속도로, 항만과 담수 플랜트를 건설하며 오늘의 대한민국을 가능하게 했다.

불과 15년도 되지 않는 짧은 시간 동안 인류 문명을 마치 마술처럼 바꾸고 있는 일론 머스크의 행보 역시 같은 시간을 살고 있는 우리에게 많은 것을 시사한다.

반면 북한의 김일성, 우간다의 이디 아민, 캄보디아의 폴 포트, 독일의 히틀러, 이라크의 후세인처럼 자신과 소수 측근의 부귀영화를 위해 수만 명의 목숨을 앗아간 참혹한 사건을 벌인 이들은 인류에게 생지옥과도 같은 고통을 안겨준 불명예를 남기기도 했다.

시간은 모두에게 똑같이 주어진다.

그러나 의미 있는 시간인 '카이로스'로 살 것인지, 파괴적인 시간인 '크로노스'로 살아갈 것인지는 전적으로 각자의 선택에 달려 있다.

우리 주변에서 흔히 볼 수 있는 은행나무는 지구상에서 가장 오래 살아남은 중생대 식물로, 약 2억 년 전부터 존재해 온 그야말로 살아 있는 화석이다.

은행나무는 지구상에 단 하나의 품종만 남아 있는 식물로, 쥐라기와 백악기, 신생대에 번성하다가 멸종된 것으로 여겨졌으나 중국 저장성 깊은 숲속에서 자생하던 개체가 발견되었다.

이후 사람들이 그 열매를 먹고 재배하면서 아시아 일부 지역과 중국 동북부, 한반도, 일본까지 퍼지게 되었다.

한반도에서는 가로수로 흔히 볼 수 있지만, 세계적으로는 매우 희귀한 식물로 햇볕과 추위에는 강하지만 열매가 무거워서 바람에 의한 번식이 어렵고 냄새가 강해 동물들도 꺼려하기 때문에 자연 확산이 쉽지 않다.

암수 나무가 분리되어 있으며, 수명은 천 년을 훌쩍 넘긴다.

동물 가운데도 시간을 초월해서 살아온 생명체로는 악어의 조상이 약 2억 년 전, 공룡 시대 훨씬 이전부터 존재해 왔고 바퀴벌레 또한 3억 2천만 년 전부터 멸종되지 않고 살아남았다고 하니 실로 경이로운 생명체들이다.

과학자들에 따르면 인류의 존속이 앞으로 200년을 보장할 수 없다고 하니, 그들의 끈질긴 생명력으로 버틴 시간이 부럽기도 하고 놀랍기만 하다.

세월은 급변해서, 불과 얼마 전 겪어본 1960년대 초만 해도 동네 아이들은 영양실조로 몸이 바싹 마르고 배는 터질 듯이 부풀어 있었다.

노란 콧물은 숨을 쉴 때마다 콧구멍을 들락거렸고, 소맷자락은 콧물을 닦아서 번들거렸으며 손등은 쩍쩍 갈라져서 피가 흐르곤 했다.

그런 고통 속에서도 아이들은 산과 들을 뛰어다니며 놀았고, 머리가 터지면 된장을 발라 저고리를 찢어서 싸매고 다녔다.

형이나 누나가 학교에 가는 날이면 어린 동생들은 학교를 따라갔다.

농번기가 되면 어른들이 모두 논밭으로 나가야 했기에 학교에 동생을 데리고 다닐 수밖에 없었고, 매일 등교하기가 어려워서 농번기에는 일주

일에 한두 번밖에 학교에 가질 못했다.

필자는 일곱 살 되던 해 본격적으로 농부가 되었다.

아버지는 짊어지고 다닐 만한 작은 망태기를 새끼줄로 엮어 주시며 "이제 황소는 네 담당이니 먹여 살려야 한다"고 하셨다.

그날부터 소와 함께 살다시피 했으며, 무더운 여름날에는 시원한 나무 그늘 아래서 동네 형·누나들과 소를 풀어놓고 가재를 잡아 구워 먹거나 밀가루로 빵을 만들어 먹기도 했다.

열 살 때 부산으로 이사를 했다.

초량 산복도로에서 폭약으로 남포를 터뜨려 길 내는 막노동을 하시던 아버지는 큰 병을 얻어 47세의 짧은 생을 마치시니 가족의 생계는 몹시 어려웠다.

이듬해 중학교 1학년이 되었을 때, 가정 형편상 어쩔 수 없이 시집간 누나 집에서 빈대살이를 했으나 생활은 여전히 힘겨웠다.

결국 다음 해 2학년 봄, 중학교를 중퇴하고 무작정 서울로 상경했다.

학교를 다녀보려고 짐 싣는 큰 자전거에다 중국집 음식 배달도 해보고, 인쇄소에 취직해서 활자를 휘발유로 닦고 정리하는 일도 했었다.

겨울이면 손이 얼어서 고통에 울기도 했고, 중학교 1학년 때부터 돌리던 신문은 부수가 너무 많아서 들고 다니기조차 힘들었으며 특히 배고픔을 견디는 일이 쉽지 않았다.

서울에 올라와서 형을 만나 다시 학교에 다녀보려 했지만, 형편이 안 되는 형은 송파 오금동의 한 시골 문간방을 얻어서 나를 두고 돌아오지 않았다.

먹을 것이 없어 밭에서 배추 뿌리를 뽑아 먹고, 개구리를 잡아서 뒷다리를 구워 먹었으며, 심지어 꽃뱀 한 마리를 잡아 먼 길을 걸어 천호동의 한약방에 팔기도 했다.

그렇게 지내던 어느 날, 형이 고향 친구가 종로에서 기술자로 일하는 공장에다 또다시 나를 맡기고 어디론가 떠났다.

기술자라 불리던 사람들은 나를 괴롭히며 때렸고, 결국 무작정 도망쳐 나왔다. 갈 곳도, 아는 사람도 없어서 세운상가 2층 옥상에서 종이박스를 이불 삼아 잠을 잤고 사흘을 굶었다.

그러다 종로통 상가에서 국밥 한 그릇을 얻어먹고 취직이 된 것인지, 그들의 노예가 된 것인지, 아무튼 숙식만은 해결이 되었다.

그 공장에서 열댓 명의 밥을 해주고 심부름을 하며 기술을 배우던 중, 부산에 계시던 홀어머니가 대나무 궤짝에 옷가지 몇 개를 싸 들고 어린 동생 셋과 할머니를 모시고 서울로 올라오셨다.

장남인 형은 이대입구 대흥동 산비탈에 보증금 5만 원에 월세 3천 원 짜리 작은 방 하나를 얻었다.

부엌은 밖에 매달린 마구간보다 못한 셋방이었지만, 일곱 식구가 북적이며 살았다.

그럼에도 그 시절이 그동안 살아오면서 가장 안정되고 평온했던 안식처였다.

그곳에서 천사 같던 할머니는 중풍으로 고생하시다가 세상을 떠나셨다.

할머니는 전라도 호동 마을에서 사셨는데, 뒷산에 땔나무를 하러 갔다가 키우던 백구가 굴린 돌에 맞아서 오른쪽 눈을 크게 다치신 후 한쪽 눈 없이 40년을 사셨다.

썩어가는 눈과 머리를 다친 고통 속에서도 병원 치료 한 번 받지 못하고 고름이 흘러내리는 것을 인내하며 참아내셨다.

그것도 모자라 아들의 암이 온몸으로 전이되는 처참한 과정을 수년간 지켜보면서도, 할머니는 웃음을 잃지 않고 손자·손녀를 진심으로 대하셨다.

"할머니 김 드세요." 하면 "아니다, 어서 먹어라. 나는 젊어서 많이 먹었다." 하시던 분이다.

시골에서 평생 일만 하시던 할머니는 부산에 와서도 매일 시장에 나가 상인들이 버린 반쯤 썩은 과일이나 배추 겉절이를 주워서 꾸부정한 등에 지고 비탈길을 올라와 성한 것은 씻고 말려 며느리와 손주를 먹여 살렸다.

테레사 수녀만큼이나 호인이셨던 할머니는 1980년 12월, 눈이 유난히 많이 내리던 크리스마스 저녁 천국에 가셨고 고향 전라도 화순 능주 땅에 모셨다.

70년대 10대 후반 무렵, 눈보라 치고 바람이 사납던 겨울밤, 함께 고생하던 친구가 삶이 너무 고되고 힘들어서 종로통 큰 대로에 누워 있다가 지나가던 택시에 전신을 밟혔으나 다행히 목숨은 건졌다.

옆집 아주머니에게서 큰 바가지에다 밥을 한가득 얻어다 둘이 미친 듯이 먹어 치우기도 했고, 일부러 통행금지 시간에 파출소에 잡혀가서 밥을 얻어먹기도 했던 사춘기를 함께 보내오던 둘도 없는 친구였다.

얼마나 살기가 힘들었으면 죽으려고까지 했을까 생각하니, 서러운 마음이 한꺼번에 복받쳐 올랐다.

그 시절은 처절하리만치 어려웠고 생계마저 위협받았던 시간들이었다.

결핍과 궁핍이라는 말로는 다 담아내기 어려운 청소년기를 보냈다.

그러나 세상을 원망하거나 부모를 탓한 적은 없었고, 삶을 비관해 본

적은 단 한 번도 없었다.

언젠가는 생활이 나아지리라는 막연하지만 분명한 희망이 늘 마음에 있었다.

씨를 뿌려야 열매를 맺고 수확을 할 수 있듯이, 열아홉 살에 여섯 평 남짓한 헛간에다 모터 달린 기계 두어 대를 들여놓고 혼자 공장을 차렸다.

악착같은 근성 하나로 그 시간들을 버텨냈고, 2년이 지나자 종업원을 서너 명 거느린 사장이 되었다.

부장에게 공장을 맡기고 18개월간 방위로 군 복무를 마치고 돌아왔을 때, 더 번창해진 사업에 욕심을 부려서 공장을 무리하게 키웠고 성공에 취해 자만한 나머지 결국 잘되던 사업을 망치고 말았다.

서울 생활을 정리하고 몇 푼 안 되는 돈을 들고 한 번도 가본 적 없는 청주로 내려가서 작은 공장을 차려 다시 심기일전하여 재기했고, 그로부터 3년 뒤 그곳에서 서른두 살 되던 해 서울 처녀와 결혼을 했다.

무연고지에서 외로워하던 아내는 언니가 사는 안산으로 가자고 했고, 연년생 아이 둘을 데리고 공장을 옮기고 집도 이사를 했다.

그렇게 인생은 흘러갔고, 서른일곱 살에 가내 제조공장을 정리한 뒤 여러 직업을 전전하다가 마침내 꿈같은 현실로 마흔셋에 땅을 사서 4층짜리 주택이 딸린 상가건물을 지었다.

1층에는 상가 네 곳이 들어섰고, 2층은 당구장, 3층은 태권도 도장, 4층은 넓은 테라스를 둔 3면이 탁 트인 거실로 창을 크게 내어 세상이 한눈에 내려다보이게 설계하고 건축하여서 지금껏 그 곳에 살고 있다.

세월이 지나 마흔여섯 살이 되었을 무렵, 아이들도 어느 정도 자랐고 시간적 여유도 있어 공인중개사 시험에 도전했다.

실패 끝에 2년을 더 공부해서 마흔아홉 살에 세 번 시험 만에 결국 합격했다.

그 무렵 건축업에 뛰어들어서 빌라를 지어 분양했는데, 마무리까지 시간이 오래 걸리니 수익은 기대만큼 크지 않았다.

그래서 월세가 나오는 고시원과 원룸을 지어 안정적인 수익을 만들었고, 그 수익금으로 도로에 인접한 임야나 대지를 매입해서 개발하고 상가를 지어 임대하는 일을 이어갔다.

그 과정에서 쉰여섯 살에 검정고시에 도전하여 중·고등학교를 졸업했고, 1년을 다른 학교를 다니다가 마침내 2017학번으로 대학에 입학해서 5년 뒤 학사 학위를 받았는데, 40대 중반부터 무려 20년을 공부만 한 것 같다.

유수 같은 시간이 흘러 어느덧 노년에 접어들었고, 아들은 결혼해서 나를 할아버지로 만들어 주었으며 딸 또한 결혼을 준비하느라 분주하다.

지나온 날을 돌아보면 아이들 굶길까 봐 냉장고 문을 열고 우유 한 잔을 마음 놓고 마시지 못했고, 무언가에 쫓기듯 늘 불안하고 긴장된 삶을 살아왔다.

가진 것도 없고 배운 것도 없던, 바짝 마른 체구인 나에게 곱게 키운 예쁜 딸을 맡겨 주신 장인어른께 보답하고자 정말 열심히 살았지만 그분들은 모두 세상을 떠나셨다.

그렇다고 그동안 죽도록 일만 하고 공부만 했던 것은 아니다.

마흔다섯 살 이후에는 서른다섯 개 나라를 배낭 메고 여행도 했다.

한 나라를 가면 주요 도시를 최소 세 곳 이상 둘러보았는데, 어설픈 영어와 몸짓과 눈치로 의사소통하는 데는 그리 문제가 없었다.

동사무소에서 영어를 열심히 공부했고, 대학교에서 영문과 학생들과 함께 수업을 들은 경험도 큰 도움이 되었다.

요즘 영문 원서를 읽고는 있지만 나이 탓인지 단어가 헷갈리고, 분명히 알았던 단어도 자꾸 잊어버린다.

"세월이 약이다"라는 말을 우리는 흔히 한다.

식물도 파종할 때가 있고 수확할 시기가 있듯이 공부도 때가 있고, 돈을 벌어야 할 때가 있으며 쉬어야 할 시간이 따로 있다.

때를 놓쳤다고 후회할 필요는 없다.

늦었다고 생각할 때가 가장 빠른 시간일 수 있다.

요즘 젊은 세대 가운데는 인생의 목표가 무엇인지 모른 채 부모가 부유하면 무임승차해서 편하게 살기를 원하는 경우가 있다.

가난하거나 넉넉하지 못한 환경에 놓인 이들 중에는 아예 자기가 생각하는 삶을 포기하고 시간을 허송으로 보내는 사람도 있다.

누군가에게 의타심으로 기대어 살 것이 아니라, 부모가 돈이 있든 없든 상관없이 자신의 의지와 노력으로 본인에게 주어진 시간을 살아야 한다.

지금으로부터 약 3,800년 전 메소포타미아 유프라테스강 유역의 바빌론 왕국, 함무라비 법전에 이런 기록이 있다고 한다.

"눈에는 눈, 이에는 이." 살인자는 목숨으로 갚고, 도둑은 열 배로 갚으며 돈이 없으면 노예가 되어 갚게 하고, 강간범은 죽임으로 엄벌에 처한다, 는 내용이다.

나쁜 짓 하지 말고 업보 쌓지 말고 선하게 살아야 한다는 오래된 경고이다.

어쨌든 길지 않은 인생, 시간을 어떻게 배분하느냐에 따라 노년의 생활은 크게 달라진다.

가끔 사람들이 묻는다. "요즘 뭐 하세요?" 그러면 나는 이렇게 대답한다.

"놀고 있습니다. 공부도 하고, 글도 좀 쓰고, 낚시도 다니고요."

그러면 돌아오는 말은 대개 비슷하다. "돈 많이 벌어 놨나 봐요." 시샘인지, 부러움인지는 모르겠다.

자식들은 부모가 부자이길 바라지만, 부자 부모를 둔 자식이 반드시 진취적인 것도 아니라서 인생을 허비하는 경우도 적지 않다.

결국 중요한 것은 부모를 의지하지도, 재산이 없다고 원망하지도 말고 자기 삶을 개척해 나가는 태도이다.

젊었을 때는 오늘의 편안함보다 힘든 일을 택해서 경험도 쌓아 보고, 어려움도 겪어 보고, 고생도 좀 해 보고, 작은 실패를 맛보는 것이 인생 사는 데 큰 도움이 된다.

모든 조건을 갖추고 손쉽게 성공하는 일은 겉으로는 좋아 보일지 몰라도 그 의미가 그리 크지 않을 것이다.

시간 없다고 카피만 하면 빠르겠지만 남는 것이 없고, 창조는 시간이 걸리지만 보람 있으며 더 나아가 인류가 미래로 가는 디딤돌 역할도 할 것이다.

실패와 시행착오를 반복하다 보면 결국 해낼 수 있는 날이 온다.

"시작은 미미하나 끝은 창대하리라." 다만 시간이 걸릴 뿐이다.

일을 조금 더 한다고 죽는 것도 아닌데 사람들은 곧잘 혹사당한다며 엄살을 부린다.

"작은 부자는 부지런함에서 오고 큰 부자는 하늘이 내린다"는 말이 있다.

아무 생각 없이 놀며 허송세월하고 일하기를 마다하는 사람에게 찬스나 행운은 찾아올 리 없다.

몇 해 전 암 병동에 입원한 적이 있었다.

쉰 살쯤 되어 보이는 가장이 위암이 재발해 다시 입원했는데, 얼굴은 누렇게 뜨고 병색이 완연했음에도 입원 이틀 만에 항암 치료만 받고 직장에 가야 한다며 퇴원을 준비하고 있었다.

안타까운 마음에 "치료를 조금 더 받으시고 호전된 뒤에 일하셔도 되지 않겠습니까?"라고 말했더니, 옆에 있던 부인이 단호하게 말했다.

"안 돼요. 일해야 돼요. 아이들 학비랑 생활비는 어떻게 하라고요."

나 역시 초기 위암 수술을 받고 입원 중이었는데, 그 장면을 보며 삶과 인생이 무엇인지 깊이 생각하게 되었다.

과욕과 오만, 그리고 독선은 행복의 반대편에 서 있는 감정이다.

행복은 욕심을 내려놓는 마음에서 온다.

행복한 삶을 위해서는 가족과 잘 지내는 것이 무엇보다 중요하다.

특히 자식은 나의 소유물이 아니라, 평생 함께 살아가야 할 인생의 동반자이므로 명령하거나 하대해서는 안 된다.

그래서 부모는 자식에 대해 "낳았지만 소유하지 않고, 길렀지만 지배하지 않는 것을 현묘한 덕{德}이라 하였다."

인생을 살아가다 보면, 우리는 자주 모든 것을 통제하려 든다.

그러나 통제하려는 순간부터 관계는 멀어지고 마음은 불안해진다.

가깝다는 이유로 상처를 주고, 사랑한다는 명분으로 간섭을 일삼으면 결국 남는 것은 원망과 후회뿐이다.

사람은 각자의 속도로 살아가야 하며,

그 속도를 서로 존중할 때 비로소 관계는 오래 유지된다.

삶은 언제나 선택의 연속이고,

그 선택의 책임은 오롯이 자기 몫으로 남는다.

그러므로 옳은 삶이란

타인의 인생을 통제하려 드는 것이 아니라,

각자가 자기 삶의 주인으로 살아가도록 존중하는 것이다.

그것이 가족을 지키는 길이며,

동시에 우리 사회를 지키는 가장 확실한 방법일 것이다.

정해진 것은 아무것도 없다.

이것이 인생이다.

시간은 결코 우리를 기다려 주지 않기에, 때를 놓치면 반드시 후회하게 된다.

생애 설계

태어남, 부모, 그리고 인간 형성의 시작

찬바람이 매섭게 몰아치는 겨울밤이다.

고요하고 적막한 작은 방에서 야무지게 자판을 두드리며 생각에 잠긴다.

홀가분한 마음으로, 마치 전쟁이 끝난 뒤 귀향한 병사가 경험담을 풀어놓듯이 살아오면서 겪었던 일들을 떠올린다.

내가 이 세상을 떠났을 때 단 한 사람이라도 올바른 정신으로 살아가기를 바라면서, 아니, 내 사랑하는 아들과 손주가 할아버지가 겪었던 세상을 간접으로 경험하며 세상을 더 진중하게 살아가기를 바라는 마음을 담아 글을 쓴다.

부모가 된다는 것은 참으로 어려운 대사(大事)다.

남녀가 만나 아기를 잉태하는 것도 소중하지만, 낳아서 양육하는 데에는 훨씬 더 큰 의무가 따른다.

부모로서 당연히 의·식·주는 해결해 주어야 하고, 각종 위험으로부터 보호해야 하며, 세상을 바르게 살아갈 수 있도록 성인이 될 때까지 올바른 학습을 시키는 것이 부모의 역할이라 할 것이다.

아이가 무엇을 잘하는지 파악하고, 재능과 소질을 발견해 주며, 정서적으로 안정되고 건강하게 자랄 수 있도록 좋은 환경에서 보살펴야 한다.

제비가 새끼를 부화해서 키울 때는 하루에도 수백 번 쉼 없이 벌레를 잡아다 먹이고, 집을 깔끔하게 유지하며 배설물도 치우고 부서진 둥지도 보수한다.

또 제비는 공기가 깨끗한지, 먹이가 풍부한 곳이 어딘지를 본능적으로 파악해서 살 곳을 정하는데, 대개 자신이 태어났던 곳이나 그 인근에 터를 잡는다.

이렇게 정성 어린 헌신으로 키운 새끼가 성장해서 부모 새가 되고, 또 그다음 생명이 그와 같은 역할을 반복하면서 생명은 이어진다.

형편이 어려웠던 과거에는 선택의 여지없이 생존을 위해 행상이나 막노동 등 닥치는 대로 일을 해야 했고, 어린아이들조차 공장이나 논밭에서 일하는 일이 흔했다.

일정한 급여도 없이 삼시 세끼 밥만 제공받는 조건으로 일하는 경우도 많았다.

그러나 요즘은 직업 선택의 폭이 넓어졌고, 실업급여나 생계형 복지 제도도 비교적 잘 갖추어져 있어 예전처럼 먹고사는 문제로 조급해하거나 불안해하지 않아도 된다.

그래서 이제는 과거와는 달리 각자의 소질과 재능에 맞는 일을 찾아서 할 수 있는 여유가 생겼다.

산업사회에서는 사람이 하는 단순 노동이 많았지만, 정보화 시대를 거쳐 AI·로봇 시대로 접어든 지금은 기계가 노동을 대체하여 일자리가 줄어들었다고들 한다.

그러나 자세히 살피면 일자리는 여전히 많다.

다만 노동은 적게 하고 급여는 많이 받으려고 하니 조건에 맞는 일자리를 찾기 어려운 것이다.

여기서 한 가지 생각해 볼 질문이 있다.

회사에 근무하는 사람이 자신의 노동으로 회사에 얼마의 수익을 창출해주어야 노동의 대가로 급여를 받을 수 있는지 고민해 본 적이 있는가?

예를 들어 월 백만 원의 급여를 받는 근로자가 있다면, 최소한 삼백만 원 이상의 수익을 내주어야 원자재비, 세금, 각종 공과금과 잡비를 제하고 회사 운영이 가능할 것이다.

짧은 시간에 많은 급여를 받으려면 남보다 우수한 경쟁력을 갖춘 기술로 충분한 시간 열심히 일하거나, 아직 공표되지 않은 정보를 선점해서 사업체에 이익을 안겨주어야 한다.

부의 편중과 직업 세습이 심화된 불공정한 사회에서 낙오되지 않고 행복하게 살기 위해서는 과거처럼 아무 계획 없이 주먹구구식으로 살아서는 안 된다.

안정된 삶을 이어가기 위해서는 학습을 통해 목표를 세우고, 단계별로 소질과 재능에 맞는 진로를 찾아서 하고 싶은 일을 결정해야 한다.

이것이 바로 청소년기부터 평생의 삶을 설계하자는 생애 설계의 핵심이다.

생애설계사 자격시험 과목을 보면 재무적 요소와 비재무적 요소를 모두 포함해서 가족 및 사회적 관계, 커리어 관리 및 개발, 건강관리, 재무

설계, 사회보장제도, 여가 및 취미생활, 자원봉사, 생애설계 총론 등으로 구성되어 있다.

이 자격증을 취득하여 직업으로 활용할 수도 있지만, 초고령 사회로 접어든 지금 인생을 보다 체계적으로 설계하는 방법을 배울 수 있다는 점에서 의미가 있어 소개한다.

먼저, 새들러가 제시한 인생론에서는 인생을 네 단계로 나눈다.

제1기 인생은 출생 후 공교육을 받으며 의존과 사회화를 배우는 청소년기다.

제2기 인생은 성숙과 독립, 취업과 사회적 책임을 지는 초·중년기로, 가장 활발한 사회 활동을 하는 시기다.

제3기 인생은 퇴직 이후 개인적 성취와 건강관리를 병행하는 활동적인 시니어 시기로, 대략 75세 이전을 말한다.

제4기 인생은 타인에게 의존하는 시기로, 이 시기를 최대한 늦추고 짧게 만드는 것이 인생 설계의 중요한 목표다.

질풍노도의 청소년기에는 자아정체성을 확립하고, 청년기에는 직업적 안정성을 확보해야 한다.

중년기에는 제2의 성장기로 생산성을 이루고 가족과 사회의 수호자 역할을 수행해야 하며, 노년 전기에는 자아실현과 개인적 성취, 적극적인 사회 참여가 필요하다.

그리고 노년 후기에는 존재적 가치를 넘어서는 초월의 삶을 지향해야 할 것이다.

의미 없이 시간을 흘려보내는 것보다 중요한 것은 생애 주기마다 목표를 세우고 실천해 나가는 일이다.

그리고 그 목표를 세울 때에는 반드시 지켜야 할 원칙이 있어야 한다.

목표는 구체적이어야 하고, 측정 가능해야 하며, 달성할 수 있어야 한다.

또한 개인의 상황에 적합하고 합당해야 하며, 스스로에게 의미가 있어야 하고, 기간 역시 어느 정도는 분명히 정해져 있어야 한다.

목표는 내용도 중요하지만 절차 또한 중요하다.

시간 관리를 잘하여 정해진 기간 안에 달성해야 그 의미가 있는 것이다.

앞서 언급했듯이 노동은 줄어들고 퇴직 시점은 빨라지고 있으며, 고물가와 각종 세금 부담은 늘어나고 있다.

생애설계사인 필자가 현실을 고려해 보면 퇴직 이후를 대비해서 기초연금, 국민연금, 각종 공적 연금 등 사회보장제도에 미리 가입해 두는 것이 노후를 맞이할 때 큰 도움이 된다.

보험과 연금은 선택이 아니라 필수라 할 수 있다.

젊을 때는 체감하기 어렵지만, 시간이 흐를수록 이 말의 무게는 달라진다.

구체적인 정보는 연금 관련 사이트에 전문가들이 잘 정리해 두었으니, 각자의 상황에 맞는 제도를 스스로 찾아 참고하길 바란다.

중요한 것은 어떤 상품을 고르느냐보다, 준비를 미루지 않는 태도다.

세계에서 가장 빠른 속도로 고령화가 진행되면서 생산인구는 줄어들고, 국가 전체의 자본 축적도 감소하고 있다.

청·장년층의 일자리가 줄어들면 소비는 위축되고, 초고령 사회로 접어들수록 보건복지 지출은 급격히 늘어나서 국가 재정에 부담을 준다.

이러한 흐름은 이미 통계가 아니라 현실이 되고 있다.

이런 상황에서 개인이 국가에만 의존해서 노후를 맡긴다는 것은 점점 더 위험한 선택이 되고 있다.

저출산과 급속한 고령화, 고물가와 고비용·저효율 사회 구조, 이념 갈등, 불공정한 자본주의 체제가 만들어낸 과도한 헤게모니, 지대에 의해 부풀려진 부동산 가격과 심화되는 빈부격차는 노년에 접어든 필자가 이 글을 쓰게 된 중요한 동기이자 이유이기도 하다.

사회인류학에서는 65세 이상 인구가 7%를 넘으면 고령화 사회, 14%를 넘으면 고령사회, 20%를 넘으면 초고령 사회로 분류한다.

대한민국은 2026년경 초고령 사회로 진입할 것으로 예상되었으나, 이미 2025년에 그 단계에 들어선 것으로 보인다.

가까운 미래에는 경제활동 인구가 줄어들어 한 명의 근로자가 한 명의 노인을 부양해야 하는 구조가 현실이 될 가능성이 크다.

이를 두고 학자들은 '인구절벽'을 우려하지만, 외국인 노동자의 유입과 귀화 정책 등으로 극단적인 인구 소멸은 어느 정도 완충될 수 있을 것이라는 전망도 있다.

과거에는 서민의 삶에 국가의 간섭이 상대적으로 적었고, 소득이 있는 곳에 직접세를 내는 구조였다.

그러나 지금은 거의 모든 경제 활동에 세금이 부과되며, 과세는 국민 生활 깊숙이 관여하고 있다.

지나치게 많은 공무원을 고용해서 국가 관리 비용을 과다하게 지출하는 것은 개인의 자유를 제약할 위험이 있으며, 과도한 인건비 지출은 막대한 국가 부채로 이어져 결국 미래 세대에게 부담을 남길 수 있다.

국가 운영 또한 보다 효율적인 '작은 정부' 방향으로 고민해 볼 필요가 있다.

열심히 일하는 사람이 정당한 대가를 받고 잘사는 사회, 노력과 성실이 존중받는 사회가 건강하고 공정한 사회다.

개인의 자유와 자본이 보장되는 자유민주주의 사회에서는 자신의 선택과 행동에 반드시 책임이 따른다.

자유는 목숨만큼이나 소중한 가치다.

자유가 없는 사회는 결국 개인의 존엄을 훼손하게 된다.

일부 극단적인 이념이나 선동에 휘둘리지 말고, 각자가 맡은 자리에서 성실히 역할을 다하는 것이 민주 사회를 지탱하는 가장 기본적인 힘이다.

모두가 현실을 직시하고 스스로의 삶에 책임을 지면서 살아갈 때 비로소 개인도 사회도 건강해질 수 있다.

"희망이 없으면 물 없는 고기와 같다"는 격언이 있다.

민생 경제는 오로지 희망을 먹고 살며, 미래에 대한 확신이 있을 때 비로소 움직인다.

민중에게는 고기를 잡아주는 것이 아니라 고기 잡는 법을 가르쳐야 한다는 말도 같은 맥락이다.

국민 경제에서 가장 큰 비중은 결국 먹고사는 문제다.

법과 제도, 천재지변 같은 체계적 위험 앞에서는 힘없는 민중이 속수무책으로 당할 수밖에 없다.

결국 법을 만드는 정치인들의 판단이 나라와 서민 경제의 흥망성쇠를 좌우하게 된다.

사회 지도층은 국가 안보뿐 아니라 국민의 생명과 재산을 지키는 것이 자신의 의무이자 본분임을 늘 명심해야 할 것이다.

이제 다시 생애설계로 돌아와 보자.

청소년기, 중학교를 졸업할 무렵이면 처음으로 인생의 진로를 고민해야 할 시기다.

아직도 우리 사회는 공부만을 유일한 선택지로 여기는 경향이 강하지만, 세상은 이미 달라졌다.

기술을 가진 사람이 미래를 보장받는 시대가 도래한 것이다.

계속 공부하여 교수나 판·검사, 공무원, 행정가의 길을 갈 것인지, 아니면 일찍 기술을 익혀 경쟁력을 갖춘 기술자가 될 것인지를 이 시기에 진지하게 고민해야 한다.

이는 대략 15세 전후에 처음 맞이하는 인생 설계로, 자신의 적성과 재능, 흥미를 파악해서 오래 해도 싫증나지 않는 일을 찾는 과정이다.

학교를 졸업하고 20대에서 30대에 이르면 본격적으로 사회에 발을 들여놓게 된다.

이 시기에는 다양한 사람을 만나 관계를 배우고, 직업을 선택하며, 배우자와 결혼하고 거주지를 정하는 등 삶의 구체적인 틀을 만들어 가야 한다.

10대의 질풍노도, 20~30대의 직업과 가족 선택, 40~50대의 노력과 성취, 60대의 건강과 복지, 귀촌, 70대의 노후 생활과 상속·증여, 80대의 삶 정리와 유언 준비까지, 인생 전반을 단계별로 정리하고 실천하는 것이 생애설계 이론의 핵심이다.

현재 UN은 65세를 노인으로 규정하고 있지만, 사회 변화의 속도를 고려할 때 이 기준은 머지않아 수정될 가능성이 크다.

일반적으로 인생의 흐름을 보면 청소년기에는 자아정체성을 확립하고, 직업을 정해 사회적 친밀감을 형성하며, 중년기에는 생산성과 경제적 안정을 이루어야 한다.

노년 전기에는 자아 통합과 사회 참여로 고립을 막고, 노년 후기에는 모든 집착을 내려놓고 편안한 마무리를 준비하는 것이 바람직하다.

구체적인 생애설계는 네 단계로 나눌 수 있다.

첫째, 재능·지능·성격·적성을 파악해서 삶의 사명과 가치를 정하고,

둘째, 인생의 목표를 세우며,

셋째, 시간 관리와 실행 계획을 수립하고,

넷째, 확고한 의지로 이를 실천하는 것이다.

10~20대의 설계는 부모의 보살핌 속에서 이루어지지만, "될성부른 나무는 떡잎부터 알아본다"는 말처럼 스스로 목표를 세우고 노력하는 아이는 결국 성취하고 건강도 잘 유지하는 경우가 많다.

서른 초반의 한 공인중개사 후배가 떠오른다.

그는 눈빛에 자신감이 있고, 태도에는 여유가 있으며, 사람을 대하는 품격이 남달랐다.

나이 많은 직원들을 웃음으로 대하면서도 공손함과 중심을 잃지 않았다.

그러한 태도와 성실함으로 그는 토지 개발 사업을 안정적으로 키워가고 있다.

30~40대는 인생에서 가장 무거운 책임을 짊어지는 시기다.

결혼을 하게 되면 삶은 혼자에서 둘이 되고, 곧 셋이 된다.

그 순간부터 개인의 삶은 자연스럽게 가족의 생계와 행복을 함께 책임지는 삶으로 바뀌게 된다.

중년에 접어들면 직장, 학교, 가족 관계가 얽히며 갈등도 잦아지고 심리적 부담도 커진다.

어느 한쪽만 소홀히 해도 균형이 무너지는 시기다.

육아의 어려움, 사춘기 자녀와의 소통 문제, 굳어진 생활 습관과 현실의 괴리, 복잡해진 인간관계는 쉼 없이 스트레스를 만들어 낸다.

이 시기의 피로는 단순히 몸의 문제가 아니라, 책임이 쌓이면서 생기는 마음의 무게에 가깝다.

이럴 때 술이나 담배에 의존하기보다 여행이나 생활체육처럼 몸을 움직이고 시야를 넓히는 방식으로 삶의 리듬을 바꾸는 것이 정신과 신체 건강에 훨씬 도움이 된다.

잠시 멀리서 자신을 바라볼 수 있을 때, 문제는 줄어들지 않아도 감당할 힘이 생긴다.

50~60대는 노후 준비와 건강관리가 중요한 시기다.

자녀가 독립하고 부부만 남는 빈 둥지 증후군으로 허전함이나 우울감을 느끼기도 한다.

그러나 이 시기는 새로운 시작을 준비하는 전환점이기도 하다.

이때 중요한 것은 더 벌고 더 키우는 일이 아니라, 그동안 쌓아온 성과를 지키는 일이다.

무엇이든 지나치면 모자람만 못하다는 과유불급(過猶不及)을 늘 기억해야 한다.

나이 들어 무리하게 사업을 확장하는 선택은 남은 인생을 오히려 어렵게 만들 수 있다.

꼭 해야 한다면, 자신이 잘 알고 오래 해온 분야에서 신중하게 접근해야 한다.

남의 성공을 그대로 따라 하거나 경험 없는 사업에 큰돈을 투자하는 일은 한순간의 판단으로 평생의 짐이 될 수 있다.

여가와 취미는 낭비가 아니다.

평생 성실히 살아온 자신에게 주는 가장 값진 선물이다.

취미는 마음을 풍요롭게 하고 삶의 만족도를 높여 준다.

중년에 경쟁력을 확보한 사람들 가운데는 봉사나 사회 활동을 통해 보람과 자아실현을 찾는 이들도 많다.

은퇴시기에 가까워질수록 주변 관계를 정리하고 삶의 무게를 덜어내는 준비가 필요하다.

그래야 다음 단계의 인생을 보다 가볍고 담담하게 맞이할 수 있다.

시대가 변해서 이제는 흔히 '100세 시대'라고들 한다.

특히 50대 가장들은 정기적인 건강검진을 소홀히 하지 말고, 몸이라는 가장 중요한 자산을 잘 관리해서 자녀에게 기대지 않는 노후를 준비해야 한다.

요리나 빨래처럼 혼자 살아가는 데 필요한 기본적인 생활 기술도 미리 익혀 두는 것이 좋다.

이순에 접어들면 돈도 어느 정도 필요하지만, 그보다 더 중요한 것이 친구다.

좋은 친구를 버리지 말고 소중히 여겨 오래도록 우정을 나누어야 한다.

이시형 박사는 "슬리퍼 신고 언제든지 찾아갈 수 있는 친구 셋만 있으면 그 사람은 성공한 인생"이라고 말했다.

60세를 넘어서면 지금 하고 있는 일이나 사업을 후계자에게 서서히 인계하여서 삶의 무게를 가볍게 해야 한다.

가능하면 혼밥을 피하고 누구든 불러내어 함께 식사하며, 말하는 것보다 듣는 연습을 해야 한다.

받는 것보다 주는 즐거움을 배우는 것도 이 시기의 중요한 공부다.

옛 성현의 말에 "말을 배우는 데는 2년이 걸리고, 말하지 않는 것을 배우는 데는 60년이 걸린다"고 했다.

특히 나이가 들수록 생각 없이 내뱉은 말 한마디가 관계를 멀어지게 할 수 있음을 명심해야 한다.

70세 이후에는 잘난 사람이나 못난 사람이나, 많이 배운 사람이나 덜 배운 사람이나 인생살이가 크게 다르지 않다.

이 시기에는 잘난 체하지 않고, 건강하고 활동적인 태도로 살아가는 것이 무엇보다 중요하다.

건강한 사람이 돈 많은 사람보다 낫고, 돈이 많기보다 돈을 잘 쓸 줄 아는 사람이 더 부자라는 사실도 알아야 한다.

필자 역시 글로는 쉽게 쓰지만, 돈을 잘 쓰는 일이 실제로는 어렵다는 걸 잘 알고 있다.

요즘은 돈도 잘 쓰고, 옷도 잘 입고, 새로운 것을 배우려는 노년층을 '실버 세대' 대신 '액티브 시니어(Active Senior)'라 부른다.

이들은 60세에서 80세 전후의 활동적인 노년층으로, 어떻게 멋지게 살 것인지, 무엇을 하며 즐겁게 시간을 보낼 것인지를 미리 준비한 사람들이다.

이들은 새로운 경제활동, 사회활동, 여가활동을 통해 경제적 자유, 육체적 자유, 정신적 자유, 관계적 자유를 추구하며 여생을 현명하게 꾸려간다.

반면 노후 보장 제도가 취약한 자영업자나 소상공인은 노란우산공제나 국민연금을 중도에 해약하지 말고 끝까지 유지해서 폐업이나 노후에 대비해야 한다.

건강관리 또한 매우 중요하다.

2020년 기준 한국인의 기대수명은 83.6세지만, 건강수명은 약 73세로 10년 이상을 타인에게 의존하며 살아갈 가능성이 있다.

이 기간을 최대한 줄이기 위해서는 충분한 영양 섭취, 꾸준한 운동, 긍정적인 사고가 필수다.

자연적 노화는 피할 수 없지만 신체 노쇠는 어느 정도 관리할 수 있다.

"담배는 끊고, 밥과 술은 줄이며, 다수면·다동작·다휴식"이 필요하다.

이를 정리하면 1무(담배 끊기), 2소(밥과 술 줄이기), 3다(충분한 수면·운동·휴식)이다.

생애 설계의 목적은 노후에 건강하고 안정된 삶 속에서 취미와 봉사, 여가를 즐길 수 있는 신체적·경제적 자유를 미리 준비하는 데 있다.

인생 후반전을 좌우하는 다섯 가지 위험 요소를 살펴보면,

첫째는 장수 리스크다.

60세에 퇴직해서 100세까지 산다면 40년을 어떻게 살아갈 것인가의 문제다.

퇴직은 끝이 아니라 제2의 인생 출발점이므로 공부, 재취업, 취미를 병행하는 삶으로 전환해야 한다.

둘째는 경제적 여유 자금이다.

퇴직 후 지출이 줄어들 것이라 생각하지만, 의료비 등으로 단기간에 큰 자금이 필요할 수 있어 보험의 역할이 중요하다.

셋째는 자녀 리스크다.

과도한 증여나 결혼자금 지원은 삼가고, 자녀가 스스로 감당하도록 해야 노후 자금을 지킬 수 있다.

넷째는 부동산에 편중된 자산 구조다.

60대 자산의 약 85%가 부동산에 묶여 있어 가격 하락이나 세제 변화에 취약하다.

다섯째는 인플레이션과 저금리 리스크다.

물가가 매년 3%씩 오르면 25년 뒤 100만 원의 가치는 48만 원으로 줄어든다.

연금과 예금만으로는 부족하므로 자산 분산을 통해 위험을 낮춰야 한다.

자기계발과 평생학습을 통해 사회 적응 능력을 유지하는 것도 중요하다.

1972년 미국의 심리학자 로버트 제이 해비거스트는 노년기에 직면하게 되는 발달 과업으로 체력과 건강의 약화, 경제적 여건의 변화, 배우자의 질병과 사망, 동년배와의 관계, 시민으로서의 책임, 그리고 생활 조건의 변화 등 여섯 가지 '적응 과제'를 제시했다.

끝으로, 사회적 고립을 막고 고독감을 해소하는 방법으로 자원봉사 활동을 들 수 있다.

이는 인간에 대한 사랑과 이해를 바탕으로 자기 자신을 정확히 이해하고 조건 없이 줄 수 있을 때 비로소 의미가 있다.

지나친 기대보다는 보조적 역할에 충실하고, 인내와 신념, 긍정적인 태도를 유지해야 한다.

외로워하기보다 즐겁고 능동적인 사회 참여는 삶의 태도를 바꾼다.

삶을 관망의 대상으로 두지 말고, 스스로 선택하고 책임지는 자세는 늙어가는 방식마저 달라지게 한다.

결국 죽음은 두려움의 대상이 아니라 준비의 대상이다.

인생의 목적 가운데 하나는 '잘 사는 것'뿐 아니라 '잘 죽는 것'이기도 하다.

삶의 마지막까지 스스로 정리할 줄 아는 사람만이 진정으로 자기 인생을 주체적으로 살아낸 사람일 것이다.

수면과 뇌

몸과 생각을 지탱하는 가장 기본적인 생리

"The night brings advice."

"밤이 조언을 가져온다."

이탈리아 사람들이 자주 쓰는 말인데, "역사는 밤에 이루어진다."와 비슷한 뜻이다.

어느 날 중요한 결정을 내려야 하는데 잠을 충분히 자지 못했다면, 그 결정은 미루는 것이 좋은 방법이다.

피곤하고 몽롱한 상태에서는 판단력이 흐려지기 쉽다.

이럴 때는 수면을 충분히 취한 뒤 생각을 정리하여 맑은 정신으로 결정을 해야 한다.

스마트폰이 일상화되면서 잡다한 정보들이 숙면을 방해하는 현대인은 일상에서 오는 잡다한 스트레스에 시달리고 있으며, 수면 부족이 원인인 당뇨·고혈압·순환계 질환 등 크고 작은 질병에 노출되어 있다.

인생을 보다 건강하고 행복하게 살기 위해서는 절제된 생활이 습관이 되어야 한다.

인간은 유인원으로 포유류이기에 잠을 충분히 자야 건강하게 살 수 있다.

그러나 현실은 일상에 얽힌 수많은 스트레스로 잠이 부족한 경우가 많은데, 성인이 필요로 하는 수면 시간은 평균적으로 하룻밤에 약 7시간 30분 정도가 적당하다고 알려져 있다.

하지만 이것이 모든 사람에게 똑같이 적용되는 것은 아니다.

사람마다 발 크기가 달라서 신발 문수가 다르듯이 개인에 따라 필요한 수면 시간도 다르고, 잠자는 시간대, 생활 방식, 신체 활동의 강도에 따라서도 수면 량이 차이가 날 수 있다.

어떤 날은 짧게 잤는데도 개운하게 일어나고, 또 어떤 날은 잠이 오지 않아서 밤새 뒤척이다가 깊은 잠을 이루지 못하기도 한다.

우리는 일생의 약 3분의 1을 잠을 자면서 보내지만, 잠에 대해서 제대로 알고 있지 않으며 수면을 통해서 무엇을 얻는지에 대해서도 잘 알지 못하고 있다.

또한 뇌의 건강한 활동에 큰 도움이 되는 낮잠에 대해서도 정보가 충분치 않기에, 대학에서 연구된 자료들을 참고하고자 한다.

꿈은 언제 꾸며, 왜 꾸는 것일까?

이 역시 많은 사람들이 궁금해 하는 주제다.

인간의 정신을 지배하고 기억과 감정을 조절하는 뇌의 역할이 수면과 깊이 연관되어 있으며, 잠이 우리의 일상에 미치는 영향, 뇌가 필요로 하는 영양소, 그리고 인간이 의식은 하지만 스스로 조절하지 못하는 기능들에 대해 미국에서 대학생 교재로 쓰이는 『Password』에 실린 「수면과 뇌」 내용을 참고하였다.

뇌가 스스로 수행하는 기능 가운데 하나는 단기 기억과 장기 기억을 조절하는 일이다.

신비로운 뇌(brain)의 작동을 살펴보면, 깊은 잠을 자야 사고력이 좋아지고 능률이 높아지며 맑은 정신과 건강한 신체를 유지할 수 있음을 알 수 있다.

젊고 건강할 때는 수면이 다소 부족하더라도 뇌가 정신과 신체를 어느 정도 보완해 주어서 버틸 수 있다.

그러나 육체가 약해지면 정신도 흐려진다는 사실을 우리는 아프거나 극도로 피곤할 때 쉽게 느낄 수 있다.

하룻밤 동안의 수면 패턴은 어느 정도 정해져 있는데 잠자는 동안 두 가지 주기적인 패턴이 반복되며 대부분의 사람은 이와 같은 방식으로 잠을 잔다.

잠들자마자 약 10~15분 정도의 얕은 잠이 1단계와 2단계로 나뉘며, 이 구간은 전체 수면의 약 20%를 차지한다.

"3단계와 4단계의 깊은 잠은 전체 수면에서 가장 많은 중요한 비중을 차지한다."

이러한 주기를 반복하는 동안 뇌는 충분한 휴식을 취하게 된다.

수면은 눈동자가 빠르게 움직이는 REM 수면(Rapid Eye Movement)과, 눈동자가 움직이지 않고 깊은 잠에 빠져드는 NREM 수면(Non-Rapid Eye Movement)으로 나뉜다.

REM 수면은 1단계로 잠들기 시작하여 약 10분 정도로 눈동자가 빠르게 움직이고 작은 소리에도 쉽게 깨어난다.

이어지는 2단계 수면은 3~5분 정도 지속되며, 점차 깊은 잠으로 들어가지만 여전히 얕은 수면 상태로 이때 바로 비몽사몽 꿈을 꾸게 되는 것이다.

이후 NREM 수면의 3단계에 들어서면 눈동자가 멈추고 심장 박동이 느려지며 근육이 이완되고 호흡도 안정된다.

이 단계에서는 흔들어 깨워도 반응이 없을 정도로 깊은 휴식 상태에 들어간 후 30분이 지나게 되면 더욱 깊은 4단계 수면으로 접어들며, 마치 죽은 듯이 깊은 잠에 빠지게 된다.

이러한 수면 주기는 하룻밤 동안 4~6회 반복된다.

밤에 충분한 수면을 취하지 못하면 건강이 나빠지고 일의 능률도 떨어진다.

만약 잠이 부족하다고 느껴질 때는 낮잠을 활용하는 것도 하나의 방법이다.

낮잠은 뇌에 좋은 보약을 주는 것과 같고, 목마를 때 물을 마시는 것과 같다.

보통 낮잠은 20~45분 정도가 적당한데, 이는 밤잠 2단계 수면에 해당한다.

이 정도의 낮잠만으로도 수면 부족이 상당 부분 해소되어 피로가 풀리고 기분이 좋아진다.

우리는 이런 상태를 흔히 '꿀잠을 잤다'고 표현한다.

마치 기계에 기름칠을 한 것처럼 집중력이 높아지고 행동이 민첩해져 능률이 배가된다.

낮잠을 너무 많이 자면 일어나도 개운하지 않고, 오히려 자기 전보다 더 피곤함을 느낄 수 있다.

이런 경우에는 아예 낮잠을 90분에서 2시간 반 이상 길게 자는 것이 도움이 된다.

이렇게 긴 시간의 수면은 수면 주기가 한 번 완전히 돌아가 하룻밤 잠을 잔 것과 비슷한 효과를 낸다.

만약 낮에 깊은 잠에 빠져 있는데 누군가가 깨워서 선잠 상태로 일어났다면, 정신이 몽롱하고 몸이 나른해지는 현상이 나타날 것이다.

이런 상태를 극복하려면 보통 30분 정도의 시간이 지나야 정상적인 컨디션으로 돌아온다.

잠을 제대로 자지 못하면 기억력이 저하되고 집중력이 떨어져서 소지품을 잃어버리기도 하고, 신체적으로는 동작이 눈에 띄게 느려지고 깊은 생각을 제대로 하지 못해서 실수를 유발할 수 있다.

밤새 잠을 자지 않고 고민한다고 해서 생각이 정리되는 것은 아니므로, 중요한 결정을 앞두고 있다면 약속을 미루는 것도 현명한 방법이다.

세계적으로 유명한 과학자나 작가, 창작 예술가들 가운데도 잠자는 동안 꿈속에서 영감을 얻어 훌륭한 작품을 만들어낸 사례가 많다.

일화로 영국의 팝 음악 그룹 비틀스의 멤버 폴 매카트니는 어느 날 아침 눈을 뜨자마자 홀린 듯 피아노 앞으로 가서 전날 밤 꿈속에서 들었던 멜로디를 떠올리며 연주를 시작했다고 한다.

마치 평소에 알고 있던 노래처럼 꿈속의 멜로디가 또렷이 생각났다는 것이다.

이렇게 전 세계가 열광했던 「Yesterday」라는 노래는 하룻밤 꿈속에서

들은 멜로디를 바탕으로 다음 날 아침 즉흥적으로 작사·작곡되어 탄생했다.

폴 매카트니는 그 멜로디가 너무 익숙해서 혹시 다른 사람이 이미 만든 노래를 자신이 착각하고 연주한 것은 아닌지 주변 사람들에게 확인까지 했다고 한다.

우리도 비슷한 경험을 하곤 한다.

꿈속에서 겪었던 일이 현실에서 다시 펼쳐지는 것 같거나, 전날 꿈에서 본 장면이 다음 날 비슷하게 전개되는 예지 몽 같은 경험을 하기도 한다.

미국의 복서 플로이드 패터슨은 복싱 경기 전날 밤, 상대방의 움직임을 암시하는 꿈을 꾸었고 다음 날 경기에서 상대가 어떤 작전을 펼칠지를 미리 알고 대응해서 승리했다고 전해진다.

과학자들은 꿈이 어떤 분명한 목적을 가지고 꾸어지는 것이 아니라, 활발한 뇌 활동에 의해 마치 컴퓨터를 초기화하듯이 뇌가 스스로 만들어 내는 현상이라고 설명한다.

실험 결과에 따르면 개나 쥐도 인간과 마찬가지로 수면 주기가 있으며, 잠을 자고 꿈을 꾸며 잠꼬대까지 한다는 사실이 밝혀졌다.

미국 매사추세츠 공과대학(MIT)의 과학자들은 쥐를 미로에 두고 수면 상태를 연구했다.

그 결과 쥐는 얕은 수면 상태에서도 자신의 위치를 정확히 파악하고 있었으며, 걷는 중에도 얕은 잠을 자고 있었지만 깨어 있을 때와 크게 다르지 않을 정도로 촉각이 예민했다고 한다.

대부분의 생명체는 잠을 자야하며, 수면이 부족하면 식욕 호르몬이 감소해서 입맛이 떨어지고 신체 기능이 저하되며, 정신적으로는 양심과 도덕적 판단이 흐려지고 작업 능률 또한 현저히 떨어진다.

가능한 한 수면 패턴을 일정하게 유지하고 하루 6~8시간의 잠을 자야 피로가 풀린다.

반대로 4시간 이하로 너무 적게 자거나, 8시간 이상 지나치게 오래 자는 것도 건강에 좋지 않다.

그렇다면 성인과 청소년의 수면 량은 같은가?

학창 시절을 떠올려 보면 새벽 6시에 일어나서 7시에 학교에 등교해 비몽사몽 한 상태로 자습을 하고, 8시에 첫 교시가 시작되던 기억이 있을 것이다.

이러한 학교생활 방식은 수십 년간 이어져 왔었다.

그러나 2001년 미국의 수면 전문가 메리 칼스카돈이 청소년의 신체 발달과 수면을 연구한 결과, 청소년들이 만성적인 수면 부족에 시달리고 있으며 10대는 최소 8~9시간의 수면이 필요하다는 주장을 제시했다.

이 연구를 바탕으로 미국의 여러 주에서는 학생들의 등교 시간을 한 시간씩 늦추는 정책을 단계적으로 시행했고, 지구촌 많은 나라가 이를 따르고 있다.

초등학생과 중학생은 오전 9시, 고등학생은 오전 8시에 등교하도록 조정한 결과, 전반적인 학업 성취도가 향상되었고 수업 시간에 졸던 학생이 30% 감소했으며 학습에 대하 열정이 높아졌고 중퇴율도 감소했으며 지각 횟수도 눈에 띄게 줄었다.

그 결과 학부모의 92%는 아이들이 이전보다 훨씬 활기차고 생활 태도가 밝아졌다고 응답했다.

청소년기의 뇌는 특수한 화학 물질의 영향을 강하게 받는다.

이 과정은 유아기부터 서서히 시작되어 사춘기에 가장 뚜렷해졌다가,

성인 초입이 되면서 뇌하수체가 줄어들고 뇌의 크기가 감소하면서 벗어나게 된다.

이 때문에 사춘기 아이들은 호르몬 작용에 의해 본능적으로 생각하고 행동하며, 때로는 엉뚱한 짓을 하거나, 세침 해지거나, 과격해지기도 한다.

충분한 수면은 뇌의 안정적인 활동과 밀접한 관계가 있어서, 뇌가 스스로 수행하는 기능과 그 속에 숨겨진 능력과 비밀은 수면을 통해 잘 드러난다.

우리의 뇌와 신체는 많은 에너지를 필요로 한다.

육체가 쓰는 에너지는 음식에서 공급되며, 움직이고 숨 쉬는 것은 물론 잠을 자는 것과 생각하는 것까지 모든 활동에서 에너지가 소모된다.

인간의 뇌 무게는 전체 체중의 2~3%에 불과하지만, 우리가 섭취하는 음식 에너지의 약 20~30%를 소비한다.

약 1만 년 전 인류의 뇌는 500그램 정도였으나, 해안가에서 살며 생선과 해조류 같은 오메가3가 풍부한 음식을 섭취하면서 점차 커져서 오늘날에는 약 1,500그램 내외가 되었다.

뇌가 충분히 발달하지 않았던 시기에는 인간도 동물과 같은 본능에 의지해서 생계를 유지했다.

그러다가 뇌가 점점 커지고 발달하면서 집을 짓고 선박을 만들며, 음악을 창작하고 각종 생활 도구를 만들어서 사용하게 되었고 정착 생활이 시작되면서 농사를 짓고 수렵을 병행하면서 문명이 형성되었다.

뇌 활성화에 좋은 음식으로는 오메가3와 콜라겐, 해초류, 등푸른 생선, 신선한 채소들, 시금치, 그리고 호두·잣·건포도 등이 있다.

어류에 함유된 콜라겐은 생선 껍질에 많이 들어 있는데, 입자가 작아서 체내 흡수가 잘되는 장점이 있다.

반면 돼지고기에 많은 동물성 콜라겐은 입자가 커서 대부분이 소화 과정에서 분해되고 약 20% 정도만 흡수되지만, 섭취량이 많은 장점이 있다.

따라서 돼지고기와 생선을 골고루 섭취하는 것이 뇌 건강에 도움이 된다.

혹시 음식을 먹으면서 '뇌가 필요로 하는 음식을 먹어야겠다.'는 생각을 해본 적이 있는가?

대부분은 그동안 무심코 먹었을 뿐, 뇌에 도움이 되는 음식을 의식적으로 섭취해야겠다는 생각까지는 하지 않았을 것이다.

그렇다고 해서 큰 문제가 되는 것은 아니다.

이제라도 건강한 뇌를 위해서 뇌가 필요로 하는 음식을 섭취하면 된다.

뇌는 스스로 판단하고 처리하는 기능을 갖고 있다.

어떤 정보를 기억해야 할지 말아야 할지와, 새로운 정보를 저장할지 버릴지, 오래 기억할지 곧바로 잊을지를 결정한다.

또한 감정을 판단해서 화를 낼지, 울지, 웃을지를 스스로 결정하며 즐거움과 기쁨, 슬픔과 외로움, 고독함 같은 감정도 생각의 형태로 만들어 낸다.

이 모든 과정을 용량이 매우 큰 슈퍼컴퓨터와 같은 역할을 수행하는 것이다.

뇌의 기억 장치는 크게 단기 기억과 장기 기억으로 나뉜다.

짧은 기간 동안 잠시 기억하는 것과, 오랜 기간 저장해 두는 기억으로 구분할 수 있다.

우리가 지금 보고 듣고 생각하는 것들은 먼저 단기 기억 장치로 들어간다.

그 가운데 극히 일부의 정보만이 장기 기억 장치로 전달되어 오래 저장된다.

이렇게 보면 지나간 일을 기억하지 못하는 것은 뇌가 스스로 처리하는 자연스러운 과정이지, 머리가 좋고 나쁨의 문제가 아니다.

단기 기억은 들어온 정보를 몇 초나 몇 분 동안만 저장한 뒤, 필요가 없어지면 곧 사라지게 된다.

전화번호를 잠깐 외우거나 처음 본 사람의 얼굴과 말투, 잠시 사용하는 숫자나 계산 결과를 금세 잊어버리는 이유가 여기에 있다.

이러한 단기 기억은 정보를 사용하는 데 필요한 시간만 유지되다가 머릿속에서 사라진다.

이는 기억력이 나빠서가 아니라 오히려 우리를 위해 매우 유익한 기능이다. 그래서 흔히 망각을 '신이 준 선물'이라고 한다.

만약 우리가 알고 있는 이름과 숫자, 얼굴과 단어를 모두 잊지 않고 계속 기억하고 있다면 머릿속은 온갖 잡동사니로 가득 차 혼란스러울 것이다.

반면 정말로 중요한 정보는 단기 기억에서 장기 기억으로 옮겨진다.

우리가 반복해서 공부하고 외우려는 이유도 여기에 있다.

그런데 중요하다고 생각하고 반복해서 외우려고 해도 잘 외워지지 않는 이유는 이미 뇌가 저장하지 않기로 판단했기 때문이다.

공부를 잘하는 사람은 장기 기억을 담당하는 신경 회로가 상대적으로 더 활성화되어 있다고 볼 수 있다.

새로운 정보를 기억할지 흘려보낼지는 뇌가 스스로 판단한다.

감정의 반응 역시 뇌가 알아서 결정한다.

뇌는 다음과 같은 질문을 스스로에게 던진다.

새로운 정보가 감정에 영향을 미치는가? 행복한가, 슬픈가, 화가 나는가, 즐거운가?

또 이 정보가 이미 알고 있는 것과 관련이 있는가?

관련이 있다면 저장할 가치가 있는가?

이미 뇌 어딘가에 존재하는 정보인가, 아니면 전혀 새로운 정보인가?

이 질문에 대한 답이 하나 또는 둘 다 긍정적이라면, 뇌는 그 정보를 장기 기억으로 보내기 위해 새로운 연결 고리를 만든다.

연결 고리를 통해 뇌세포에서 전두엽으로 정보를 보내며 기억을 저장하는 작업을 스스로 수행하는데, 그 새로운 정보와 기존 뇌세포를 연결해서 저장 공간을 만든 영역이 바로 뇌의 대뇌피질, 즉 전두엽이다.

전두엽은 뇌에서 가장 넓은 영역을 차지한다.

반대로 이미 저장된 정보를 오랫동안 사용하지 않으면, 뇌세포를 연결하던 신경 회로가 약해져서 기억이 희미해진다.

그 정보는 입안에서 맴돌기만 하고 기억날 듯 말 듯 떠오르지 않는 상태가 된다. 흔히 혀끝에서만 맴돈다고 표현하는 현상이다.

나이가 들어서 기억력이 떨어진다고 생각하기 쉽지만, 연구에 따르면 젊은 대학생들도 일주일에 평균 한두 번은 자신이 했던 일을 기억하지 못하는 경험을 한다고 한다.

기억을 오래 유지하려면 듣거나 본 내용을 글로 남기든지, 자주 들여다보며 반복해서 떠올리는 노력이 필요하다.

우리는 매일 잠을 자고 생각을 반복하면서도 수면과 뇌의 기능, 기억력의 작용을 대수롭지 않게 여기며 일상으로 흘려보내고 있다.

미래 산업을 선도하는 미국의 일론 머스크 역시 우리와 마찬가지로 하나의 뇌를 가지고 있다.

그가 벌이는 일은 헤아릴 수 없을 만큼 많지만, 그중에서도 특히 주목할 만한 것은 뉴럴링크라 하는 실험인데, 원숭이의 뇌에 작은 컴퓨터 칩을 이식하여 뇌에서 일어나는 신경 활동을 통해 뇌 질환이나 척추 장애 환자를 치료하려는 이 실험은 이미 성공 단계에 이르렀고, 인간의 뇌에도 적용이 가능하다고 하니 이제 인간이 기술로 신의 영역을 넘보는 날도 그리 멀지 않은 듯하다.

건강한 삶을 오래 유지하기 위해서는 무엇보다 규칙적인 생활과 올바른 식습관이 중요하다.

인간은 평생 동안 뇌 용량의 약 5% 정도만 사용된다고 알려져 있었으나 실제로는 전체를 다 쓰고 있는 것으로 연구결과 밝혀졌다

또한 아인슈타인의 뇌는 특정 영역이 더 발달되어 있다는 사실이 과학적인 연구 결과로 입증되기도 했다.

뇌 과학자들에 따르면 활성화된 뇌를 스캔해 보면 겉으로는 뇌의 일부만 사용되는 것처럼 보이지만, 실제로는 간단한 작업 하나를 수행하더라도 여러 부위가 동시에 반응하는 것으로 확인되었다.

개인의 지능과 재능에 따라 사고의 상호작용과 뇌세포 간에 역할 분담이 달라지며, 특정 영역이 상대적으로 더 활성화되는 경향이 있는 것으로 나타난다.

인간의 뇌도 근육과 마찬가지로 자주 사용하는 기능은 발달하고, 사용하지 않는 부분은 점차 위축된다.

그러므로 독서와 학습을 통해 뇌를 꾸준히 자극하는 노력이 필요하다.

뇌의 모든 부위가 항상 100%로 작동하지 않는다는 사실도 밝혀졌는데, 이는 에너지 효율 측면에서 일부만 활성화하는 것이 훨씬 유리하기 때문일 것이다.

뇌를 건강하게 유지하려면 일정 수준 이상의 유산소 운동만으로도 해마 부위의 뇌세포 재생을 촉진할 수 있다고 한다.

일부 학자들은 13세 무렵이면 뇌의 성장이 멈춘다고 말하지만, 실제로 뇌는 노쇠해 가는 것이 아니라 새로운 자극을 받으면서 끊임없이 재구성되고 변화한다고 본다.

이 과정에 중요한 역할을 하는 기관이 바로 해마이다.

해마는 새로운 신경세포를 만들고 이를 서로 연결하는 기능을 담당한다.

신경 손상으로 장애가 발생했을 경우에도, 해마는 기존 신경을 우회하는 새로운 연결 고리를 만들어서 운동 기능을 회복하도록 돕기도 한다.

건강한 뇌 기능을 유지하려면 유산소 운동과 식이요법이 필수적이며, 금연은 뇌세포의 재생과 생성을 긍정적인 방향으로 이끈다.

또한 신경세포의 재료가 되는 오메가3와 오메가6 같은 지방산을 꾸준히 섭취하고, 규칙적으로 운동하며, 일부 향정신성 약물과 담배는 피해야 한다.

30대 이후부터는 뇌의 활력이 서서히 저하되고 이러한 변화가 평생 이어진다.

따라서 지속적인 학습과 배움을 멈추게 되면 뇌 기능의 저하는 더 빠르게 진행될 수 있으므로, 배움을 게을리 해서는 안 된다.

뇌는 여전히 많은 부분이 밝혀지지 않은 신비로운 기관이지만, 언젠가는 그 비밀이 풀릴 것이며 우리는 뇌에 대해 더 깊이 알게 될 것이다.

지금도 인간의 뇌는 '소우주'라 불리며 신비의 베일에 싸여 있다.

인간의 뇌는 전체의 약 78%가 수분으로 이루어져 있으며, 무게는 약 3파운드 내외, 너비는 약 15센티미터, 부피는 1350cc 정도이다.

뇌는 신체의 움직임과 행동을 조절하고 균형을 유지하며, 심장의 박동과 혈압, 혈액 농도, 체온을 일정하게 유지시킨다.

또한 인지와 감정, 기억, 학습과 습득을 담당하는 자율신경계를 통해 스스로 작동하며, 특히 사람마다 각기 다른 성격과 행동, 질병에도 관여한다.

우울증과 같은 정신 질환 역시 뇌의 작용과 깊은 관련이 있다.

이처럼 뇌는 단순히 생각을 만들어 내는 기관이 아니라, 인간의 삶 전체를 조율하는 중심 장치라 할 수 있다.

우리가 어떤 선택을 하고 어떤 태도로 하루를 살아가는지는 결국 뇌의 상태에 따라 달라진다.

같은 상황에서도 사람마다 전혀 다른 판단을 내리는 이유는, 뇌가 받아들여 온 경험과 기억의 축적 방식이 서로 다르기 때문이다.

뇌는 한순간에 바뀌지 않지만, 반복되는 생활 습관과 사고방식에 따라 서서히 방향을 바꾼다.

규칙적인 수면과 절제된 생활은 뇌를 안정시키고, 안정된 뇌는 감정의 기복을 줄여 준다.

감정이 흔들리지 않을 때 판단은 차분해지고, 판단이 차분해질수록 선택의 질은 높아진다.

결국 삶의 균형은 거창한 결심이 아니라, 뇌를 무리시키지 않는 일상에서 시작된다.

우리가 지식을 쌓고 기술을 배우며 어떤 일에 열정을 쏟는 모든 행위는 결국 더 나은 삶을 추구하기 위함일 것이다.

이러한 관점에서 "뇌의 상태는 결국 일상의 선택과 관계, 사회적 갈등의 태도에도 영향을 미친다."

여기에는 '정의 외부효과'와 '부의 외부효과'라는 개념이 있다.

내 집 옆에 백화점이 들어와서 집값이 오르는 것은 정의 외부효과로, 주변에서 무상으로 혜택을 얻는 경우를 말한다.

반대로 내 집 옆에 납골당이 들어와서 피해를 보는 경우를 부의 외부효과라 한다.

내가 사는 동안 이익만 누리고 손해는 절대 용납하지 않겠다는 생각은 바꿀 필요가 있다.

그래서 우리 법에는 '관용의무'라는 조항을 두어서 이웃으로 인한 일정한 피해는 서로 이해하고 양보하라는 취지를 담고 있다.

결국 우리 모두는 서로 돕고 살아야 한다.

뇌와 신체 훈련이라는 말은 처음에는 어렵게 느껴질 수 있지만, 반복된 습관은 뇌가 알아서 익히고 자동화한다.

우리가 일을 하기 싫다고 느끼는 것조차도 사실은 뇌의 판단 때문이다.

그러므로 무엇이든 할 수 있다고 뇌를 긍정적으로 자극하며 훈련시켜야 한다.

'내가 할 수 있을까?' 하고 망설이는 순간, 뇌는 이미 거절 신호를 보내기 시작한다.

하지만 일단 시작하면 해결할 방법은 반드시 생긴다.

인간에게는 일을 끝내고자 하는 완결 능력과 의지가 있기 때문이다.

'시작이 반이다'라는 말은 말뿐이 아니라 실제로도 진실이다.

어떤 일을 앞두고 뇌가 공포와 불안을 느끼면 우리는 쉽게 망설이고 아무것도 하지 못한다.

그래서 하기 싫은 일일수록 빨리 시작해서 처리해야 한다.

어차피 해결해야 할 문제라면 미루지 말고 하라, 고름이 피가 되지는 않는다.

돈 문제든 인간관계든, 주변 정리가 깔끔해야 앞으로 나아갈 수 있다.

뇌가 피곤해하지 않게 하자.

그렇다면 뇌가 가장 힘들어하는 것은 무엇일까?

뇌는 항상 자극을 원하기 때문에 자극이 없으면 견디지 못한다.

그래서 우리는 아무것도 하지 않을 때 심심해하고 지루해하며 쓸데없이 무언가를 하려고 애를 쓴다.

그렇다. 정보의 차단이야말로 뇌를 가장 힘들게 하는 것이다.

나이가 들면 두뇌 활동이 약화되면서 호기심이 줄어들고 새로운 것에 대하여 도전하려는 마음도 약해진다.

이는 뇌세포 간 연결 고리가 약해지며 도전정신과 열정, 탐구심과 긍정적 사고가 흐려지기 때문이다.

그러므로 젊음과 패기가 있을 때, 긍정적인 생각과 번뜩이는 직관으로, 무엇인가 하고 싶은 일에 도전하는 열정을 잃지 말아야 한다.

숨 쉬는 지구

인간의 삶과 뗄 수 없는 환경과 자연

1 내가 본 오염의 현실

"미지의 세계는 늘 나를 유혹한다."는 말을 입에 달고 산다.

이번 여행은 경제적으로 비교적 낙후된 필리핀의 루손 섬을 둘러보고, 스리랑카로 이동한 뒤, 거기서 멀지 않은 인도 남부 벵갈루루와 첸나이 일대를 여행하는 일정으로 길을 떠났다.

약 23일 후 국내에 입국할 예정으로 한 나라에서 대략 일주일가량 머물러야 하니 부지런히 움직여야 했다.

첫 행선지인 필리핀 마닐라에 도착하니 시뿌연 매연으로 숨이 막힌다.

재정이 넉넉하지 못한 나라들은 환경에 투자할 여력이 없어서인지, 썩고 오염된 생활하수와 도시 근교마다 산더미처럼 쌓인 쓰레기를 제대로 처리하지 못하고 있어서 답답하고 걱정스러웠다.

특히 처음 방문해 보는 마닐라의 실상은 참혹한 수준이었다.

새까맣게 오염된 도심의 폐수가 그대로 바다로 흘러들어가고 있었고, 각종 탈것들에서 뿜어져 나오는 공기는 오염이 너무 심해서 시내 구경을 나선 지 두 시간도 되지 않아 목이 잠겨서 말이 나오지 않을 지경이었다.

지프니라 불리는 오토바이를 개조한 다인승 교통수단에서 뿜어져 나오는 새까만 매연은 상상을 초월했다.

지프니 1대가 배출하는 각종 독성 물질의 양이 25톤 화물 트럭 10여 대가 뿜어내는 분량과 맞먹는다는 보고가 있었는데, 이로 인한 새까맣고 지독한 매연 때문에 매년 매년 많은 사람들이 생명을 잃는다고 하니 생각만 해도 놀랍고 끔찍하기까지 하다.

이를 심각하게 여긴 선진국 환경단체와 대학생들이 새로운 엔진을 개발해서 미국 국립공원에서 사용하던 방식대로 4스트로크 엔진에 저감장치를 더한 개선된 엔진을 그곳에 제공하기로 결정했다.

그러나 문제는 새로운 엔진을 원가로 제공받은 일부 운전자들이 이를 다시 주변에다 비싸게 되팔아서 이익을 남기고, 또다시 값싸고 오래된 2스트로크 엔진으로 오토바이를 개조해서 운행을 이어간 것이다.

더 심각한 것은 승객의 안전과 환경 개념이 전혀 고려되지 않은 현실이었다.

2~3명이 탈 수 있는 오토바이를 16명이 탈 수 있도록 개조하여 아버지가 운전을 하고 열 살도 안 되어 보이는 아들이 조수석에 앉아서 승객 한 명당 200원 남짓한 요금을 받고 있었다.

지프니를 타고 시내를 돌아다녀보니, 마닐라 시내 개천은 온갖 쓰레기와 시커먼 생활하수가 끊임없이 흘러내려가고 있어서 생명체라고는 살 수 없을 것처럼 보였다.

무거운 마음으로 스리랑카 콜롬보에 도착하자, 도심을 가로지르는 강물이 파란 독성 물질로 가득 찬 광경이 눈에 들어왔다.

강인지 모를 연못에서 몇몇 인부들이 작대기로 비닐과 생활 쓰레기를 건져내고 있었는데, 상황은 마닐라보다 더 심각해 보였다.

후덥지근한 바람이 부는 초저녁, 인도양의 푸른 바다를 보고 싶어서 해변으로 나갔다가 바닷물에 발을 담그고는 깜짝 놀랐다.

바닷물이 지나치게 뜨거웠다.

'이렇게 수온이 높으면 물고기가 살 수 있을까?'라는 생각이 들었고, 멀리 남극에서 녹아내리고 있을 얼음이 떠올랐다.

아, 지구 나이 46억 년 동안 이렇게 난폭한 생명체는 인류밖에 없었을 것이라고, 몸부림치며 하소연하는 지구의 신음 소리가 들리는 듯했다.

46억 년을 24시간으로 압축해 본다면, 공룡은 약 1억 8천5백만 년을 살아서 10분을 넘게 머물렀고, 인류는 길게 잡아도 30만 년 남짓 되었으니 고작 몇 초 정도 존재하다 사라질 것이라고 과학자들은 말한다.

한국의 한 저명한 지구과학자가 200년 후 인류가 멸종할 수 있다고 전망했을 때는 '설마 그럴 리가' 하고 넘겼지만, 이렇게 여러 나라를 직접 다니면서 보고 나니 그마저도 버텨 주길 바랄 수밖에 없겠다는 생각이 든다.

심각한 것은 최근 제주도 연안의 바다 역시 여름철이면 온통 녹색으로 물들고 있다는 사실이다.

녹색 파래가 기하급수적으로 번식해서 물고기가 떼죽음을 하고, 바다 깊은 곳까지 퍼지면서 생명체가 살 수 없는 바다로 변하고 있으나, 뚜렷한 해결책이 없어 해안가 주민들은 썩은 악취에 시달리고 있다.

이러한 현상은 제주만의 문제가 아니다.

10여 년 전까지만 해도 전 세계 150여 곳에서 관찰되던 이러한 현상이 이제는 지구촌 바닷가 마을 700여 곳에서 나타나고 있다고 하니, 상황이 갈수록 악화되고 있는 듯하다.

다시 돌아와 콜롬보의 기후를 느껴 보니, 뜨거운 바닷물의 영향인지 습도가 무척 높고 후텁지근한 데다 햇빛은 살을 파고들 듯 강렬했다.

아주 느리게 산길을 오르내리는 기차를 타고 콜롬보에서 직선거리로 약 110킬로미터 떨어진 '캔디'라는 도시에 무려 6시간을 달려서 도착했다.

큰 호수에는 물고기와 새 떼가 어우러져 살아가고 있어 살기 좋은 곳처럼 느껴졌는데, 다음 날 재래시장 부근으로 나가 보고 놀라고 말았다.

그곳에는 1950년대 전후 미국 초등학교에서 사용하던 노란색 스쿨버스 수십 대가 아직도 현역으로 운행되고 있었는데 서로 경쟁하듯이 시커먼 매연을 무지막지하게 뿜어내며 시내 도로를 달리고 있었다.

언덕이 많은 산동네 도로라서 상황은 더욱 심각했고, 온 시내는 검은 매연에 뒤덮여 마치 폼페이 최후의 날을 연상케 하는 지옥 같은 풍경이었다.

산업단지도 없고 산악 지대뿐이라 농사지을 땅도 마땅치 않으며, 바다는 수온이 높아서 어업도 쉽지 않을 것 같았다.

돈이 될 만한 것이라곤 산비탈에 조성된 녹차 밭뿐인데, 공기마저 이렇게 오염되어 있으니 참으로 안타까웠다.

자동차가 도입되기 전, 이 나라는 세계에다 녹차를 수출하여서 한때는 '실론'이라 불리던 시절이 있었음을 떠올리게 한다.

또 이전에 인도네시아를 여행했을 때의 불편했던 기억도 난다.

자카르타 시내의 고급 백화점 입구를 흐르던 하수도 물이 시커멓게 썩어서 악취를 풍기고 있었지만, 사람들은 아무렇지 않게 드나들고 있었다.

또 캄보디아 프놈펜 외곽에 쌓여 있던 엄청난 쓰레기 더미와, 브루나이 수도 반다르세리베가완에 있는 세계 최대 규모의 수상가옥 마을에서 보았던 쓰레기 역시 한 번도 치우지 않은 듯 산처럼 쌓여 있었고, 자카르타 외곽의 기차역 주변도 쓰레기로 뒤덮여 있었다.

대기 오염으로 인한 피해는 인류의 노력으로 어느 정도 개선할 수 있을 것이다.

이유는 전기자동차와 로봇이 빠르게 보급되고 있으니, 머지않아 조금씩 깨끗해질 것이라고 기대를 해본다.

그러나 플라스틱과 비닐 같은 화학물질 쓰레기를 계속 함부로 버린다면, 그 결과는 재앙이 될 수밖에 없다.

육지에서 버린 쓰레기는 대부분 바다로 유입될 것이고, 바다가 계속 오염된다면 지구상의 모든 생명은 결국 끝을 맞이할 것이다.

삼면이 바다인 반도에 사는 우리는 바다의 고마움을 누구보다 잘 알고 있다.

우울할 때나 답답할 때, 일이 풀리지 않을 때 바다를 떠올린다.

바다는 사람의 마음을 끌어당기는 묘한 힘을 지니고 있다.

아름답고 소중한 지구를 보존하고 싶은 마음으로, 바다를 깨끗하게 지킬 수 있는 일이 무엇인지 한 번쯤 생각해 봐야 한다.

죽어가는 바다를 되살려 후손들이 싱싱한 생선을 마음 놓고 먹을 수 있도록 오염을 줄일 수 있는 일은 지금을 사는 우리들의 몫이다.

결국 바다에서 멀리 떨어져 사는 지구촌 모두의 삶은 바다와 연결되어 있으며, 지구상의 모든 생명은 바다에 의존해서 살아가고 있다.

생명의 원천인 바다는 인류가 발전하면서 약 100여 년 전 산업혁명의 산물인 석유화학 제품을 개발한 이후, 1950년경부터 플라스틱과 비닐을 본격적으로 생산하여 사용하면서 급격히 오염되기 시작했다.

불과 70여 년 만에 지구 전체가 심각한 오염에 노출된 것이다.

플라스틱과 비닐 제품은 썩지 않고 육지와 바다를 오염시키기 때문에 사용 후에는 반드시 수거되어야 한다.

그러나 제대로 수거되지 않은 채 버려지는 양이 너무 많아서 이제는 모두 힘을 합쳐 쓰레기가 바다로 유입되지 않도록 막아야 한다.

특히 물티슈는 꼭 필요한 경우에만 사용하고, 사용 후에는 반드시 수거해서 태울 수 있도록 해야 한다.

2 바다는 하는 일이 너무 많다.

바다 표면은 뜨거운 태양광을 흡수해서 지구의 온도를 일정하게 유지해 주고, 바람을 일으켜서 오염된 먼지와 이산화탄소를 제거하며 공기를 맑게 해 준다.

또 구름을 만들고 비를 내리게 해서 인간이 더럽혀 놓은 대륙을 깨끗이 씻어 주고, 지구에서 만들어지는 산소를 무려 50% 이상이나 생산하는 역할도 수행한다.

바다는 너무 크고 깊어서 그 속을 정확히 알 수는 없다.

바닷물의 양이 얼마나 되는지, 어디에 무엇이 사는지, 깊은 곳은 어떻게 생겼는지, 폭풍우는 어떻게 만들어지는지 등 설명할 수 없이 신비에 싸여 있다.

이 많은 물이 도대체 어떻게 지구에 존재하게 되었는지, 바닷물은 왜 짠지조차 명확히 알 수가 없다.

과학자들은 물이 외계 행성과의 충돌로 우주에서 왔을 가능성도 제기하고, 지구 생성 당시 산소와 수소가 결합하여 물이 생겼으며 땅속의 나트륨이 녹아서 바닷물이 짜졌을 것이라는 말도 한다.

성경의 창세기에는 하나님이 둘째 날 물을 만드시고 셋째 날 바다와 육지를 나누셨다는 설이 있다.

분명한 사실은 바닷물 표면이 지구 전체의 대략 72%를 차지하고 육지는 28%에 불과한데, 이 비율이 인간의 신체 구성 비율과 흡사하다는 점이다.

인류가 파악하고 있는 바다의 정보는 극히 일부에 지나지 않아서 평균 수심은 약 3,700미터, 가장 깊은 곳은 필리핀 근해 마리아나 해구로 약 11,000미터에 이른다고 하지만, 우리는 바다에 대해서 5%도 알지 못하고 있다.

육지와 바다가 만나는 갯벌은 미생물의 보고이다.

우리나라 서해안의 갯벌은 미국 조지아 연안, 캐나다 동부, 아마존 유역, 북해 연안과 함께 세계 5대 갯벌중 하나로 꼽힌다.

이 갯벌에는 생태계의 다양성이 매우 풍부하여서 전라남도 신안 지역은 유네스코 세계자연유산으로 등재되어 있다.

우리나라 갯벌 면적은 국토의 약 2.4%, 2,500㎢로 제주도보다 넓다.

과거에는 5,000㎢에 달했으나 대규모 간척과 매립으로 거의 절반이 사라졌다.

바다를 막는 간척사업은 자연을 훼손해서 수많은 생물의 서식지를 파괴하고, 생태계 교란으로 연간 수백억 원의 경제적 손실을 초래한다.

학계에서는 갯벌의 가치가 숲의 10배, 농경지의 100배에 달한다고 보고하고 있다.

서양에서는 태평양이나 인도양 같은 큰 바다를 Ocean이라 부르고 연근해는 Sea라고 구분하지만, 우리는 모두를 '바다'라 부른다.

우리가 숨 쉬는 산소의 절반 이상은 얕은 바다 표면의 식물성 플랑크톤과 연안의 해초가 만들어 낸 것이다.

이 때문에 과학자들은 바다를 "지구 생명체를 지탱하는 원동력"이라고 한다.

아름답고 신비로운 행성 지구의 모든 생명체의 모태는 바다이며, 문명이 시작되는 도시 대부분은 강이 끝나는 항구 근처에 자리 잡고 있다.

이유는 분명하다.

수산물이 풍부해서 먹 거리를 구하기 쉽고, 교통이 편리해 인구가 자연스럽게 집중되며, 상업과 산업 활동이 활발하고 어업과 수출입의 전진기지로 기능하면서 도시가 쉽게 형성되기 때문이다.

세계 3대 미항 중 하나로 꼽히는 브라질의 리우데자네이루는 포르투갈어로 '1월의 강'이라는 뜻을 지니고 있다.

남미 대륙을 발견하던 당시, 연안을 탐험하던 포르투갈 선원들이 강처럼 보이는 수로를 따라 깊숙이 들어갔으나, 그것은 사실 강이 아니라 바다가 육지 깊숙이 파고든 과나바라 만이었다.

겹겹이 둘러싼 산들 사이로 1월에 발견한 이 풍경에서 도시 이름이 유래되었다고 한다.

상상 이상으로 크고 깊은 바다는 신의 영역처럼 느껴져 인간에게 두려움과 공포의 대상이 되기도 한다.

태풍과 허리케인처럼 스톰(storm)이라 불리는 무서운 폭풍우가 몰아칠 때면 더욱 그러하다.

그러나 그 모든 소란이 가라앉고 나면, 바다는 어느새 고요하고 잔잔한 얼굴로 돌아와 수평선 너머로 아름다운 해돋이와 붉은 노을을 선사한다.

그래서 대부분의 관광 휴양지는 자연스럽게 해변을 중심으로 형성된다.

우리는 잔잔한 바다 표면을 바라보며 마음이 스르르 풀리고, 고요함과 편안함을 느끼며 바다가 선사하는 위안을 얻기도 한다.

호주 북부 연안에는 그레이트 배리어 리프(Great Barrier Reef)라고 불리는 거대한 산호 군락이 있다.

400여 개의 산호초 섬으로 이루어져 있고, 길이만 무려 2,400킬로미터에 달해서 지구상에 존재하는 가장 크고 웅장한 살아있는 생명체로 꼽힌다.

이 거대한 산호초는 유일하게 우주에서도 보인다고 알려져 있다.

그러나 안타깝게도 이 신비로운 산호 군락은 지구 온난화와 잦은 폭풍으로 인해 절반 가까이가 이미 파괴되었고 남아있는 것들 마저 죽어가고 있다.

산호는 생명체로 부드럽고 작은 몸체로 입과 위, 촉수로 이루어져 있으며 암초에 붙어 촉수를 뻗어 먹이를 잡아먹고, 배설물로는 탄산칼슘이 쌓이면서 딱딱한 암초가 커지면서 형성된다.

이렇게 자라난 암초들이 모여 산호초 군락을 이루고, 알을 퍼뜨려서 수정하며 번식한다.

지구에는 약 28만 제곱킬로미터에 걸쳐서 400여 종의 산호가 서식하고 있으며, 열대·아열대·온대 지역의 햇볕이 잘 드는 얕은 바다에서 거대한 식민지(colony)를 이루며 살아간다.

그러나 태풍과 같은 극렬한 바람은 산호를 파괴하고, 기후 변화로 인한 수온 상승과 급격히 늘어난 불가사리는 산호의 알을 무차별적으로 먹어 치운다.

높아진 수온은 태풍을 더욱 자주 만들어서 산호가 암초에 붙어 자라날 시간조차 허락하지 않는다.

신비로운 게(crab)만 평생 연구하는 학자들도 전 세계에 수만 명이나 된다.

현재 지구에는 무려 4,500여 종의 게가 서식하고 있다고 한다.

공통점은 모두 옆으로 걷는다는 것과 딱딱한 외골격을 지녔다는 점이다.

가장 큰 게는 일본에 서식하는 이른바 '일본 청 게' 인 거미 게로, 다리를 벌리면 길이가 4미터를 넘는다.

집게발이 매우 강한 코코넛 게는 평생을 육지에서 살며, 30미터 높이의 나무에 올라가서 코코넛을 따 껍질을 까서 먹고 산다.

게는 화산이 폭발하는 뜨거운 바다 속에서 사는 종도 있고, 남극의 얼음 아래서 살아가는 종도 있다.

크리스마스 섬의 붉은 게는 산에서 낙엽을 먹고 살다가, 1년에 딱 한 번 산란을 위해 목숨을 걸고 수 킬로미터를 이동해 바다로 향하지만, 인간의 거주로 인해 차도를 건너기 어려워서 이동조차 방해받고 있다.

지금 인류는 지구 온난화로 인한 기후 변화와 뜨거워진 수온이 생태계에 큰 타격을 주고 있음을 인식하고 많은 나라들이 국가 차원에서 탄소 중립에 동참하여 연근해 바다 자원 보호에 힘쓰고 있다.

오염된 바다는 결국 '죽음의 백화 현상'으로 변한다.

어류의 서식지가 파괴되면 국가 간 외교 갈등이 발생하고, 자원 고갈과 함께 관광의 질도 급격히 떨어진다.

태국 파타야의 시커먼 바닷물이나 필리핀 보라카이의 쓰레기 더미로 인해서 해안 출입이 통제되었던 사례가 이를 잘 보여준다.

탄소 배출로 대기가 오염되면 바닷물이 뜨거워지고, 기온이 상승하며, 녹아내린 빙하는 다시 지구를 더 뜨겁게 만드는 악순환을 반복한다.

지구는 이미 충분히 뜨거워져 있어, 지금이라도 해양 오염을 줄이고 지구를 살리기 위해서 화석연료 사용을 줄이고 깨끗한 재생에너지를 사용해야 한다.

3 지구를 살리는 실천과 희망

특히 가정생활에서 환경을 보호하기 위해서는 다음과 같은 실천이 필요하다.

첫째, 친환경 자동차를 이용하고 가정에서 쓰레기를 태우지 말며, 가까운 거리는 자전거를 타거나 걸어 다녀서 탄소 배출을 줄여야 한다.

둘째, 에너지 효율적인 소비를 실천하고 불필요한 낭비를 줄여야 한다.

셋째, 나무와 숲을 가꾸고 개천을 오염시키지 않도록 폐수는 반드시 정화해서 하수로 흘려보내는 양심이 필요하다.

넷째, 친환경 제품을 사용해야 한다. 무분별하게 사용되고 버려지는 비닐봉투와 플라스틱 제품, 과도한 포장재는 쓰레기 발생의 주범이므로 소비를 줄여야 한다.

다섯째, 음식물 쓰레기 역시 줄여야 한다. 알뜰한 소비가 필요하며, 육가공 식품보다 신선한 해산물과 채소 위주의 식습관은 지구를 살리는 작은 실천이 될 수 있다.

육지에 국립 자연보호구역이 있듯이, 바다에도 국경을 접하고 있는 많은 나라가 국립 해양 자연보호구역을 지정해서 연근해를 보호하고 있으며, 바다 환경의 심각성을 인식한 나라들이 점점 더 많이 참여하고 있다.

이 바다 보호구역은 MPAs(Marine Protected Areas)이다.

이 기구는 바다를 접하고 있는 여러 나라가 함께 해양 동물과 새, 바다 식물을 보호하고 해양 오염의 근본적인 원인을 줄이자는데 동참하는 취지로 일을 추진하고 있다.

또 이 기구는 기후 변화로 인한 수온 상승, 쓰레기와 폐기물을 함부로 버리는 행위, 무분별한 남획으로 인한 생물 종 감소 등 산적한 해양 문제에 인식을 같이하고 있으며, 연근해 해변 청소를 주요 사업으로 삼아 생물 다양성을 보존하기 위해 노력하고 있다.

태평양은 지구에 존재하는 물의 절반 이상을 담고 있는 상상하기 어려운 크기의 바다다.

이 넓은 바다에 육지에서 버려져 떠다니는 쓰레기 양 또한 엄청나서 오염이 매우 심각한 문제로 떠오르고 있다.

비행기로 10시간 이상을 날아가야 아메리카 대륙이 보일 만큼 광활한 태평양 한가운데에는 이른바 쓰레기 섬인 트래시 아일랜드(Trash Island)가 존재한다.

하와이 섬 북쪽 태평양 한가운데에 한반도 면적의 약 열 배에 달하는 규모로 비닐과 플라스틱 조각들이 떠다니고 있는 것이다.

안타깝게도 이러한 쓰레기 섬은 태평양만의 문제가 아니다.

인도양 마다가스카르 인근 바다에는 유럽에서 배출된 쓰레기들이 모여 형성된 거대한 쓰레기 지대가 발견되었고, 대서양에서도 유사한 현상이 관측되고 있어 오염의 심각성을 더욱 실감나게 한다.

바다에 버려진 각종 잡동사니 쓰레기들은 시간이 지날수록 햇볕에 부서지고 물과 바람에 부딪히며 점점 작은 알갱이가 되어서 수거가 더욱 어려워진다.

이 조각들은 썩지도, 소멸되지도 않은 채 미세 플라스틱이 되어 바닷물에 섞이고, 물고기들이 이를 먹으며, 결국 그 물고기를 다시 사람이 먹는 악순환으로 이어진다.

반짝이는 조각들을 먹이로 착각한 물고기와 거북이 같은 바다 생물들은 비닐과 플라스틱을 먹고 포만감을 느껴서 먹이를 섭취하지 못한 채 굶어 죽기도 한다.

이처럼 무서운 바다 오염의 심각성을 일찍 깨달은 한 네덜란드 소년이 있다.

1994년생인 보얀 슬랏은 16살 때 바다에 수영하러 갔다가 바다 오염의 현실을 목격하고, 바다 표면에 떠다니는 비닐과 플라스틱만이라도 건져내야겠다고 다짐해서 쓰레기를 제거할 수 있는 장치를 고안하여 직접 청소를 시작했다.

19살에 대학에 진학한 뒤에는 본격적으로 과학자와 기술자들의 도움을 받아 대규모 청소 팀을 꾸렸고, 바다 위에 떠다니던 쓰레기를 수거하는 첨단 장비를 개발해서 자원봉사자들과 함께 바다 쓰레기 수거 작업에 나섰다.

그의 목표는 태평양에 떠다니는 큰 쓰레기만이라도 제거하자는 것이었다.

이러한 노력은 국제 사회의 주목을 받았고, 유엔은 2014년 스무 살이 된 그를 최연소 '지구의 챔피언'이라 칭하며 자연 보호 상을 수여했다.

그는 상을 받은 이후에도 더욱 분발해서 바다 오염의 심각성을 전 세계에 알리는 데 앞장서고 있으며, 지구인 모두에게 다음과 같은 제안을 하고 있다.

매년 엄청난 양의 플라스틱과 온갖 쓰레기가 바다로 유입되고 있으니, 이를 바다에 들어가기 전에 육지에서 먼저 수거하자는 것이다.

첫째, 법을 개정해서 플라스틱 제조업체가 일정 부분 수거 책임을 지도록 하거나 생산량을 통제하는 등 업자들에게 명확한 책임을 부여해야 한다.

둘째, 물건을 사러 갈 때는 장바구니를 항상 지참하고, 불필요한 포장지는 가급적 사용하지 않는다.

셋째, 가능한 한 재사용할 수 있거나 재활용된 제품을 구매한다.

넷째, 환경단체에 가입해서 1년에 단 하루라도 강과 하천, 산과 거리, 집 주변을 청소하는 봉사 활동에 참여하자.

2020년 조사에 따르면 수거되지 못한 채 방치된 쓰레기 산이 우리나라에만 무려 235곳에 달한다고 한다.

다행히도 한반도에는 잘 발달된 갯벌이 있고, 열대 지역의 갯벌에는 맹그로브 숲이 있어서 뭍에서 오염된 물을 일정 부분 정화하는 역할을 한다.

그렇다. 나무는 지구 생명의 파수꾼이다.

숲을 잘 가꾸면 공기를 맑게 해 주고 자원이 되며 아름다울 뿐 아니라, 그늘을 제공해 주고 맛있는 열매도 먹게 해 준다.

그러니 나무를 많이 심고 정성껏 가꿔야 한다.

나무는 우리가 호흡에 필요한 산소를 공급하고, 이산화탄소를 흡수해서 다시 산소를 내놓으며 성장한다.

그렇다면 지구의 숲은 얼마나 많은 산소를 만들어 내고 있을까?

국제 숲 협회(ISA)에 따르면, 1에이커(1,200평)의 숲은 매년 약 4톤의 산소를 생산하며, 이는 성인 18명이 충분히 숨 쉴 수 있는 양이라고 한다.

그렇다면 지구에는 얼마나 많은 나무가 있을까?

2005년, 생태학자 나리니 나드카리니 교수가 위성사진을 분석하여 추정한 결과, 지구에는 약 4천억 그루의 나무가 존재하며 당시 인구 기준으로 1인당 약 61그루에 해당한다고 발표했으나,

2015년에는 생태학자 토마스 크라우더 교수가 보다 정밀한 조사를 통해 지구에 약 3조 400억 그루의 나무가 분포하고 있으며, 당시 인구 약 82억 명을 기준으로 하면 1인당 414그루에 해당한다고 발표했다.

그렇다면 한 사람이 평생 사용하는 목재의 양은 어느 정도일까?

지름 60센티미터의 나무를 기준으로 할 때, 대략 100미터 분량이 사

용되며 여기에는 신문, 화장지, 주택, 가구, 젓가락 등 생활에 쓰이는 목재가 모두 포함된다.

젓가락이라, 흥미롭게도 일본에서 일회용으로 쓰이는 나무젓가락이 한 해 약 200억 쌍이 사용되고 인구가 많은 중국에서는 4,500억 쌍이 쓰인다고 한다.

이를 위해서 지름 18인치 크기의 나무 약 2만 5천 그루가 매년 소비된다는 보고가 있다.

나무는 자연환경에서 없어서는 안 될 숨은 일꾼이다.

토양 속 오염 물질을 뿌리로 흡수하고, 지표면의 더러워진 공기와 일산화탄소를 잎으로 흡수하면서 줄기가 성장한다.

또한 뿌리는 땅속 썩은 흙의 오염 물질과 탄소를 양분으로 삼아서 살아간다.

스스로 회복력을 지닌 숨 쉬는 지구를 더욱 깨끗하게 지켜 나가기 위해서는 쓰레기를 철저히 수거하고, 동네마다 나무를 많이 심어서 정성껏 가꿔야 한다.

그것이 후손을 위해 지금을 사는 우리가 해야 할 일이다.

나무 한 그루를 심는 일은 단순한 미화 사업이 아니라, 미래를 향해 숨 쉴 자리를 남겨 두는 일이다.

오늘 우리가 심은 나무는 당장 우리에게 그늘을 주지 못할지라도, 다음 세대에게는 살아갈 시간을 벌어 준다.

도시의 콘크리트 틈새에 심은 작은 나무 한 그루가 여름의 열기를 낮추고, 빗물을 머금으며, 미세먼지를 붙잡는다.

지구를 살린다는 말은 거창한 구호가 아니라, 지금 이 순간 우리가 무엇을 덜 쓰고, 함부로 버리지 않으며, 나무한그루를 더 심고 가꾸는 것이다.

이 사소한 결단 하나가 숲을 살리고, 바다를 살리며, 결국 인간을 살린다.

지구는 인간 없이 존재할 수 있지만, 인간은 지구 없이 단 하루도 살아갈 수 없다.

지금 우리가 지구를 함부로 사용하여서 상처 난 환경은 반드시 다음 세대의 삶에 아픔으로 남을 것이다.

음식

몸을 만들고 삶의 태도를 결정하는
가장 일상적인 선택

1 패스트푸드가 문화를 바꾸다

음식은 단순히 배를 채우는 수단이 아니다.

어떤 음식을 어떻게 먹고 사느냐, 하는 것은 그 사회의 문화와 살아가는 방식, 그리고 가치관을 드러낸다.

1986년, 대표적인 패스트푸드 회사인 맥도널드 햄버거가 로마 시내에 처음 문을 열었다.

이 소식에 로마인들은 적잖이 놀랐고, 또 화가 났다.

이탈리아 사람들의 식습관은 먹는 것을 즐기는 데서 삶의 보람을 찾고, 그것은 그들 문화의 출발선이라 해도 과언이 아니다.

그들은 급하게 먹는 것을 좋아하지 않으며, 두어 시간쯤 담소를 나누고 천천히 식사 시간을 보내는 고유한 문화를 가지고 있다.

그런데 그런 정서와는 정반대인 패스트푸드가 동네 한복판에 들어선 것이다.

서서 허겁지겁 먹고, 먹는 데 시간이 오래 걸리지 않는 음식이 오랜 전통을 가진 식생활에 도전장을 내민 셈이다.

그들 눈에는 이 장면이 단순히 새로운 음식점 하나가 생긴 사건으로 보이지는 않았을 것이다.

이 같이 불쾌한 현실에 이탈리아 사람 카를로 페트리니가 나섰다.

그는 "패스트푸드는 건강에 나쁜 음식이다."라고 분명한 선을 그었다.

그리고 패스트푸드와 정반대 개념인 '슬로우 푸드'라는 단체를 만들었다.

이 단체가 추진하려던 목적은 단순히 "천천히 먹자"는 것만은 아니었다.

우리 주변에서 점점 사라져 가는 동식물을 보호하고, 가능한 한 그 지역에서 생산되어 수확한 전통적인 먹거리로 건강한 식생활을 하자는 제안이었다.

지구를 살리고 사람의 몸도 살리자는 생각이 그 바탕에 깔려 있다.

전통적인 로컬 푸드를 선호하자는 기치 아래 뜻을 모은 이 단체는 회원 수가 10만 명을 넘어 크게 늘었고, 지금은 전 세계 여러 나라에 지회를 두고 있다.

슬로우 푸드가 던진 질문은, 편리함을 얻는 대신, 무엇을 잃고 있는가, 이다.

특히 이들이 문제 삼고 있는 걱정거리는 세 가지가 있다.

첫째는 전 세계에 널리 퍼진 패스트푸드가 점점 확산되고 있다는 점이다.

이 음식들은 건강에 좋지 않을 뿐 아니라 자연환경을 오염시키고, 지역에 따라서는 그 나라 고유의 음식 문화 정서에도 맞지 않는다.

무엇보다 패스트푸드 체인점들이 세계 곳곳에 계속 늘어나면서 집에서 음식을 만들어 먹던 전통적인 식사 문화가 사라지고 있다는 점이다.

둘째는 사라져 가는 동식물에 대한 문제다.

이집트 시와 지역의 전통 원시 품종인 대추야자와 에티오피아 숲속에서 자생하는 전 세계 유일의 야생 커피나무, 그리고 아마존 강에 사는 몸무게가 무려300 킬로그램에 달하는 물고기인 피라루쿠 같은 소중한 생명들이 사라지고 있다는 것이다.

또 외래종이 들어와서 토종을 위협하는 문제 역시 많은 나라에서 심각하게 고민하고 있다.

셋째는 오늘날 식재료를 생산하고 유통하는 대형 회사들과 대규모 농장들에 대한 걱정이다.

이들은 식재료가 요리를 했을 때 건강에 좋은지, 신선한지, 맛이 있는지 보다는 멀리 보내도 색이 변하지 않는지, 오래 두어도 상하지 않는지, 겉으로 보기에 신선한지를 더 중요하게 여긴다.

유전자 조작 식품이나 농약을 과도하게 사용한 농산물, 유기농이라고 믿기 어려운 먹거리들이 유통되더라도 모든 생산물을 일일이 검사하기에는 인력과 비용이 턱없이 부족한 것이 현실이다.

그래서 슬로우 푸드 단체는 각 나라의 지역 회원들과 협력해서 사라져 가는 동식물을 보호하고, 그 지역에서 나는 재료로 안전한 음식을 만들어 먹을 것을 권하는 슬로건을 내걸고 활동하고 있다.

또 대형 식품회사와 유통업체들이 어떤 식재료와 음식을 팔고 있는지도 꾸준히 관심 있게 지켜보고 있다.

상업적 가치가 윤리를 앞서는 세상에서 현명한 소비문화는 이제 선택이 아니라 필수가 되어야 한다.

소비자의 올바른 판단이야말로 양심 없는 대형 식품회사와 유통업체를 견제할 수 있는 가장 현실적인 힘이다.

조사에 따르면 오늘날 상점에서 파는 일부 수입 과일과 채소, 어류 같은 식재료는 미국의 경우 약 1600킬로미터를 이동해서 저녁 식탁에 오른다, 고 한다.

서양과 같이 우리의 현실도 이와 다르지 않을 것이다.

이같이 먹는 음식은 생활 속에서 가장 기본적인 문제인데도 검증되지 않은 식재료들이 싸고 잘 팔린다는 이유만으로 많은 나라에서 무분별하게 수입되어서 우리 밥상에 오르고 있다.

이러한 문제를 해소하려면 우리는 가능한 한 우리 지역에서 나는 신선한 재료로 음식을 직접 만들어서 먹는 일이 중요해졌다.

몸에 좋지 않은 패스트푸드와 함께 마시는 탄산음료 한 병에는 놀랄 만큼 많은 양의 당분이 들어 있다고 한다.

당분 중독과 비만의 원인이 된다는 사실을 알면서도 우리는 너무 쉽게 그러한 음료를 마시게 된다.

바쁜 현대인들에게 시간은 곧 돈이고, 무엇보다 습관이 문제가 된다.

음식을 조리해서 먹는다는 것이 시장을 봐와서, 끓이고 지지고 볶는 데 시간을 많이 들이기 때문만이 아니라, 귀찮아서 그럴지도 모른다.

여행을 다니면서 보면 이런 변화는 더 뚜렷하게 느껴졌다.

홍콩 사람들은 패스트푸드 가게를 마치 자기네 부엌처럼 삼시 세끼 이용했고,

인도네시아나 필리핀에서는 햄버거에 닭고기와 밥을 곁들여서 매일 주식처럼 먹는 모습도 보였다.

미국 서부에서는 아침 일찍부터 인 앤 아웃이라는 햄버거 가게 앞에 줄이 길게 늘어서 있었고, 중부 유럽에서는 길거리 음식으로 감자튀김과 밀가루 빵이 일상적인 간식거리였다.

배달 음식이 보편화되면서 예전처럼 느긋하게 즐기던 식사 문화는 점점 줄어들고 있다.

이제 음식은 배를 채우는 행위를 넘어, 감정을 다루는 수단이 되었다.

미래 세대의 식습관을 알아보기 위해 일리노이 대학교 연구진이 '편하게 먹을 수 있는 음식'이 무엇인지 설문조사를 한 적이 있었다.

대부분의 사람들은 가족과 함께 먹는 식사를 기본으로 생각하면서도 사업상 잘 모르는 사람과 식사를 하거나 친구와 약속을 잡아서 음식을 먹는 경우도 많다고 답했다.

스트레스를 받을 때 음식을 먹으며 긴장을 풀고, 사람들과의 관계에서 문제가 생겼을 때도 식사 자리를 마련해서 해결하려 한다고 했다.

미국인들이 말하는 '편안한 음식'은 맛있고, 먹기 쉽고, 준비하기 쉬운 음식이었다.

어렸을 때 부모가 만들어 주던 음식이나 평소 자주 먹어 오던 음식도 여기에 포함됐다.

뜻밖에도 따뜻하고 부드러운 음식보다 감자칩이나 아이스크림 같은 간식을 더 선호하는 경우도 많았고, 18세에서 34세 사이의 젊은 층은 때와 장소를 가리지 않고 쉽게 먹을 수 있는 즉석식품을 선호했다.

좋아하는 음식은 연령대와 성별에 따라 달랐는데, 여성들은 초콜릿처럼 달콤하고 부드러운 것을, 남성들은 닭고기 국물이나 따뜻하게 끓인 짭짤한 감자국 같은 음식을 더 찾는다고 했다.

사람들은 배고플 때만 먹지 않는다.

공부할 때도 먹고, 지루할 때도 먹고, 스트레스를 받거나 외로울 때도 먹는다.

먹기 전 생각만으로도 기분이 좋아진다고 말하는 사람들도 있었고, 축하할 때도 먹고 또 스스로를 보상할 때도 먹는다고 했다.

먹는 방식만 놓고 보면 전 세계 사람들이 크게 다르지 않다는 생각이 든다.

건강에 도움이 되는 과일이 아닌, 특이한 채소가 있어 그 역사를 소개한다.

세계 최고의 음식 재료로 미식가들이 즐겨 먹으며 요리에 많이 사용되는 것 가운데 하나인 토마토는 영양이 풍부하고 가격도 저렴하며 재배하기도 쉽다.

토마토는 이탈리안 피자를 비롯해서 멕시칸 살사, 인디언 요리 등 전 세계에서 수천 가지가 넘는 요리에 널리 사용되고 있다.

토마토의 재배 유래는 원래 미국 남부 들판에서 자생하던 것이었는데, 중앙아메리카를 거쳐 남미의 마야인들이 재배하기 시작했고, 15세기 스페인이 멕시코를 식민 지배하던 시기에 침략자들에 의해 전 유럽으로 전파되었다.

토마토는 1500년대 프랑스 남부와 이탈리아, 지중해 연안에서 재배

되기 시작했으며, 당시에는 열매가 아주 작고 노란색 한 종류뿐이었다.

유럽인들은 처음에는 토마토 열매를 먹는 것을 두려워했다.

독성이 매우 강한 벨라도나의 잎과 뿌리, 열매까지도 비슷해서 독이 있는 식물이라 여겼고, 토마토를 먹는 것을 받아들이는 데 꽤 오랜 시간이 걸렸다.

1692년 처음으로 프랑스 요리책에 토마토에 관한 레시피가 소개되자, 미식가들이 조금씩 먹기 시작했으나, 극히 일부에 불과했다.

17세기 중반 토머스 제퍼슨 미국 대통령이 백악관에 취임하면서 정원사에게 토마토를 재배하라고 하여 즐겨 먹기 시작했고, 이를 계기로 미국의 일반 가정에서도 재배가 확산되었다.

오늘날 미국 가정의 상당수가 정원에 토마토를 재배하고 있으며, 유럽에서는 토마토 축제가 열릴 정도로 전 세계에서 가장 사랑받는 채소가 되었다.

그러나 토마토를 둘러싼 논쟁은 여기서 끝나지 않았다.

1893년 어느 날, 미국 대법원에서는 굉장히 중요한 판결을 기다리고 있었다.

당시 미국 세법은 과일 수입업자에게는 세금을 부과하지 않았고, 채소 수입업자에게는 세금을 부과했다.

처음에는 수입업자들이 자연스럽게 토마토를 과일이라 부르며 세금을 내지 않았는데, 일부 수입업자들이 이에 의문을 제기했다.

토마토는 씨를 가지고 있고 열매가 달린다는 이유로 과일이라는 주장이었고, 이 문제는 우여곡절 끝에 지방 법원을 거쳐 대법원까지 올라갔다.

재판이 시작되자 처음에는 배심원들이 토마토는 과일이라는 결론을 내렸다.

그러나 대부분의 사람들은 이에 동의하지 않았고 채소라고 주장했다.

그 이유는 요리할 때 채소처럼 사용하며, 먹을 때의 식감 역시 채소와 가깝다는 것이었다.

그 결과 미국 대법원에서는 결국 토마토를 채소로 판결했고, 수입업자에게 세금을 부과하게 되었으며, 그때부터 토마토는 채소로 분류되었다.

2 음식은 기억이고 문화다

음식은 입에서 끝나지 않고 기억 속으로 들어가 사람의 삶을 따라다닌다.

사람들의 입맛은 다양하다.

인간의 모든 습성은 경험과 학습에 의해 형성되고 기억된다.

그래서 어릴 적 먹었던 음식은 평생을 따라다니며, 어른이 되어서도 마음을 움직인다.

미국의 게리 나반이라는 사람은 이런 생각을 극단적으로 실천에 옮겼다.

그는 『집에서 먹는 음식들』이라는 책을 냈으며, 1년 동안 자신의 집 주변 애리조나 주에서 나는 재료로만 음식을 만들어 먹겠다고 결심했다.

그 과정에서 그는 방울뱀까지 잡아서 직접 요리해 먹었다고 한다.

다소 과한 선택처럼 보일지 모르지만, 그가 말하고자 한 것은 분명했다.

먹는 행위는, 내가 자라왔고 살았던 땅과 맺는 돈독한 유대관계라는 점이다.

내 기억 속에도 어렸을 때 먹었던, 지금도 또렷이 떠오르는 음식들이 있다.

전라도 보성에는 일제강점기 일본군이 군량미를 확보하기 위해 바다를 막아 수문을 만들고 넓은 뜰을 간척한 곳이 있다.

사방 십 리가 넘는 그 넓은 들판을 어릴 적 우리는 '한보 뜰'이라 불렀다.

아버지를 따라 그 길을 십 리쯤 걸어가다 보면 바닷물이 넘실대는 수문이 나타났는데, 어린 눈에는 그곳이 마치 지옥문처럼 무섭게 느껴졌다.

그 수문을 건너 일제가 바다를 막고 쌓아 올린 높은 둑길을 따라 십 리쯤 더 가면 고흥반도 초입의 외갓집이 나왔다.

춥고 바람 부는 바닷길 이십 리를 걸으면서도 견딜 수 있었던 것은 외갓집에 가면 고기를 배불리 먹을 수 있다는 기대감 때문이었다.

외숙모가 끓여 주시던 도다리를 넣은 미역국과 하얀 쌀밥은 지금도 잊혀지지 않는 맛이다.

먹을 것이 귀하던 시절이라 집으로 돌아올 때면 외숙모는 고구마며, 쌀이며 돼지고기를 보따리에 가득 싸 주셨다.

아버지는 그것을 등에 지고, 나는 작은 손으로 한보따리 움켜쥐고 다시 먼 길을 걸어왔다.

그 길을 해마다 두세 번 다녔는데, 어쩌다 돼지를 잡는 날이라도 겹치면 외사촌들과 함께 돼지 오줌보에 바람을 불어서 넣어 만든 공으로 축구도 하고 배구도 하며 신나게 뛰어놀기도 했다.

우리 동네 호동 부락 또랑에는 붕어와 토하 새우, 참게와 자라 같은 토종 물고기들이 많았다.

아버지가 족대 질로 물고기를 잡으시고 나는 양동이를 들고 따라다녔다.

할머니가 민물새우로 담가 주시던 토하젓은 그 자체로 훌륭한 반찬이었다.

항상 거친 보리밥을 먹다가 아버지가 가끔 남겨 주시던 흰쌀밥을 조그만 '해우'라 불리던 김에 말아 조선간장에 살짝 찍어 먹을 때면, 그야말로 천상의 맛이었다.

요즘은 가을철에는 낚시로 붕어를 잡아다 무김치를 넣고 매운탕을 끓이는데, 국물이 시원하고 고소해서 자주 즐기고 있다.

흑산도 홍어, 영광굴비, 횡성 한우, 송산 포도, 서해 꽃게, 완도 김, 전복….

듣기만 해도 군침 도는 먹거리들이다.

우리는 결국 이런 맛있는 음식을 가족과 함께 먹고 살아가기 위해서 열심히 일을 한다고 해도 과언이 아니다.

우리 음식이 특별한 이유는, 맛이 있을 뿐만 아니라, 시간과 정성이 들어가 있기 때문인데, 전통 음식에는 발효가 있다.

간장과 된장, 고추장은 곡물 발효 음식의 위대한 걸작이자 우리 겨레의 유산이다.

맛과 향이 깊은 것은 말할 것도 없고, 현대 과학이 밝혀낸 인체에 이로운 미생물의 보고이기도 하니 세계적으로도 자랑할 만한 건강식품이라 할 수 있다.

여행의 즐거움 가운데 하나는 그곳에서 나는 음식을 직접 먹어 보는 일이다.

그 지역의 풍토와 문화를 이해할 수 있고, 음식 재료를 보면 그 지방에서 생산되는 농 특산물의 특징도 짐작할 수 있다.

다만 낯선 음식을 먹어 본다는 것은 모험심이 필요하다.

목 넘김에 저항감이 생기기도 하고, 위생이 걱정되기도 하며, 입에 넣는 순간 비위가 상하는 먹거리도 있다.

동남아 사람들이 즐겨 먹는 고수, 각종 애벌레, 전갈, 귀뚜라미, 과일의 왕이라 불리는 두리안 같은 것들이 있다.

예전에 루앙프라방을 여행했을 때 잊지 못할 장면이 있었다.

새벽 장에는 펄떡거리는 개구리와 뱀처럼 생긴 웅어가 보였고, 사람만 한 도마뱀이 산채로 포승줄에 앞뒤 다리가 묶인 채 팔리기를 기다리고 있었다.

까치 새끼와 어미는 둥지를 털려던 족제비와 함께 잡혀 와서 눈을 깜빡이고 있었는데, 야생에서 나는 동식물들은 그들이 즐겨 먹는 먹거리였다.

특히 그날 새벽에 바로 잡은 싱싱한 돼지고기는 냉장 시설이 없어 생고기 상태로 놓여 있었는데, 어찌나 신선해 보이던지 맛있어 보였다.

찰밥을 뭉쳐 꼬챙이에 꽂아 숯불에 구운 뒤, 톤레삽 호수에서 잡은 물고기로 담근 비릿하고 짭짤한 젓갈국물에 찍어 먹었던 인절미 같은 음식은 정말 맛있어서 지금도 생각난다.

이런 경험을 하고 나면, 음식은 '삶의 방식'이라는 게 더 분명해진다.

우리 전통음식은 오래전부터 전해 내려온 것들이 수없이 많다.

그런데 조리하기가 쉽지 않아서 젊은 세대들이 요리를 해서 먹을지 걱정이다.

그래서 잊지 말기를 바라고, 한 번쯤은 직접 만들어 먹어 보기를 권하고 싶다.

손이 가긴 해도 그렇게 만든 한 끼는 몸에도 정서에도 오래 남을 것이다.

전통으로 내려온 한식이 가진 숭고한 맛을 간직하고 있기 때문이다.

이 음식들을 생각하면 "맞아" 하며 자기네 식단을 떠올리게 될지도 모르겠다.

비빔밥은 밥 위에 갖은 나물과 볶은 고기를 올리고 고추장을 넣어 비벼 먹는 음식이다.

순두부찌개는 뚝배기에 순두부와 소고기, 조개류, 채소 넣고 육수를 붓고 끓인다.

잡채는 삶은 당면에 채소, 버섯, 고기를 볶아 간장 양념에 버무려 먹는 음식이다.

해물파전은 밀가루 반죽에 길쭉하게 썬 파와 오징어, 조갯살, 굴 같은 해물을 넣어 부친다.

불고기는 얇게 썬 소고기를 간장 양념에 재워 구워 먹는 대표적인 고기 음식이다.

제육볶음은 돼지고기에 매콤한 양념을 더해 볶는 음식인데, 신 김치를 함께 넣으면 맛이 더 살아난다.

몇 가지 간단히 기술했지만, 맛있는 고유의 음식을 만들어 먹을 수 있음에도 요즘 젊은이들이 선호하는 음식과 식습관은 간편하게 먹을 수 있는 튀김 닭이나 고기반찬을 선호한다.

이런 음식들은 동물성 포화지방과 트랜스지방이 많아서 건강에 좋지 않으니 위에서 소개한 전통 음식을 요리해서 먹기를 권한다.

1인 가구가 늘어나고 배달 음식이 일상화되면서 간편하게 먹는 음식들이라 폭식하게 되고, 술을 곁들이는 경우도 많아서 건강한 식단과는 점점 멀어지는 추세다.

물론 바쁜 시대를 탓할 수도 있겠지만, 결국 내 몸은 내 습관이 만든 결과를 그대로 받아들인다.

그러므로 젊음을 오래 유지하려면 몸을 아끼는 습관이 필요하다.

젊음은 잠시 지나간다.

건강할 때 식사를 제때 먹고 영양을 골고루 섭취해서 몸을 지키는 일은, 미래를 위해서 저축하는 것과 같다.

무엇을 먹느냐가 결국 내가 어떻게 늙어갈지를 결정하니, 우리 전통음식을 많이 드시기 바란다.

우리는 결국 먹기 위해서 살아가는 것이 아니라, 잘 살아가기 위해서 먹는다.

빠르고 간편한 음식은 시간을 절약해 주지만, 그 빈도가 쌓일수록 몸은 조금씩 빚을 진다.

신선한 재료로 직접 조리해서 먹는 식사가 결국 건강을 유지할 수 있는 최선의 비결이 될 수 있는 것이다.

오늘 먹는 음식은 내 몸에 보내는 가장 진솔한 보답이며, 약으로 건강을 붙잡기 전에, 내가 먹는 음식부터 돌아 봐야 한다.

그것이 내 몸에 대하여 베푸는 가장 확실한 존중이다.

이유 없는 피로와 설명되지 않는 통증,

식사 뒤에 남는 불편함은 오래전부터 먹는 습관으로 쌓여 온 생활의 흔적이다.

음식으로 만들어진 육신의 건강은 우리를 속일 수 없다.

다만 우리는 바쁘다는 이유로, 괜찮을 거라는 믿음으로 몸에서 보내는 신호들을 지나쳐 왔을 뿐이다.

젊은 날에 먹었던 좋지 않은 음식들은 빚으로 남아 언젠가 반드시 정산을 요구한다.

건강은 한순간에 무너지는 것이 아니라, 눈에 띄지 않는 선택들이 쌓여서 만들어진 결과다.

오늘의 식사와 수면, 잠깐의 휴식이 모여 내일의 몸 상태를 결정한다.

그러니 지금의 몸을 원망하기보다, 지금까지 무엇을 먹어 왔는지, 식습관을 돌아볼 필요가 있다.

몸을 돌보는 일은 사치도 유행도 아니다.

남은 시간을 품위 있게 살아가기 위한 가장 소중하고도 확실한 준비이다.

제 2 부

삶의 선택

평생 학습

배움은 나이를 묻지 않는다

1 인간 형성과 학습의 본질

Education can change your life.

"교육은 당신의 삶을 바꿀 수 있다."

배움 앞에서는 부잣집 자녀든, 가난한 농부의 자식이든, 흑인이든 백인이든, 남녀노소를 가리지 않는다.

아버지가 돈이 많든, 적든, 큰 집에 살든, 작은집에 살든 그것 또한 중요하지 않다.

배우는 모든 경험은 그 자체로 동등하며, 우리는 교육의 힘을 믿어야 한다.

이는 흑인 여성 최초로 미국 아이비리그 브라운대학교 총장이신 루시 시몬스의 말이기도 하다.

인간의 모든 생각과 습성, 사고와 의식은 학습을 통해 익혀지며, 경험하고 느낀 것들이 평생에 걸쳐 말과 행동으로 드러난다.

어릴 때 부모와 선생님에게 받은 훈육은 학습과 교육을 통해 체화되어서 인격 형성에 중대한 영향을 미치게 되는 것이다.

아동 발달 과정을 연구한 심리학자 장 피아제는 '인지발달 이론과 발생적 인식론"을 통해 인간이 잉태되어서 성장해 가는 과정을 연구했다.

그는 자신의 자녀들이 자라는 모습을 직접 관찰하며 수와 양의 개념, 시간과 공간, 인과성, 언어와 사고, 도덕성이 어떻게 형성되는지를 분석했고, 아이와 어른의 차이를 논리적으로 설명하였다.

피아제는 아동의 정신이 일정한 단계를 거쳐 성숙해 간다는 학설을 제시하며, 인간의 인지 발달을 감각운동기, 전조작기, 구체적 조작기, 형식적 조작기의 네 단계로 나누었다.

그는 특히 아이들이 규칙과 도덕성을 생활 속에서 습관으로 익혀 안정적인 성장의 리듬을 가질 수 있도록 부모의 훈련과 역할이 중요하다고 강조했다.

또한 그는 구성주의 인식론을 주장하며, 인간의 정서·행동·사고는 각 개인이 현실 세계를 어떻게 구성하느냐에 따라 달라진다고 보았다.

인간은 변화하고 성장하는 존재이며, 의지 또한 환경과의 상호작용 속에서 끊임없이 변화하고 발달한다는 것이다.

이러한 이유로 아동 교육은 인격 형성에서 매우 큰 비중을 차지하며, 아이는 성인과 질적으로 다른 사고 구조를 지니고 있음을 인식하고 아동의 시각에서 이해하려는 노력이 필요한 것이다.

전통적인 농업 사회에서는 계절의 주기에 따라 농사를 지으며, 경험을 통해 얻은 지혜를 대대로 전승하며 실천하는 것이 삶의 방식이었다.

그러나 기술 변화가 빠른 현대 사회에서는 질 높은 교육과 정보 습득, 이론적 기술을 얼마나 많이 터득하고 있느냐가 경쟁 우위를 선점하는 중요한 요소가 되었고, 이는 곧 소득과 신분 상승을 가능케 하는 충분조건이 되었다.

2 평생학습과 사회 구조의 현실

평생교육은 노후 보장 제도가 충분하지 않은 사회 환경에서 노후를 대비할 수 있는 중요한 수단이다.

학습을 통해 행복하고 풍요로운 노년을 맞이하기 위해 우리는 스스로 체계적이고 이론적인 준비를 해야 한다.

학습으로 미래에 닥칠 변화에 대비하고, 사회보장 제도의 활용, 여가와 취미생활, 신체 변화에 따른 건강관리와 운동, 여행과 자금 관리 등을 배우는 과정은 현대를 살아가는 우리들 각자의 몫이다.

세상은 하루가 다르게 급변하고 있다.

물질이 감성과 이성을 지배하는 시대에 살고 있는 우리는, 경쟁력을 잃은 학벌 중심의 낡은 관념에만 매달려서 자녀 교육에 노후 자금을 무작정 투입함으로써 오히려 미래를 더 불확실하게 만들고 있다.

곧 공급 과잉이 될 주택 마련에 인생의 젊은 시절을 모두 소진하고, 다가올 노년의 설계를 제대로 하지 못하는 상황이 반복되고 있는 것이다.

그러나 다행히도 요즘 젊은 세대에서는 인식의 변화가 서서히 나타나기 시작하고 있다.

이제 우리는 공교육 제도의 틀을 넘어, 각자의 재능과 적성에 맞는 창의적인 학습으로 방향을 전환해야 한다.

치열한 상대적 경쟁에서 이기기 위한 교육이 아니라, 내실을 다지는 실질적이고 현실적인 '나 자신을 위한 학습'을 통해 활기차고 알찬 미래를 설계해야 한다.

이는 빠르게 변화하는 글로벌 사회에 능동적으로 대응하여 적응해 나가기 위한 미래지향적인 발상으로, 매우 바람직한 흐름이라 할 수 있다.

금융에 대한 무지, 복잡한 사회보장 제도를 이해하지 못하는 사회 문맹, 자신의 건강조차 돌보지 못하는 건강 문맹에 대한 선제적 교육은 단순히 글을 가르치는 기초 교육 못지않게 중요한 평생교육의 핵심 과제이며 이는 미래를 위해서 국가가 책임지고 해결해야 할 중대한 사업이기도 하다.

그러나 현실적으로 교육 예산은 공교육과 대학 교육에 집중되어 있어, 성인 학습과 노인 교육은 여전히 미비한 상태에 머물러 있다.

국가는 제도권 밖 평생교육의 중요성을 인식하고, 지역별로 평생학습 체계를 선진화하여서 적극적인 홍보를 통해 국민의 정서 함양과 삶의 질 향상에 능동적으로 대처 해 나가야 할 것이다.

대학을 졸업했다고 해서 세상 이치를 다 아는 양 더 이상 배울 것이 없다고 자만하는 것은 큰 착각이다.

끊임없이 변화하는 세상은 새로운 분야를 계속 만들어 내고 있으며, 아무리 열심히 공부를 해도 또 다른 학습을 요구받게 된다.

자본주의 시장에서는 이미 공개된 시장에서는 기술력이 중요하지만, 아직 드러나지 않은 시장에서는 정보를 누가 더 빨리 받아들이느냐, 하는 속도가 경쟁력을 좌우한다.

따라서 변화하는 정보를 파악하고 실생활에 필요한 배움을 이어가기 위해서는 평생 학습은 선택이 아니라 필수이다.

교육은 시기 또한 중요하다.

상황과 환경에 맞는 적절한 학습이 이루어질 때, 교육은 비로소 삶을 실질적으로 변화시키는 힘이 된다.

아프리카 우간다 사람에게 자동차는 티코보다 그랜저가 더 좋다고 아무리 강조해서 말해도 소용없을 것이다.

한 끼 식사를 해결하기 위해 절구통에 밀을 빻아 체로 거르고, 나무를 주어다 불을 지펴 음식을 만드는 데 한나절이 걸리는 그곳에 진정으로 필요한 것은, 단 1~2분 만에 곡물을 갈아 낼 수 있는 도구와 손쉽게 불을 피울 수 있는 기구일 것이다.

이처럼 현실에 맞는 적절한 기술이 필요하듯, 교육 또한 사회가 눈부시게 발전함에 따라 시대에 맞춰서 변화에 능동적으로 대응해야 한다.

미국의 아마존이나 중국의 알리와 같은 플랫폼 기업들이 정보를 활용해서 단기간에 글로벌 기업으로 성장하였듯이 새로운 정보를 알고 이해하기 위해서는 끊임없이 관련 내용을 학습하고 이미 공개된 기술을 터득하여서 활용할 줄 알아야 현실에 적응할 수가 있다.

과거의 일률적이고 획일화된 교육으로는 더 이상 시대의 흐름을 따라갈 수 없는 것이다.

3 사상 이념 정보 통제와 학습의 역할

지식은 머릿속에 저장된다는 이유로 '아는 것이 힘'이라 굳게 믿던 시대에는, 얄팍한 학식을 앞세우고 학벌과 출신을 내세우며 획일적인 시험을 통과한 사람들이 사회를 지배해 왔다.

그 과정에서 인성과 도덕은 뒷전으로 밀렸고, 정의와 예의 또한 제대로 검증받지 못했다.

그들은 지속적으로 자신들만 잘살 수 있는 법과 제도를 만들고 고치는 동안, 먹고살기 바쁘다는 이유로 하루하루 일에만 매달리는 서민들의 현실은 안타깝고도 씁쓸하게 도탄에 빠지고 있다.

개발도상국이던 10여 년 전만 해도 죽도록 피땀 흘려 일해서 돈을 모아 땅을 사고 집을 장만하면, 그것만으로도 기본적인 투자 효과를 얻어서 부자가 될 수 있었다.

그러나 이제는 단순히 열심히 일하는 것만으로는 이기적이고 저급한 정치 구조 속에서 결국은 또 다른 누군가의 노예로 전락하고 말 가능성이 커졌다.

대한민국은 헌법이 보장한 자유민주주의 국가이다.

자유는 개인의 선택을 존중하는 제도이지만, 동시에 스스로 판단할 수 있는 능력을 전제로 한다.

배우지 않은 자유는 쉽게 선동에 흔들리고, 판단하지 못하는 자유는 결국 타인의 도구로 전락하고 만다.

과거에는 열심히 일하고 땅과 집을 마련하는 것만으로도 삶이 나아질 수 있었다.

그러나 오늘날에는 단순한 근면만으로는 구조적 불공정과 정보 비대칭을 극복하기 어렵다.

배우지 않으면 뒤처지는 정도가 아니라, 무지한 상태로 선택한 결정이 평생의 짐이 되는 시대가 된 것이다.

이 때문에 평생학습은 단순한 교양의 문제가 아니라 서민의 생존 능력이다.

정치·경제·사회 제도가 개인의 삶에 어떤 영향을 미치는지 이해하지 못하면, 그럴듯한 구호와 달콤한 말에 쉽게 현혹될 수밖에 없다.

거짓은 반복될수록 사실처럼 굳어지고, 정보를 선별하지 못하는 대중은 결국 그들이 속이는 데 가담하게 된다.

자유민주주의 사회에서 가장 위험한 것은 다른 의견이 아니라, 비판 없이 받아들이는 태도이다.

사상과 이념은 언제든지 민중의 분노와 불안을 자극해서 집단적 사고와 행동을 유도하는 도구로 변질될 수 있다.

그 과정에서 개인의 자유는 축소되고, 집단의 이름으로 책임 없는 결정이 정당화되기 쉽다.

따라서 시민은 끊임없이 묻고, 확인하고, 학습해야 한다.

국가 예산이 어떻게 쓰이는지, 법과 제도가 누구를 위해 만들어졌는지, 권력은 어떤 방식으로 유지되고 세습되는지를 이해할 수 있어야 한다.

"정치는 나와 무관하다"는 생각은 스스로 자신의 주권을 포기하는 말과 다르지 않다.

평생학습의 역할은 학교 교육에서 다루지 못한 현실 판단 능력과 비판적 사고를 보완하는 데 있다.

글을 읽을 수 있으나 구조를 이해하지 못하는 상태, 정보를 접하지만 맥락을 해석하지 못하는 상태는 언제든지 선동의 대상이 될 수 있다.

자유민주주의는 저절로 유지되지 않는다.

배우고 생각하며 판단하는 시민이 있을 때만 건강하게 작동한다.

결국 평생학습이란 더 많이 알기 위한 노력이 아니라, 속지 않기 위해, 소중한 내 재산을 지키기 위해 그리고 인간답게 살기 위해 반드시 필요한 최소한의 준비인 것이다.

평생교육을 통해 세계화 시대를 살아가며 귀로는 천리를 살피고, 눈으로는 세상의 흐름을 꿰뚫는 통찰력을 갖추어야 한다.

이스라엘은 인구도 많지 않고 영토도 작은 나라지만, 군사적·경제적으로 매우 강한 국가이다.

그 힘의 원천으로 꼽히는 '하브루타' 교육은 오랜 세월 이어져 온 학습 방식으로, 유대인의 뛰어난 창의력과 경쟁력을 키운 토대가 되었다.

이 교육은 서기 이전부터 탈무드에서 시작되어 지식을 주입하기보다 지혜를 기르는 데 초점을 두었으며, 함께 토론하고 논쟁하며 결론을 도출해 가는 과정 속에서 창의력과 표현력은 물론 개인의 재능을 더욱 발전시킨다.

더 나아가 사람마다 가치관이 다르다는 사실을 자연스럽게 인정하게 하고, 자신과 생각이 다른 상대를 이해하며 협력과 협치의 방법을 모색하게 하는 실질적인 사회 융합 교육이라고 할 수가 있다.

주입식·암기식 교육은 결국 복사, 즉 '카피'만 할 줄 아는 사람을 만들어 낼 뿐이다.

반면 창의적이고 사고를 요구하는 교육은 미래를 창조하고 개척하며 시대를 선도하는 사람을 길러낼 것이다.

독일의 교육 제도 또한 주목할 만하다.

중학교를 졸업하기 전, 이미 문과로 진학할 것인지 이과·기술 분야로

갈 것인지를 개인의 재능과 적성에 따라 선택하도록 한다.

문과 계열의 인문 고등학교로 진학하면 법조인, 행정가, 정치인 등 인문계 진로로 나아가고, 기술·예체능 계열의 학교로 진학한 학생들은 각자의 재능에 맞는 전문 직업교육을 받게 된다.

청소년기에 소질과 재능을 파악해서 진로를 결정하고 교육함으로써 국가는 질 높은 인재를 양성하고 인력난을 해소할 수 있으며, 개인은 경쟁력을 갖추어 안정적인 사회 진출이 가능해진다.

그러나 우리의 현실은 대부분 인문계 대학만을 선호한 나머지, 자신이 무엇에 소질이 있는지, 무엇을 잘할 수 있는지조차 모른 채 부모의 뜻과 사회적 체면에 따라 진로를 선택하는 경우가 많다.

그 결과 취업은 갈수록 어려워지고, 적성에 맞지 않는 직업을 택해서 불행을 자초하는 일이 반복되고 있다.

이제 본격적으로 휴머노이드 로봇과 인공지능이 거의 모든 직업군에 진입하게 될 것이다.

특히 전문직부터 대체가 시작될 것이며, 비용 부담이 큰 부분부터 기계가 인간을 대신하게 될 가능성은 더욱 커졌다.

결국 기계를 다루는 능력과 인간의 감정이 개입되어야 하는 직업이 더 중요해질 수밖에 없다.

한 교사가 "공부가 그렇게 싫으면 기술이라도 배워라"라고 조언했더니, 학생의 부모가 이를 인격 모독이라며 문제 삼았다는 이야기도 있다.

그러나 지금은 통신 기술이 발달해 누구든지 언제 어디서나 관심 있는 분야를 저렴한 비용으로 배울 수 있는 사이버 학습 시스템이 잘 갖추어져 있다.

과거에는 공부하지 못해 한을 품은 사람들이 많았지만, 이제 대한민국은 고등학교까지 의무적으로 공교육을 받을 수 있는 선진국이므로 돈이 없어서 고교에 진학하지 못하는 일은 거의 사라졌다.

1953년 6·25 전쟁 직후 태어난 사람을 '베이비붐 세대'라고 한다.

이들은 매년 출생아 수가 100만 명을 넘었지만, 국가가 제공하는 충분한 공교육을 받지 못한 채 강인함과 근면성실함만으로 산업 성장의 주역이 되었다.

특히 한국전쟁 후 1954년부터 1963년 사이에 태어난 1세대 베이비붐 세대는 모든 것이 부족했던 시절, 가정 형편상 학교에 가지 못해 문맹률도 높았고, 글공부보다 당장의 생계가 더 절실했었다.

논밭에서, 가내 공장에서, 공사 현장에서 어린 나이부터 일하며 초근목피로 연명했고, 불모지와 다름없던 환경 속에서 불철주야 성실히 일해 자식을 키우고 생업에 헌신한 결과 마침내 대한민국을 경제 대국으로 성장시켰다.

이제 은퇴를 맞이한 그들에게 국가는 마땅히 노후 복지를 충실히 제공해야 함에도, 현실은 예산을 핑계로 공공시설조차 제대로 갖추지 못했고 학습하고 즐길 수 있는 공간 또한 부족해서 많은 노년층이 외로운 삶을 살아가고 있음은 매우 안타까운 현실이다.

ㄴ 배움은 힘이다

1921년 출생한 브라질의 교육자이자 사상가인 파울로 프레이리는 젊은 시절 국어 교사로 일하며 심각한 사회 문제를 목격하게 된다.

글을 몰라서 지주가 시키는 대로 계약서에 도장을 찍은 농민들이 자신들이 생산한 작물의 절반 이상을 지주에게 빼앗기는 현실을 알게 된 것이다.

그는 이를 안타깝게 여기고 농민들에게 글을 가르치기 시작했다.

그는 약 4년이라는 짧은 기간 동안 백만 명에 이르는 비문해자를 문맹 상태에서 벗어나게 했는데, 그 교육 내용은 매우 투쟁적이었다.

글을 모르면 재산을 빼앗기니, 글을 읽고 이해할 줄 알아야 계약 내용을 파악해서 더 나은 조건으로 계약할 수 있다고 가르쳤다.

3개월이면 글을 깨우치게 하는 탁월한 교육자였던 그는 이후 민중 사상가로 활동했고, 말년에는 미국 하버드대학교에서 석좌 교수로 재직하기도 했다.

그러나 그는 이성보다 감성을 앞세운 사회주의자였으며, 자본주의를 부정하고 집단의 이기심을 의식화시키는 비판적 사회주의 사상을 전 세계에 확산시킨 인물이기도 했다.

그가 말하길, "아무것도 모르는 사람은 없다. 다만 모른다고 생각할 뿐이다."

이는 타인을 가르치기에 앞서 자기반성을 통해 스스로 깨달음을 얻어야 한다는 점을 강조한 말이다.

그래서 필자는 "이 세상 모든 사람은 아는 것도 없고 모르는 것도 없다"라는 말로, 이미 알고 있으면서도 그것을 깨닫지 못한 채 살아가고 있다는 맥락으로 이해하고 싶다.

이는 모든 사람이 각자가 알고 있는 범위만큼만 세상을 이해하고 있을 뿐, 모르는 영역 앞에서는 누구나 마찬가지라는 뜻으로도 해석할 수 있을 것이다.

이러한 관점에서 파울루 프레이리는 모든 인간은 스스로를 개발해야 한다고 주장했으며, 이를 '해방의 교육', 즉 '페다고지(pedagogy)'라고 불렀다.

그의 비판적 사고 중심 교육은 역사적 사건을 현재의 현실에 적용하고, 끊임없이 변화하는 사회를 중시하며 감성적 인간화를 지향했다.

그러나 이러한 사상은 점차 사회 집단화된 사고와 행동, 생활 방식을 통제하고 제한하는 이데올로기적 방향으로 흘러가게 되었다.

아동 학습을 의미하는 페다고지 교육의 궁극적 목표는 인간 해방이며 기초 학습을 강조한다.

이로 인해 공산 사회주의 국가에서는 어릴 때부터 사상 의식화 교육을 실시해서 체제 유지에 활용하고 있다.

반면 '안드라고지'는 성인 학습을 의미하며 평생교육을 강조하는 개념이다.

인간의 사상 중 '이데올로기'란 관념적 이상과 사실적 인식을 결합한 개념으로, 세계관·종교관·가치관·사상·사고방식 등 신념 체계와 인식 체계를 의미한다.

이는 사회 구성원의 의식을 통합하는 기능을 하며, 더 나은 삶에 대한 기대를 자극해 민중의 지지를 얻기 쉽다.

그러나 개인의 자유가 극도로 제한되는 모순을 내포한 공산 사회주의를 지향한다는 점에서 근본적인 한계를 가진다.

사회주의를 신봉하는 자들의 인식은 "가진 자는 나쁘니 다 같이 잘 먹고 잘살자"는 논리로 요약된다.

집단 사회에서는 사상과 행동, 사생활까지 통제와 감시의 대상이 되며 개인의 자유보다 집단의 이익을 앞세우는 체제로 흐르기 쉽다.

북한 체제에서 이러한 집단 사회 이데올로기의 전형을 쉽게 찾아볼 수 있다.

세상 어디에도 자본을 평등하게 나누는 대동사회는 존재하지 않는다.

하느님조차 할 수 없는 일을 가능한 것처럼 국민을 속이다가 국가가 몰락한 사례는 셀 수 없이 많다.

이데올로기(ideology)와 결이 유사한 '헤게모니(hegemony)'는 같은 체제 안에서 특정 집단이 다른 집단을 지배하려는 의도를 뜻한다.

겉으로는 자유민주주의를 표방하며 공정과 정의, 고통 분담을 외치지만, 실제로는 신분과 지위를 이용하여 민중을 착취하는 구조로 나타난다.

우월한 정규직과 열등한 비정규직이라는 비교우위 체계처럼, 개인보다 집단의 힘을 앞세우고 자기들만 잘살자는 이기적인 단체 행동으로 귀결되기 쉽다.

국가나 사회 전체의 이익보다 소속 단체의 이익을 우선하는 집단이 존재한다.

국회 정당과 지방 정치 집단, 각종 이익단체 등이 그 예라 할 수 있는데, 국민은 이들의 주장과 행동을 비판적으로 감시하고 선별할 줄 알아야 불이익을 당하지 않을 것이다.

이처럼 사상과 이념, 신분과 지위를 이용해서 국민을 착취하고 부귀영화를 누리려는 무리들이 우리 사회 전반에 우후죽순 늘어나고 있는 현실은 결코 가볍게 볼 일이 아니다.

직위와 신분, 또는 집단의 세력을 이용해서 민중을 선동하고 착취하며 자손 대대로 특권을 누리려는 탐관오리들이 판치는 세상에서, 힘없는 서민일수록 더욱 경계심을 가져야 함에도 오히려 동조하고 편드는 현실은 매우 안타깝다.

이러한 구조가 고착화된 사회에서는 국가 예산이 얼마인지, 공무원이 무슨 일을 하고 있는지, 권력이 어떻게 유지되고 세습되는지조차 알기 어려워진다.

열심히 노력하며 살아가는 서민이 공정하고 정의로운 사회에서 자유롭게 살기 위해서는 올바른 가치관을 가지고 정의와 공정의 의미를 학습하며 정보에 밝아야 한다.

그래야만 입바른 달콤한 말과 선동에 쉽게 속지 않을 것이다.

많은 사람은 "내가 보는 것이 세상의 전부이지, 굳이 먼 나라에서 일어나는 산불까지 걱정할 필요가 있겠는가" 라고 생각할 것이다.

그러나 이제는 보이지 않는 곳에서 발생한 사건 하나가 우리 식탁의 물가와 서민 경제에 막대한 영향을 미친다는 사실을 알아야 한다.

현실 정치를 정확히 파악하고, 올바른 정보와 학습을 바탕으로 편견 없이 판단하며 미래를 향해 투표할 수 있어야 부당함을 막을 수 있다.

"정치는 나와 무관하다"는 생각은 스스로 자신의 주권을 포기하는 것과 같다.

평생학습의 역할은 학교 교육에서 부족했던 부분을 보완하는 데 있으며, 특히 이러한 관점에서 성인 학습인 안드라고지(andragogy)가 여기에 해당한다.

글은 읽을 줄은 알지만 정치와 제도가 개인의 삶에 미치는 영향을 이해하지 못하는 현실이 안타까워서 다소 자극적인 표현을 했음을 밝힌다.

세뇌된 얕은 지식이 얼마나 위험한지를 보여주는 사례로 나치 독일의 선전 책임자 괴벨스를 들 수 있다.

그는 "거짓말은 처음에는 부정되고, 다음에는 의심받지만, 반복되면 결국 모든 민중이 믿게 된다"고 말하며 히틀러의 독재를 적극적으로 뒷받침했다.

독일의 전 가정에 라디오를 값싸게 혹은 무료로 보급하고, 아흔아홉 번의 거짓과 한 번의 진실을 섞어 반복적으로 전달함으로써 대중을 기만했다.

처음에는 "설마 그럴 리가 있나" 하던 말도, 반복되면 결국 "아, 정말 그랬었 구나"로 굳어지게 된다.

가짜 정보와 왜곡된 언론이 난무하는 시대일수록, 평생학습을 통해 나를 속이려는 자들을 분별할 수 있는 지혜를 길러야 한다.

'체계적 위험'이란 천재지변이나 법과 제도처럼 개인이 스스로 제거할 수 없는 위험을 뜻한다.

문제는 서민 생활에 중대한 법과 제도가 충분한 검증 없이 특정 집단의 이익과 정권 유지를 위해서 졸속으로 만들어지는 경우가 적지 않다는 데 있다.

미국의 한 상원의원은 "법이 모든 국민을 만족시킬 수는 없지만, 검증된 다수의 이익은 반드시 실현되어야 한다"고 말했다.

이 말은 법을 제정하고 통과시키는 이들의 진짜 의도가 무엇인지 감시하고 비판하는 일이 국민의 당연한 권리임을 일깨워 준다.

심리학자 메슬로우의 인간 욕구 피라미드는 생리적 욕구에서 시작해서 안전욕구, 사랑과 애정욕구, 존중욕구, 자아실현욕구의 단계로 구성되어 있다.

오랫동안 널리 받아들여진 이 이론 역시 오늘날의 현실에서는 다시 생각해 볼 필요가 있다.

요즘 젊은 세대가 결혼하기 어렵다고 말하는 것은 사회가 불안정하고 미래가 불확실하여 생존에 대한 기본적 안정감조차 충분히 확보되지 않았음을 의미한다.

한편 요즘은 예전과 달리 최소한의 의·식·주가 국가의 기초 복지로 어느 정도 해결되었고, 위험한 스포츠와 모험을 즐기며 활동성과 도전 정신을 중시하는 시대이기도 하다.

이러한 현실을 고려한다면, 이론과는 반대로 자아실현을 통해 경쟁력을 먼저 갖춘 뒤에 애정 욕구와 존중 욕구, 결혼과 가정의 문제가 자연스럽게 풀릴 수 있지 않을까 하는 생각도 가능해진다.

오래된 이론이라고 해서 절대적 진리는 아니다.

시대가 바뀌면 관점도 달라져야 하며, 그 변화의 중심에 평생학습이 있다.

요즘 사회학자들은 대한민국이 고령화 사회로 접어들었고 출산율이 급격히 낮아지며 '인구 절벽'에 이르렀다고 말한다.

그러나 단절과 소멸의 시대라고 단정하기보다는, 전 세계 사람들이 국경을 넘나들며 뒤섞여 살아가는 현실 속에서 '인구 희석 시대'가 우리 사회와 미래에 어떤 영향을 미칠지에 대한 깊이 있는 연구가 더 절실해졌다.

'인구 희석 시대'란 한국 사람이 아프리카에서 살아가고, 미국 사람이 우리 이웃으로 이주해 오는 시대처럼 새로운 인종과 문화가 끊임없이 섞이며 재구성되는 환경을 의미하기에 사회 인류학을 전공한 필자가 제시한 단어이다.

이러한 글로벌한 환경에서 30년 전에 만들어진 이론과 방식으로 학생들을 가르치는 것은 더 이상 적절하지 않다.

교육 또한 시대 변화에 맞게 재설계되어야 한다는 뜻이다.

교수든 정치인이든 자영업자든, 혹은 어업이나 농업에 종사하는 사람이든 관계없이 누구나 새로운 지식을 학습하고 습득해야 세계화 시대에 경쟁력을 확보할 수 있다.

현대를 사는 우리는 과거와 전혀 다른 환경에 놓여 있다.

한때 대영제국의 옥스퍼드 대사전 열 권 분량에 해당하던 방대한 지식이 이제는 조그만 휴대전화에 담겨 있다.

배우고자 하는 의지만 있다면, 누구나 언제 어디서나 적은 비용으로 방대한 지식과 정보를 접할 수 있는 시대다.

공교육의 질에 대한 문제 제기는 교사가 교육을 소홀히 한다는 의미이기도 하지만, 동시에 그들이 지식의 질을 높인다면 국민 전체의 의식 수준과 삶의 질을 크게 끌어올릴 수 있다는 뜻이기도 하다.

물론 훌륭한 교사들도 많다.

다만 고등학교 단계부터 학생이 자신에게 맞는 교육자와 교육 방식을 선택하는 시대가 되었고, 교사가 무조건적으로 존경의 대상이 되는 시대는 지나갔다.

학습자 또한 교육기관을 선택하기 전에 스스로를 객관적으로 파악하고 분석할 필요가 있다.

이때 활용할 수 있는 도구가 바로 'SWOT 분석'이다.

SWOT 분석이란, 자신의 강점과 약점, 기회와 위협을 점검하는 방법으로, 공부뿐 아니라 사업이나 새로운 일을 시작할 때도 반드시 필요한 기본 과정이라 할 수 있다.

"성인이란 자신의 행위를 스스로 통제하고 성찰할 수 있는 능력을 갖춘 사람"을 의미한다.

그러나 많은 사람은 신체적으로는 성인이지만 정신적으로는 여전히 미성숙한 상태에 머물러 있다.

그래서 성인이란, 다시 말해서 삶의 과정 속에서 반복되는 문제와 난관을 해결하기 위해 끊임없이 배우고 성장해야 하는 존재이기도 하다.

"학습이란, 개인의 내면과 외부 세계가 상호작용하며 변화하는 과정"이다.

학습을 통해 지식은 창출되고 공유되며, 새로운 관점과 해석이 가능해진다.

이를 통해 위기를 극복하고 비판적 사고와 자아실현을 바탕으로 자기 주도적인 삶을 살아갈 힘을 얻게 된다.

성인은 단순한 학습 대상이 아니라 삶의 의미를 체험해 온 인격체이므로,

"나이 들어서 무슨 공부냐"는 말로 학습을 외면할 것이 아니라 책과 지식을 가까이하며 배우려는 자세를 가져야 한다.

경험의 질을 높이는 것이 곧 교육이기 때문이다.

예를 들어, 식당을 개업하면 폐업할 확률이 매우 높다고 한다.

그 이유는 많은 사람이 남들이 잘된다는 말만 듣고 충분한 준비 없이 도전하기 때문이다.

식당을 차려서 성공하려면 먼저 마케팅을 배워야 하고, 그 과정에서 최고의 광고는 입소문이라는 사실 또한 학습을 통해서 알게 된다.

국가가 제공하는 의무교육은 사회를 살아가는 데 필요한 최소한의 기초 지식을 가르치는 데 그 목적이 있다.

그러나 정보화 시대를 넘어 사물 자동화 시대로 접어든 지금, 우리는 평생 학습을 통해 나와 직접적으로 관련된 지식과 기술을 스스로 익혀야 한다.

배움을 멈추지 않는 태도만이, 급변하는 시대 속에서도 삶의 주도권을 지켜 낼 수 있다.

배움을 멈추는 순간, 삶은 서서히 좁아진다.

평생학습은 더 나은 인생을 향한 가장 확실한 투자이다.

도전

안주하지 않는 삶이 역사를 만든다

Do not say you cannot do that.

"할 수 없다고 말하지 마라."

'도전'이란 단어를 정의하면, 무엇을 얻기 위해서 정면으로 맞서 싸우거나 기록 경신에 맞서는 것을 뜻한다.

도전하지 않고 얻을 수 있는 것은 없으며, 노력 없이 기록을 경신하는 일은 더더욱 있을 수 없다.

1 도전은 성격이 아니라 선택이다

인간은 크게 두 부류의 정신세계를 가지고 있다.

추종형과 리더형이다.

추종형은 대개 내성적인 성격의 소유자이고, 리더형은 외향적인 성격을 지닌 경우가 많다.

외향적인 사람(outgoing person)은 성격이 활달한 사람을 뜻하며, 내성적인 사람은 소심하거나 부끄러움을 타는 사람(shy person)을 의미한다.

사람의 성격을 딱 잘라 정형화 할 수는 없고, 다소 두루뭉술하여 분명한 형태를 알기는 어렵다.

그러나 함께 지내다 보면 나름대로 상대방의 성향을 유추해 볼 수는 있다.

소크라테스 말처럼 자기 자신도 알기 어려운데, 잠깐 스쳐 만나는 타인의 성격을 온전히 알기는 더욱 어렵다.

그래서 "열 길 물속은 알아도 한길 사람 속은 모른다" 는 속담이 생겨난 것 같다.

외향적인 사람은 일반적으로 자기 의견이 분명하고 말하기를 좋아하며 열정적이고 즉흥적인 면이 있다.

머리 회전이 빠르고 주변 사람들의 주목을 받는 것을 즐기며, 무리를 이끄는 힘이 있다.

말재주가 있고 역경에 비교적 쉽게 적응하며 변화를 두려워하지 않고 진취적인 사고를 지닌다.

혼자 있기보다는 낯선 사람과 대화를 즐기고, 불의에 맞서는 경향이 있으며, 일에 대한 열정과 책임감도 강하다.

빠른 판단이 가능하므로 두려움이 적고, 위험을 감수할 줄 알며, 호기심이 많아서 도전적이다.

어떤 어려움에 부딪히더라도 창의력을 발휘하여 극복해 나가는 힘이 있다.

여자라고 해서 내성적인 사람이 많고, 남자라고 하여 외향적인 사람이 많은 것도 아니다.

이는 성별과는 무관하다.

내향적인 사람은 외향적인 사람과 반대되는 성향을 지니지만 결코 소극적이지 않고 나름대로 삶을 즐기는 방법을 알고 있다.

내향적인 성격의 소유자는 자아 중심적이고 주관적이며 이기적으로 보일 수 있으나, 이는 자아의 중심이 타인이 아닌 자기 자신에게 향해 있다는 뜻이다.

자기 자신이 단단하기 때문에 군중심리에 휘말리지 않고, 남을 의식하기보다는 자신에게 집중하며, 주장이 분명하고 마음먹은 일은 끝내 해내는 고집도 있다.

독창성이 요구되는 전문 분야나 철학, 예술, 학문 연구에 강점이 있으며, 매사에 신중하고 타인에게 쉽게 휘둘리지 않는다.

다만 활동성이 상대적으로 부족해서 인간관계의 폭이 좁아질 수 있다는 점은 단점으로 극복해야 할 부분이다.

그러나 이는 일반적인 경향일 뿐, 개인에 따라 다를 수 있음을 밝힌다.

타고난 성격은 이미 어느 정도 정해져 있다.

그렇다고 스스로를 소심하다고 단정하여서 도전하지 않고 한곳에만 머문다면, 새로운 삶을 일구지 못한 채 주어진 환경 속에서만 일생을 보내게 될 것이다.

그러므로 타고난 성격을 핑계 삼지 말고, 삶의 방향을 선택하여서 도전하시기 바란다.

2 도전은 개인을 넘어 역사를 움직인다

타고난 성격과 개인의 선택이 한 사람의 인생을 바꾸듯, 이러한 도전의 축적은 결국 사회와 국가의 방향까지도 움직여 왔다.

개인의 작은 용기와 결단이 모여 시대의 흐름을 만들고, 그 흐름은 한 민족의 역사와 운명을 바꾸는 힘으로 이어진다.

도전은 결코 개인의 차원에만 머무르지 않는다.

시대를 움직인 무모한 도전은 전쟁도 불사하지 않고 끊임없이 이어져 왔으나, 반만년 인류 역사를 통틀어서 지금처럼 평화롭고 풍요로운 시대는 없었다.

한민족은 고려 시대 원나라의 침입, 조선 시대 임진왜란, 근대의 일제 식민 지배와 6·25 전쟁이라는 숱한 고난을 겪었음에도 질경이 같은 생명력으로 이 땅을 지켜 냈다.

6·25 전쟁으로 폐허가 된 이 땅에서 "잘살아 보자"는 구호 아래 새마을운동이 펼쳐졌고, 초가집을 양옥으로 고치고 민둥산에 나무를 심으며 공장을 세워 나라의 기틀을 다시 다졌다.

그 결과 불과 60여년 만에 세계가 '한강의 기적'이라고 부르는 경제 대국을 이루어 냈다.

도전과 열정으로 경제 발전의 시발점이 되었던 시절, '미원'과 '미풍'이라는 국산 조미료의 경쟁 역시 그 시대 도전의 상징이었다.

조미료 한 봉지를 팔기 위해 보르네오 밀림을 헤집고, 적도의 뜨거운 햇살 아래 낯선 섬을 떠돌던 산업역군들의 도전이 있었기에, 오늘날의 'Made in Korea'가 가능했다.

그러나 모든 도전이 정당화될 수는 없다.

사익을 위해 정의롭지 못하고 타인에게 해를 끼치는 도전은 결코 옳지 않다.

고려 말의 혁명 사상가 정도전은 야망을 품고 이 성계를 도와 출세 가도를 달리며 왕 다음가는 권력을 손에 쥐었지만, 강경 노선만을 앞세운 권력 투쟁 속에서 스승인 이색을 죽음으로 몰아넣고, 친구 정 몽주와는 원수가 되었으며, 함께 수학한 이 숭인을 제거하는 등 주변에 적을 쌓아갔다.

정도전은 자신이 꿈꾸던 이상적인 국가를 급진적이고 무리한 방식으로 밀어붙이는 과격한 도전을 택했고, 결국 이방원의 칼날 아래 비참한 최후를 맞이하게 된다.

그러나 한편으로 그는 조선 건국의 기틀을 다지고, 유교 국가의 틀을 세웠으며, 수도를 한양으로 옮기고 조선의 법전인 『경국대전』을 마련하는 등 왕조의 근간을 세운 조선 역사의 주도적 인물이기도 했다.

문무를 겸비하고 호전적인 성품을 지닌 이방원은 정적인 정 도전을 제거하고 1차 왕자의 난을 거쳐 왕위에 올랐다.

그는 왕권에 도전하던 형제들을 제거하고, 아버지 이 성계를 태상왕으로 봉했으며, 형 이방과를 2대 정종으로 세운 뒤 다시 2차 왕자의 난을 거쳐 조선 제3대 태종이 되었다.

나라를 위기에서 구한 난세의 영웅인가,

아니면 권력욕에 미쳐서 왕권을 탈취한 탐욕스러운 수장인가?

나라의 기틀과 왕권을 굳건히 다지고 셋째 아들 충녕을 왕위에 올려 세종이라 칭하게 한 뒤 상왕으로 물러나서는 국방을 책임지고, 아들이 정치에 익숙해지도록 도운 '쿨한 아버지'이기도 했던 이방원의 삶은, 그 자체가 목숨을 건 처절한 도전의 연속이었다.

그는 결국 자신이 하고자 했던 모든 일을 성취해 냄으로써 위대한 인물임을 스스로 증명해 냈다.

"사람이 못 할 일은 아무것도 없다. 전쟁만 없다면 무엇이든 할 수 있다."

현대그룹 창업주 정 주영 회장의 말이다.

대한민국을 세계에 알리고 수출 강국의 초석을 다진 대우그룹 창업자 김 우중 회장은 『세상은 넓고 할 일은 많다』라는 아주 도전적인 자서전을 남겼다.

불모지에서 돈 한 푼 없이 몸 둥이 하나로 세계를 무대로 무역을 하며 조국의 근대화에 기여한 훌륭한 선배들을 떠올리며, 독자 여러분 각자의 무한한 가능성과 도전 정신을 기대하고 싶다.

우리가 이미 이 세상에 태어난 이상, 인생에 단 한 번쯤은 나름의 웅장한 포부를 목표로 세우고 치열하게 도전해 볼 가치가 있음을 전하고 싶다.

불과 30여 년 전만 해도 공무원이 아니면 첫째·셋째 일요일만 쉬었고, 일반 근로자나 상인들은 빨간 글씨가 무슨 날인지조차 모르고, 왜 놀아야 하는지도 모른 채 공휴일과 상관없이 일하는 것이 당연하던 시절이 있었다.

박 정희 대통령이 1968년에 선포한 "국민교육헌장'은 당시 전 국민이 가슴에 새기고 아침저녁으로 암기했는데, 돌이켜보면 모두가 한마음으로 국가를 중심에 두고 "무엇이든 할 수 있다"는 신념으로 노력했던 것이 오늘의 경제 발전을 이룬 밑거름이 되었다고 생각한다.

젊은 독자들에게 진정한 나라 사랑이 무엇인지를 전하고자, 박정희 대통령이 민족의 단결을 외치며 제창한 「국민교육헌장」을 옮겨 적는다.

우리는 민족중흥의 역사적 사명을 띠고 이 땅에 태어났다.

조상의 빛난 얼을 오늘에 되살려 안으로 자주독립의 자세를 확립하고 밖으로 인류공영에 이바지할 때다.

이에 우리의 나아갈 바를 밝혀 교육의 지표로 삼는다.

성실한 마음과 튼튼한 몸으로 학문과 기술을 배우고 익히며, 타고난 저마다의 소질을 개발하고 우리의 처지를 약진의 발판으로 삼아 창조의 힘과 개척의 정신을 기른다.

공익과 질서를 앞세우며 능률과 실질을 숭상하고, 경애와 신의에 뿌리박은 상부상조의 전통을 이어받아, 명랑하고 따뜻한 협동 정신을 북돋운다.

우리의 창의와 협력을 바탕으로 나라가 발전하며, 나라의 융성이 나의 발전의 근본임을 깨달아, 자유와 권리에 따르는 책임과 의무를 다하며, 스스로 국가 건설에 참여하고 봉사하는 국민정신을 드높인다.

반공 민주 정신에 투철한 애국애족이 우리의 삶의 길이며,

자유세계의 이상을 실현하는 기반이다.

길이 후손에 물려줄 영광된 통일 조국의 앞날을 내다보며

신념과 긍지를 지닌 근면한 국민으로서

민족의 슬기를 모아 줄기찬 노력으로 새 역사를 창조하자.

3 | **도전은 결국 삶으로 증명 된다**

국적과 조국을 버린 사람을 난민이라고 한다.

이는 세계 속의 거지가 되는 꼴이다.

불과 몇 분이면 온 세상 소식을 알 수 있는 지구촌 시대에, 국가의 사회질서가 불안정하고 정치가 혼란스러우면 전 세계가 우리를 우습게 보는 세상이 되었다.

도전이 얼마나 위대한 가치가 있는지, 한 예술가의 삶을 통해 들여다본다.

1981년, 비텍 쿠루타는 공산국가가 된 체코슬로바키아의 프라하를 탈출했다. 간단한 옷가지와 칫솔이 든 작은 가방 하나만 메고서였다.

모든 예술가와 음악인을 통제하던 공산 정부 아래에서 시키는 대로 하지 않으면 감옥에 가둬졌기에, 그는 자신을 감시하던 사회주의자들을 피해 독일로 도망칠 수밖에 없었다.

그가 집을 떠난 뒤 정부 끄나풀들은 수시로 그의 집을 찾아와 아버지를 괴롭혔고, 심지어 아들의 행방을 말하지 않으면 감옥에 넣겠다고 협박하기도 했다.

독일로 피신한 비텍은 러시아어와 체코어는 할 수 있었지만, 독일어는 전혀 하지 못했다.

그는 여덟 달 동안 언어학원에서 독일어를 공부했는데, 읽기와 쓰기는 가능했지만 말은 거의 할 수 없는 상태였다.

어느 날 언어 공부에 몰두하던 그는 꿈속에서 산꼭대기에서 스키를 타며 독일인들과 유창하게 대화하는 자신을 보았다.

다음 날 그는 용기를 내어 독일어로 사람들과 말을 섞기 시작했고, 예술학교에 입학해서 건축물 복원에 관한 공부를 시작했다.

학교를 졸업한 뒤 팀을 꾸려 유럽 각지의 성당 벽화와 건축물, 시가지 곳곳의 문화재와 오래된 유산들을 복원하는 일을 약 10년간 이어갔다.

그의 재능이 세계에 알려지자 미국에서 함께 일하자는 제안이 들어왔다.

비텍은 고민했다.

영어도 하지 못하는데 새로운 나라에서 과연 적응할 수 있을까, 또 사랑하는 조국 가까이에 머물고 싶다는 마음도 컸다.

망설임 끝에 그는 결국 결심했다.

더 큰 나라에서 인생을 건 도전을 해보겠다고.

그렇게 그는 미국으로 건너가서 복원 작업을 하였고 지금은 학교를 세워서 후진을 양성하고 있다.

공산주의 국가에서 모든 행동을 감시당하고 정부가 시키는 일만 해야 했던 한 예술가가, 자신의 꿈을 펼치기 위해 목숨을 걸고 탈출하여 도전에 성공한 것이다.

그는 사람마다 맡은 역할이 매우 중요하다고 믿었다.

만약 수학자, 과학자, 예술가, 기업가들이 모두 도전하지 않고 창조하지 않으며 남이 한 것을 베끼기만 한다면, 인류는 과연 미래로 나아갈 수 있겠는가?

한 발자국도 앞으로 나아가지 못한 채 제자리만 맴돌 뿐이다,

"도전하지 않고 성취할 수 있는 것은 아무것도 없다." 그가 한 말이다.

조국 대한민국의 위대한 여성, 최정화 씨의 도전하는 삶도 소개하고 싶다.

그녀는 1946년 서울에서 딸만 셋인 집안에서 태어났다.

6·25 전쟁 통에 아버지를 일찍 여의고, 억척스러운 어머니의 뒷바라지로 고등학교를 졸업했다.

조용하고 세심한 성격이었던 그녀의 꿈은 빨리 시집가서 조강지처가 되는 것이었지만, 어머니는 의과대학 진학을 권했다.

결국 그녀는 서울국제대학교에서 가정경제학을 전공했고, 성적은 늘 상위권이었다.

졸업 후 교수의 추천으로 정부 공무원이 되어 어린이 지원 부서에서 근무했지만, 6개월 만에 공무원 생활을 그만두었다.

그러다 우연히 일본 잡지에서 생체생리학을 접하고 이 분야를 공부하기로 결심했으나, 한국에는 배울 곳이 없어서 1973년 일본으로 유학을 떠났다.

나라대학교 입학을 위해서는 2년 정도 준비 기간을 예상했지만, 놀랍게도 그녀는 두 달 만에 입학시험에 합격하고 의류생리학을 전공하게 되었고, 다시 2년 만에 학위를 받았다.

이후 의학 공부를 이어가 일본 고베대학교에서 의학박사 학위까지 취득했다.

1979년 겨울 한국으로 돌아와서 국제대학교 교수로 재직하며 '한복이 인체 생리에 미치는 영향'을 연구하던 중, 우연이 농촌에서 일하는 농부들의 손이 갈라져서 피가 흐르는 모습을 목격했다.

그때 그녀는 장갑을 만들어서 그들의 고통을 덜어주어야겠다고 마음

먹었다.

연구진과 팀을 꾸려서 밤낮없이 매달린 끝에, 끼기 쉽고 피부 손상이 없으며 작업할 때 낀 느낌이 거의 없는 가벼운 재질의 인체공학적 장갑을 개발했다.

미끄러지지 않고 오래 사용할 수 있도록 질긴 재질로 완성된 이 장갑은 농부들에게 보급되기 시작했고, 지금은 한국은 물론 전 세계 노동자들이 가장 선호하는 최고 품질의 작업용 장갑으로 자리 잡았다.

면에 고무를 코팅한 작업 장갑을 비롯해서 가정주부들이 사용하는 다양한 인체공학적 제품들, 그리고 의사들이 수술할 때 끼는 얇은 고무장갑까지, 오늘날 우리가 사용하는 작업용 장갑에는 그녀의 연구 성과가 녹아 있다.

그녀는 결국 소망하던 가정주부가 되었고, 두 아이의 어머니로서 행복한 삶을 살며 한국 인체생리학의 선구자로서 학생들을 가르치며 책을 집필하고 있다.

'낭중지추'라는 말이 있다.

주머니 속에 추를 넣어둔다는 뜻으로 흔들리지 않고 자기 길을 가다보면 언젠가는 반듯이 빛을 본다는 말이다.

우리는 짧은 인생을 살면서 세상 이치를 모두 알 수는 없지만, 조금이라도 더 알기 위해서 부단히 노력하고 새로움에 도전해야 한다.

필자는 2017학번으로 58세에 대학에 입학해서 62세에 졸업을 했다.

영문 원서를 읽기 위해 하루도 쉬지 않고 공부했고, 이 책에 소개된 내용 중 일부, 인물들이나 훌륭한 업적을 남긴 분들의 실화를 린다 버틀러

교수나 린 보네스틸 교수가 작성한 『PASSWORD』원서를 읽고 생각나는 것을 적고 있다.

또 신체를 단련하기 위해서 체육관에도 꾸준히 나가고, 틈나면 낚시를 다니고 가까운 명소로 캠핑도 떠난다.

생활에 여유가 있어서 가능한 일이라고 말할 수도 있겠지만, 누구나 자신의 생활 패턴에 맞춰 삶을 이어가다 보면 소망한 것들을 하나씩 이뤄갈 수 있다.

어느 날 밤, 중학교 교복을 입고 어린 학생들과 교실에서 공부하며 떠들고 있는 늙은 나의 모습을 꿈에서 보고 깜짝 놀라서 깬 적이 있다.

그 장면은 무섭고 두려웠지만, 학교생활과 공부는 늘 마음속에 품고 있던 소망이었다.

그 꿈은 오래도록 뇌리에 남았고, 언젠가는 반드시 공부를 해야겠다는 다짐으로 이어졌다.

그렇게 예순을 넘겨 대학을 졸업했고, 지금은 이렇게 책을 쓰겠다는 용기를 내어 도전하고 있다.

도전하는 사람, 용기 있는 사람, 꿈꾸는 사람은 결국 그 꿈을 이룰 수 있다.

도전은 우연한 기회로 시작되기도 하지만, 반드시 해내겠다는 의지가 있어야 가능하다.

필자의 도전 역시 중학교 2학년을 중퇴하고 서울로 상경하면서 시작되었다.

조그만 가내공장에서 기능공들의 심부름을 하고, 매 끼니 밥을 해주며 온갖 잡일을 하던 것이 사회생활의 출발이었다.

저녁에 학원이라도 다녀야겠다는 생각은 있었지만, 밤 11시까지 일하고 새벽에 다시 일어나야 하는 생활이 반복되었고 주말도 없이 첫째·셋째 일요일만 쉬는 고된 날들이 이어졌다.

당시는 또래 아이들이 서울로 많이 올라오던 시절이라 어린 나이에 일하는 것도 당연시되었고, 당장 먹고살아야 하는 절박함 속에서 공부는 감히 꿈꾸기 어려웠다.

스무 댓살 되어 사업에 실패하고 "이제는 직장을 잡아서 취직이라도 해야겠다."는 생각으로 구인 광고를 여러 번 훑어보았다.

그러나 "고졸 이상"이라는 문구가 눈에 들어오는 순간, 전화 한 통 걸어보지 못한 채 광고지를 덮어야 했다.

궁여지책으로 다시 작은 공장을 차려서 억지 사장이 되었다.

어린 나이에 시작한 자영업은 결코 쉽지 않았다.

여러 번 실패를 거듭했고, 좌절하면서도 배운 것이 없으니 취직도 할 수 없었고, 결국 어쩔 수 없이 밤낮으로 혼자 공장 일에 매달리며 힘겹게 살아갈 수밖에 없었다.

결혼을 하고 두 아이의 아빠가 된 서른여덟 살 무렵, 피치 못할 사정으로 20여 년간 이어오던 공장 생활을 접고 부동산 중개 일을 시작하게 되었다.

자격증도 경험도 없는 상태에서 중개를 하니 고객이 있을 리 만무했다.

고민 끝에 건축설계를 배우기 시작했다.

땅을 매입하러 다니는 건축업자들에게 도면을 그려주고, 일조 조건과 사선 제한, 도로 접면 등을 설명해 주며 건축비와 토지가격을 더해 분양가를 얼마로 책정하면 되는지, 까지 컨설팅 해 주었다.

그렇게 한두 번 거래를 해본 업자들이 다시 나를 찾기 시작했고, 신뢰가 쌓이면서 자연스럽게 거래가 이어졌다.

'궁하면 통한다'는 말처럼 어렵게 익힌 설계 공부의 효과는 상상 이상이었다.

건축과 부동산 개발을 할 수 있었던 밑바탕에는 공인중개사 자격증을 취득하기 위해 오랫동안 공부해 온 것들로 그 관련 법규를 알고 있었기 때문이었다.

중개사 시험은 공부하는 요령을 몰라서 광범위하게 공부했고, 시간이 부족해 학원도 제대로 다니지 못한 채 밤늦은 새벽까지 시간을 내서 3년을 매달렸다.

여러 번 낙방 끝에 어렵게 합격했지만, 그 보람은 컸다.

건물을 짓거나 토지를 개발할 때 공부한 내용들이 큰 도움이 되었고, 허용오차나 최 유효 이용을 판단하는 안목도 생겨 좋은 위치를 선점하여서 의미 있는 수익을 낼 수 있었다.

중개사 시험에 합격한 뒤 남는 시간에 무엇을 배울까 고민하던 중, 동네 주민센터에서 기초 영어(파닉스)를 가르친다는 것을 알게 되어 배우기 시작했다.

오십대 초반, 사업도 어느 정도 해왔고 외국여행이라도 다니려면 영어가 필요하겠다는 생각에서였다.

2년을 열심히 공부했는데, 이후 검정고시를 준비할 때 주민 센터에서 배운 기초영어가 중·고등학교 이수 과정에 큰 도움이 되었다.

한가로이 지내던 어느 날, 중개사 공부할 때 알고 지내던 동기가 운영하는 부동산 사무실에 들렀다.

그 친구는 예순이 넘은 나이에 사이버대학교 동양학과 졸업반이라며, 졸업 후에는 정법 공부를 할 계획이라고 했다.

“아, 늙어서도 대학을 졸업했다고?” 정신이 번쩍 들었다.

그래, 나도 공부해야겠다는 생각이 들었다.

그날로 검정고시 학원에 등록해서 중학교 과정부터 공부를 시작했다.

학원 원장님이 학교를 어디까지 다녔느냐고 물어보았다.

중학교 2학년 여름까지 다녔다고 하자 간단한 심사를 거친 뒤, 특별히 중학교 과정은 오후에 따로 공부하고 우선 고등학교 과정 반으로 들어가 보라고 권해 주셨다.

56세, 1월 초에 공부를 시작해서 그해 4월 중학교 과정을 마쳤고, 같은 해 8월에는 고등학교 과정까지 이수해서 졸업장을 받았다.

꿈결에서 조차 소망하던 ‘고등학교 졸업’이라는 학력을 마침내 갖게 된 것이다.

이듬해 원광디지털대학교 동양학과에 입학해서 풍수와 명리를 공부하려 했지만, 전문가 과정이라 그런지 너무 어렵고 전문용어도 많아서 수업을 따라가기가 힘들었다.

고민 끝에, 좋아하고 잘할 수 있는 공부를 하기로 마음먹었다.

1학기를 마친 뒤 전과를 고민하다가 아예 자퇴하고 재수하여서 다음 해 한양사이버대학교 실버산업학과에 입학했다.

학술발표회가 있던 날 한양대학교 교정을 걸으며, 대학에 다닌다는 사실이 가슴 벅차고 자랑스러웠다.

이렇게 훌륭한 학교에 다닐 수 있음에 감사했고, 용기를 내 검정고시 공부를 시작한 선택이 참으로 잘한 결정이었다는 생각이 들었다.

3학년이던 해, 추석 다음 날 9월 중순쯤으로 기억한다.

학교에서 전화가 왔다. 나를 찾는다는 여성분과 통화했는데, 학교에서 가장 친하고 좋아하는 동기생 종식이가 세상을 떠났다는 소식이다.

충주로 문상을 가는 길에 얼마나 울었는지 눈이 부어서 아팠다.

한 달 전 여름방학 때 "종식아, 나 충주 왔어" 하고 연락하자, "형, 어디야?" 하며 달려와서 맛있는 음식도 사주고, 택시비 하라며 구겨진 만 원짜리 두 장을 기사에게 던져주고 가던 모습이 아직도 선하다.

그로부터 며칠 뒤, 9월 초 내 프로필에 손 주가 태어났다고 올리자 "형님은 좋겠다."라고 남긴 댓글이 마지막 인사가 될 줄은 몰랐다.

4학년은 그야말로 정신없이 바쁘게 지나갔다.

생애설계사 시험을 여름방학 전까지 끝내야 했는데, 여덟 과목 점수가 평균 70점 이상이 합격 기준이라서 날밤을 새워가며 공부한 끝에 다행히 합격했다.

공부에 매달리느라 여름휴가도 가지 못했고, 평생교육사 자격증 취득도 큰 과제였다.

한 학기에 두 과목만 수강할 수 있어 3년을 공부해야 했고, 열 과목 평균 80점 이상을 받아야 했으며, 모든 과정을 마친 뒤에는 한 달간의 실습까지 필요했다.

문제는 실습을 받아줄 관공서나 지도 교수를 찾기 어려웠다는 점이었다.

다행히 교육학과 추천으로 무사히 실습을 마칠 수 있었고, 교육부 장관이 주시는 평생교육사 자격증을 취득할 수 있도록 도와주신 교육학과 정득진.황규하 교수님의 열정적인 강의와 교육자로서 베풀어주신 헌신적인 은혜에 진심으로 감사를 드립니다.

투자

준비된 확률이 부를 만든다

1 투자는 준비된 확률이다

봄에 씨앗을 뿌리지 않으면 가을에 추수할 것이 없다.

노동과 상업의 형태가 획기적으로 변화하는 과정에서 정보는 곧 수익과 직결되고, 돈을 버는 방식 또한 다양해지고 있다.

소문에 의하면, AI라는 말이 생소했던 15년 전 그래픽 카드 GPU를 개발하는 반도체 회사 엔비디아(NVIDIA) 주식은 주당 4달러에 거래되었는데, 지금은 185달러를 오르내린다고 한다.

만약에 선견지명이 있는 사람이 1천만 원으로 4달러짜리 주식 2,500주를 샀다면, 지금쯤 6억 6천만 원이 되었을 것이고, 소득세를 낸다 해도수익이 5억 원을 넘었을 것이다.

그렇다고 주식을 무턱대고 아무거나 투자해서는 안 된다.

주식 투자는 '운'이 아니라 결국은 '확률 게임'이며, 그 확률이라는 것도 준비된 사람에게 유리하게 기울 것이다.

주식투자를 하기 전에 선행으로 고려할 것을 정리해 보면 다음과 같다.

첫째, 남의 말만 듣고 매수하는 투자는 도박과 다를 바 없다.

최소한 재무제표, 산업흐름, 경쟁사 밸류에이션 정도는 스스로 확인해야 한다.

둘째, 한 종목에 올인 하기보다는 여러 업종을 분산해서 충격을 줄여야 한다.

셋째, 장기투자의 핵심은 "좋은 회사 주식을 싼 값에 사서 오래 들고 가는 것"이다. 이를 위해서는 조급함을 이겨내는 인내가 필요하다.

넷째, 손절은 실패가 아니라 생존 전략이다. 틀렸다고 인정할 줄 알아야 다음 기회가 온다.

다섯째, 레버리지(신용·미수·대출)는 수익을 키우지만 손실도 함께 키운다.

빚을 내서 하는 투자는 그 자체로 위험이 두 배가 된다.

여섯째, 세금과 환율, 수수료는 눈에 잘 안 보이지만 수익을 갉아먹는 '숨은 비용'이므로 반드시 계산해야 한다.

일곱째, 시장이 좋을 때는 누구나 천재가 되지만, 시장이 꺾일 때 실력이 드러난다.

여덟째, 결국 꾸준히 공부하고 원칙을 지키는 사람이 마지막에 웃을 것이다.

2 시장과 제도가 민생에 미치는 영향

자본주의 사회에서는 노동보다 투자를 잘해야 부자가 될 수 있다.

그런데 요즘은 정부가 투기를 막겠다는 명분으로 돈이 될 만한 수단을 규제로 막고 있어 돈 벌기가 예전 같지는 않다.

지난번 토지공사 직원들이 내부 정보를 이용해서 신도시로 개발될 토지를 매입하여 높은 시세 차익을 올린 사건이 사회적으로 큰 물의를 빚은 바 있다.

고양이에게 생선을 맡긴 격이니, 정부는 철저한 관리로 반칙을 일삼는 몰지각한 투기꾼을 엄벌함이 마땅하다.

그러나 서민이 미래에 대한 생활을 목적으로 하는 투자는 적극적으로 지원해야 하며, 자유시장경제의 흐름을 막거나 방해해서는 안 된다.

정부가 서민 경제에 깊이 개입해서 임금에 관여하거나 징벌적으로 세금을 올리게 되면 물가는 천정부지로 오르게 된다.

또 토지를 공공재로 취급한다는 명분 아래 세금을 과다하게 환수하게 되면, 한정된 토지는 그 인상분만큼 오를 수밖에 없어서 나라 발전의 정체와 서민 물가 상승의 요인이 될 것이다.

국가는 국민의 생명과 재산을 보호해야 할 의무가 있음에도 불구하고, 분신과도 같은 재산인 토지와 건물에 매년 세금을 인상해서 징수하고 있다.

그 결과 국가는 부유해질지언정 서민생활은 점점 더 힘겨워질 수밖에 없다.

세금을 올려서 그 돈으로 복지에 쓰겠다는 말은 말장난에 불과하다.

올린 세금은 결국 사용자인 임차인의 부담으로 돌아가기 때문이다.

건물주는 건물만 가지고 있을 뿐, 월세를 받아서 건축할 때 차용한 빚의 이자를 내고 매년 오르는 각종 공과금과 세금 납부를 대행하는 관리인에 불과한 꼴이 되었다.

결국 인상된 세금만큼 세입자인 임차인에게 비용이 전가되어서 차임이 오르게 되니, 가장 힘들어지는 것은 임차인인 것이다.

국가는 의무와 본분을 잊어서는 안 된다.

국가의 탄생을 돌아보면, 먼 옛날 농민이나 수렵꾼들이 수확물을 거두어 두면 힘센 도둑들이 이를 빼앗아 갔고, 저항하면 목숨까지 위협받았다.

이에 부족민들이 힘을 모아서 도적 떼를 막기 위해 가진 재물의 일부로 군인을 징집하고 법을 만들어서 씨족 사회를 이룬 것이 점점 커져서 옥저, 부여, 동예 등의 부족으로 발전하여 이루어진 것이 국가 형태를 갖추게 된 것이다.

그들은 족장을 '수장' 또는 '장로'라 칭하며 계급과 신분을 구분하고 마을 단위로 지역을 묶어 부족 사회로 수백 년 동안 공동체를 이루며 살아 왔다.

그러다가 기원전 2333년, 단군이 여러 국가를 통합해서 고조선이라는 나라다운 나라를 세웠는데, 이것이 오늘날 우리나라 건국의 시초가 되었다

역사적으로 4,360여 년의 전통을 이어온 이 자랑스러운 자유 대한민국이 자본주의 국가인지, 사회주의 국가인지, 정부는 분명한 입장을 표방해야 하며, 사적 자치의 원칙에 따라 국민의 시장경제 활동을 침해해서는 안 된다.

사적 자치의 원칙이란, 민법에서 말하는 계약 체결의 자유, 상대방 선

택의 자유, 계약 내용의 자유, 계약 방식의 자유를 포함하는 개념이다.

열심히 일해도 먹고살기 어려운 시기에 공산주의 사회에서나 있을 법한 토지 공 개념을 도입한다느니, 수시로 부동산법을 개정해서 세금을 올리겠다고 엄포를 놓고 있으니, 국민은 마음 놓고 투자나 사업을 할 수도 없고 상거래 또한 막혀서 서민들의 생활 의지마저 꺾는 상황을 초래하고 있다.

그 결과 능력 있는 사업가는 투자처를 해외로 옮기고, 자본을 가진 부유층 역시 외국으로 떠난다.

국내에는 사업이나 기업을 일으킬 만한 역량을 가진 사람이 점점 줄어들고, 이는 곧 서민 일자리 축소와 소득 감소로 이어져서 소비 위축을 낳고 있다.

국가는 국민의 행복과 경제적 자유를 보장하기보다는, 밤낮없이 일해야 겨우 가족을 부양할 수 있는 공적 부담 구조 속에 국민을 가두고, 온갖 명목을 붙여 근로자의 노동 대가를 과도하게 세금으로 징수하고 있는 셈이다.

국가가 국민에게 자부심을 심어 주고 정당하게 세금을 부과하려면, 모든 국민이 노후에 최소한의 안정된 삶을 영위할 수 있도록 기본적인 보장만큼은 제공해야 한다.

그러나 현실은 대부분의 국민이 노후에 기초적인 생활조차 보장받지 못한 채 불안 속에 놓여 있는 것이 사실이다.

농경사회도 아니고, 전 세계가 한 나라처럼 치열하게 경쟁하는 글로벌 시대에 큰 위험을 감수하며 자본을 투자해서 이익을 남기면, 소득세니 상속세니 하는 명목으로 그 대부분을 환수해 간다.

이런 환경에서 과연 누가 이 나라에서 사업을 하고 장사를 할 의욕을 가지겠는가.

국가는 선진국이 되었다고 자화자찬하지만, 국민에게 실제로 돌아오는 혜택이 무엇인지, 우리의 삶이 과거보다 과연 나아지고 있는지를 묻지 않을 수 없다.

막대한 복지 예산을 투입해서 비효율을 양산하는 정책이 과연 선진 복지라 할 수 있는지도 냉정하게 따져봐야 한다.

국가의 복지 정책이 선택적 복지여야 하는지, 보편적 복지여야 하는지도 감정이 아닌 현실의 관점에서 판단해야 한다.

자유 시장경제 체제에서는 보편적 복지보다 선택적 복지가 더 합리적인 방향이다.

전 국민을 대상으로 무차별적으로 돈을 나누는 보편적 복지는 예산 낭비를 초래할 뿐, 경제에 실질적인 도움을 주지 못한다.

오히려 근로 의욕을 약화시키고, 물가를 상승시키며, 화폐 가치를 떨어뜨려 결국 국가 재정을 고갈시키고 그 부담을 미래 세대에게 떠넘기게 될 가능성이 크다.

정책 결정권자들은 체감하기 어려울지 모르지만, 요즘 만 원짜리 한 장으로 식당에서 먹을 수 있는 한 끼는 겨우 몇 가지 반찬과 된장국이 전부이다.

이런 현실에서 과연 서민의 삶이 개선되었다고 말할 수 있겠는가.

영양 부족을 걱정해야 할 지경인데, 물가 상승은 외면한 채 최저임금 인상만으로 성과를 자평하는 현실이 안타깝기만 하다.

경제 전문가는 아니지만, 한 가정의 생계를 책임져 온 가장으로서 정부 당국자들에게 한마디 조언을 한다면, 지금 대한민국에서 먹고살기가 너무 어렵다.

경제는 시장에 맡기고, 낙오된 이들에게는 선택적이고 실질적인 지원을 제공하는 방향으로 민생 정책을 전환해야 한다.

상업 종사자가 전체 인구의 4분의 1에 육박하는 현시점에서 토지세나 최저임금을 급격히 인상하면, 그 부담은 고스란히 물가 상승으로 이어질 수 있다.

이 같은 간접적 세금 정책은 모든 생활 물가에 직접 반영되기에, 찬거리를 부실하게 내놓는 식당 주인만을 탓할 수는 없다.

결국 민생에 부담을 주는 정책의 책임은 정부에 있음을 지적하지 않을 수 없다.

서민을 위하는 척 선심을 쓰는 일부 정치인들은, 선거에 나설 때 이러한 결과에 대한 책임을 더욱 깊이 고민해야 할 것이다.

능력 없이 게으르고, 남 탓만 하며 놀고먹기를 원하는 이들은 살기 힘들다며, 잘 버는 사람들의 돈을 세금으로 거두어 나눠주기를 바란다.

그러나 노력 없이 모두가 공평하게 잘 사는 사회는 이 세상에 존재하지 않는다.

3 실전 투자와 부동산의 속성

필자는 토지 개발을 오래 전부터 해오고 있다.

정부의 고충은 이해하지만, 세금으로 땅값을 잡고 아파트 투기를 막겠다는 고집은 이제 그만 내려놓고 구역과 지역별 허용 규제를 명확히 하여서 오히려 투기와 투자를 유도하는 정책으로 전환하기를 바란다.

조언하자면, 계획관리지역인 성장 권역은 용적률과 건폐율 규제를 과감히 풀어 공급으로 수요를 충족시키고, 개발제한구역은 미래 세대를 위해 그리고 난개발 방지 차원에서 단 한 치의 땅도 개발하지 못하도록 규제를 더욱 강화할 필요가 있다.

농업을 지향하던 40년 전 기준으로 설정된 미관지구, 고도제한구역, 일반주거지역, 상업지역, 준공업지역, 공업지역 등의 규제로는 효율적인 국토 관리가 어렵다.

미관지구나 고도 제한을 완화해서 개발업자가 수익을 낼 수 있도록 용적률을 풀어주면, 업자들은 스스로 한계효용에 맞춰서 건물을 짓게 되고 그 결과 주택과 상가 공급만으로도 국토 발전에 도움이 될 것이며, 그렇게 되면 집 가지고 장난치는 투기 세력도 자연히 사라질 것이다.

어설프게 경제를 배운 일부 이념 성향의 학자들이 세금으로 민간의 수익을 몰수하려는 정책을 추진하고, 엉뚱한 가설을 내세워서 시장을 교란시키며, 허울 좋은 말로 약자를 보호한다는 명분만 앞세운다면 그 역효과로 경제는 위축되고 서민은 비싼 주거비와 임대료에 시달리게 될 것이다.

투자에는 수백 가지의 다양한 수단이 있다.

실패 없이 성공하려면 본인의 의지와 노력이 필요하며, 연관된 분야를 공부하고 관련법을 전문가 수준에 이르도록 익혀야 성공 확률을 높일 수 있다.

남이 잘된다고 잘 알지도 못하는 분야에 무리하게 투자했다가는 큰 손해를 볼 수 있다.

자금을 투자할 때는 언제나 신중해야 한다.

남의 말에 기대어 내린 판단은 자칫 평생의 후회로 이어질 수 있다.

몇 년 전 국내에 불었던 코인 열풍이 그러했는데 해당 분야에 대한 이해 없이 주변의 성공담만 믿고 뛰어든 사람들일수록 더 큰 손실을 감당해야 했다.

장사를 고려한다면 상권 분석이라는 선행 조건이 필요하다.

거시적으로는 현재의 경제 상황, 도로 여건, 거주 인구 수, 주민들의 생활수준과 소비 패턴을 살펴야 하고, 점포 접근성도 분석해야 한다.

미시적으로는 위치의 고정성과 규모, 투자금 회수 기간을 유추해서 계산하고 상권의 발전 가능성까지 고려해야 한다.

물론 업종마다, 개인마다 분석 대상은 달라질 수 있다.

이 사업이 지속 가능할지, 종업원은 몇 명이 적당한지 등 여러 가지를 함께 따져봐야 한다.

또 이 사업으로 돈을 벌 수 있는가보다는 소비자를 만족시킬 수 있을지 부터 스스로에게 물어보고 판단해야 한다.

개인이 아무리 노력해도 먹고살기 어려운 것은 국가가 시장경제에 개입해서 최저임금이라고 정한 것이 경제 주체의 현실에서는 사실상 최고 임금으로 작용되고, 이는 급격한 물가 인상의 원인이 되어 화폐 가치 하락으로 이어지고, 화폐가치 하락은 물가와 임금을 끌어 올리는 원인으로 반복이 된다.

여기에 고지가로 인한 감당하기 어려운 임대료와 높은 금융 이자까지 더해지면서, 대한민국에서 사업을 하는 대부분의 경제인은 채산성이 맞지 않아 한계 사업으로 내몰리게 되는 것이다.

체계적 위험인 법과 제도를 충분히 고려해서 투자를 한다고 가정했을 때, 무턱대고 과감하게 하는 것도 문제지만, 그렇다고 돈을 벌 수 있는 확실한 가능성이 있는 투자마저 겁을 먹고 하지 않는 것 또한 큰 손실이다.

투자는 나이에 따라, 그리고 개인이 처한 상황에 따라 달라진다.

본인이 잘 알고 있거나 경험한 분야라면 다소 과감한 결정을 할 수 있지만, 경험하지 못한 생소한 분야라면 더욱 신중해야 한다.

분산투자란, 닭 알을 한 바구니에 담아 한꺼번에 깨질 위험을 감수하지 말고, 서너 바구니에 나누어 담으라는 뜻이다.

같은 부동산 투자라고 해도 토지, 아파트, 수익형 상가로 나누어서 투자하면 어느 하나에 문제가 생기더라도 나머지 자산이 이를 보완해 줄 수 있다는 것이다.

재화가 거래되기 쉬운 성질을 '환금성'이라고 하는데, 아파트가 투자 대상으로 선호되는 이유는 매물이 비교적 빠르게 소진되기 때문이다.

반면 토지는 매수자를 만나기 어렵기에 환금성이 떨어진다고 볼 수 있다.

필자는 수십 년째 상승이 지속된 아파트는 가격이 하락할 것이라고 예상해서 투자를 꺼려 왔으나, 예측과는 달리 수요와 공급의 법칙이 역행하는 모습이 지속되고 있다.

어쨌든 인구가 줄어드는 현실을 감안하면, 부동산 산업은 점차 사양 산업의 길로 접어들 가능성이 크다고 할 수 있다.

근래 토지 가격이 단기간에 크게 오른 것은 지주가 이익을 많이 남기려는 의도라기보다, 정부가 과도하게 세금을 환수하다 보니 매수자가 토지를 매입할 때 매도자의 세금 부담까지 떠안게 되는 구조라고 보는 것이 타당하다.

토지는 일반 재화와 달리 지주가 가격을 제시하고, 가치는 매수자가 판단해야 하며, 건물이나 토지의 가치를 본인이 평가해서 투자를 결정해야 한다.

부동산을 평가하는 방법은 크게 원가방식, 비교방식, 수익방식의 세 가지가 있으며 이는 감정평가의 기본이 된다.

원가방식은 토지 가격에 건축 원가와 일정한 마진을 더해 산정하는 방식이고, 비교방식은 인근 토지가 얼마에 거래되었는지를 기준으로 가격을 정하는 방식이다.

그러나 코너 여부, 전면 폭, 유동 인구 등 조건이 제각각이어서 단순 비교는 쉽지 않고, 지주나 건물주의 사정에 따라서 가격이 크게 달라질 수 있다.

그래서 최근에는 월세 수익을 기준으로 계산하는 수익방식이 더욱 중요해지고 있다.

이는 투자 대비 얼마의 차임이 나와야 하는지를 따지는 방식으로, 반드시 고려해야 할 평가 방법이나 부작용이 있을 가능성이 있으니 고려해야 한다.

경험상 토지는 신도시 주변 2차선 도로변의 완만한 산이나 논밭을 매입해서 토목공사를 거친 후 가치를 높이는 방식이 수익성 면에서 유리했다.

물론 찾기는 쉽지 않지만, 한 번의 사업으로도 충분히 의미 있는 수익을 낼 수가 있었다.

토지를 매입할 때는 반드시 용도를 먼저 고려해야 한다.

용도를 정한다는 것은 도시의 위치와 성격을 파악해서 상가를 지을지, 공장을 지을지를 거시적으로 판단하는 기본 과정이며, 건축 이후 어떤 업종이 가장 효율적인지를 미시적으로 검토하는 최 유효이용의 과정이 뒤따른다.

건축 시에는 해당 위치에서 어떤 업종을 할 것인지 명확히 정하고, 월 차임을 얼마로 책정할지까지 고려해서 총수익을 예측한 뒤 타산을 따져 사업을 추진해야 한다.

주변 시세는 물론, 원룸으로 지을 경우 방의 개수와 예상 수익, 향후 발전 가능성과 지속성, 주변 상권과의 연계성까지 종합적으로 판단해야 한다.

경기가 좋지 않고 물가가 급격히 상승하며 금융이 불안정할 때, 인플레이션이 심화되어 화폐 가치가 하락하면 실물 자산이 금융자산보다 인플레이션 방어에 유리하므로 부동산에 투자해야 한다는 주장은 이론적으로는 타당하다.

부동산 거래를 도모할 때 중개업자라고 해서 부동산의 모든 분야를 다 잘 아는 것은 아니다.

중개업자마다 전문 분야는 분명히 존재한다.

건물을 주로 다루는 중개사가 있고, 아파트는 동네 업소들이 매물을 공유하며 거래한다.

토지나 공장을 전문으로 취급하는 유능한 중개사도 있으며, 중심지의 신축 상가는 건축주의 의뢰를 받은 분양 팀이 담당하는 경우가 많다.

이때 분양상가는 감보율이 대략 48% 정도 되는데, 이는 20평을 분양받아도 실제로 사용할 수 있는 면적은 약 12평에 불과하고, 나머지는 화장실·복도·계단·주차장 등 공용면적으로 사용된다는 뜻이다.

국가나 민간이 토지를 환지 방식으로 수용해서 분양할 경우에는 도로 비중이 커져 감보율이 50%에 이르기도 한다.

토지나 건물을 매입할 때는 반드시 전문가의 도움을 받는 것이 바람직하다.

아파트 중개는 단순 소개 역할이라 수수료가 과도하다고 느껴질 수 있지만, 건물이나 토지는 지역 특성과 향후 발전 가능성을 종합적으로 분석해야 하고 감정평가까지 병행해야 하므로 전문 컨설팅 중개사의 역할이 매우 중요하다. 이에 대한 비용은 법정 중개수수료 내에서 적절히 타협해서 지불할 필요가 있다.

결국 중개업자를 잘 만나는 것이 투자 성공의 중요한 요소가 된다.

정부는 투기를 억제한다는 명분으로 수십 차례 부동산 관련법을 개정하고, 많게는 투자 수익의 70%에 달하는 징벌적 과세를 시행해 왔다.

그 결과 세금이 토지 가격에 반영되면서 땅값은 치솟고, 서민들의 시장 진입은 더욱 어려워졌다.

역병 이후 세계적으로 풀린 막대한 유동 자금은 인플레이션을 불러왔고, 금융자산의 가치가 하락하자 자금은 실물 자산인 아파트로 몰렸다.

그 결과 불과 1년여 만에 일부 아파트 가격은 두세 배로 급등했다.

이후 미국이 금리를 급격히 인상하자 외국 자본 유출을 우려한 우리 정부도 금리를 올릴 수밖에 없었고, 그 여파로 젊은 세대는 집 마련에 큰 어려움을 겪고 일부는 차입금 이자에 허덕이고 있다.

급변하는 글로벌 경쟁 사회에서 정부는 기업을 살려서 일자리를 창출하는 데 최선을 다해야 하며, 서민들의 삶을 위협하는 법과 제도를 합리적으로 개선하여 나라의 발전과 서민경제 안정을 함께 도모해 주기를 바란다.

투자는 단기간의 요행이 아니라, 삶을 설계하는 장기적 선택인데, 제도와 정책이 불안정할수록 투자자는 더 많이 배우고 더 신중해져야 한다.

시장의 흐름을 읽고, 법과 제도를 이해하며, 감당할 수 있는 범위 안에서 움직이는 것, 그것이 평범한 사람이 실패하지 않고 살아남는 유일한 길이다.

부자는 운으로 만들어지지 않는다.

근면, 검소, 성실하게 노력하는 삶이 부자를 만들 것이다.

인생

우리는 무엇으로 살아가는가?

1 선택과 인연

인생은 결국 사람을 선택하고, 그 선택의 결과를 감당하며 살아가는 과정이라고 할 수 있다.

멋진 남자를 보는 관점은 이성이 보는 것과 동성이 보는 것이 다르다.

결혼을 앞둔 여자가 신랑감을 고를 때는,

이 사람이 진정 나를 사랑하는가, 결혼 후에도 나에게 잘할 수 있을까,

평생 같이 살아도 행복할 수 있을까를 먼저 생각할 것이다.

가족을 부양할 자질은 갖추고 있는지, 2세를 낳았을 때 유전자 정도는 당연히 고려될 것이고 키도 커야 하고, 인물은 안 본다고 하지만 보기 싫지 않을 정도는 되어야 하고, 인상도 좋아야 하고 균형 잡힌 몸매도 살피게 된다.

또 가진 것은 있는지, 인성은 좋은지, 품격을 갖췄는지, 가족관계는 어

떤지, 직업과 학벌까지, 등 고려할 것이 참으로 많다.

미시적으로는, 운전을 멋지게 한다거나, 등산으로 높은 산을 잘 오른다거나, 운동으로 복근을 잘 만들었다거나, 자격증을 여러 개 취득했다거나, 골프나 스포츠를 즐긴다거나, 외국어를 잘하는 사람을 좋아하기도 할 것이다.

이렇게 한두 가지 면만 보고 일생을 허락하는 경우도 있을 텐데, 인생이라는 것은 결국 "운 칠 기 삼", 복 걸 복일 수밖에 없다.

결혼 상대가 좋은 면을 많이 갖추고 있다면 복권에 당첨된 것보다 더 큰 행운일 것이고, 조금 아쉬운 점이 있다 하더라도 고쳐 쓸 부분이 있으면 고쳐 가면서 이해하고 살아갈 수도 있을 것이다.

혼기를 훌쩍 넘긴 딸이 얼마 전 남자 친구가 생겼다고 한다.

아직 만나 본 적은 없지만, 들리는 말로는, 인상은 좋아 보이고 키도 크며 운동을 좋아해서 튼튼한 신체에 생활력이 강하다는 이야기를 들었다.

인생사, 잘 사는 것도 본인이고 못 사는 것도 지 탓이니 다 큰 자식들 삶에 깊이 관여하는 것은 옳지 않다. 는 생각이다.

삶이란, 저희가 알아서 살아가는 것이고, 짝도 본인이 선택하는 것이지, 부모가 나서서 이래라저래라 할 수는 없다.

그저 빨리 시집이나 가서 잘 살아 주기를 바라는 것이 부모 마음이다.

남자로서 필자가 보는 멋진 남자는 작은 약속이든 큰 약속이든 잘 지키는 사람이다.

총기와 기상이 있어 눈빛이 살아 있고, 운동을 즐기며 신체를 단련하고, 자신을 사랑할 줄 아는 사람이어야 상대도 사랑할 수 있다.

마음먹으면 해내고야 마는 사람, 매사에 야무지게 끝을 맺을 줄 아는 사람, 경우 있고 비굴하지 않으며 적극적으로 생활하는 사람, 거짓말하지 않고 정직한 사람, 성실하게 노력하는 사람, 배우는 것을 즐기며 견문을 넓히려고 애쓰는 사람. 하지만 이런 멋진 남자가 과연 있을까.

멋진 남자는 지금은 조금 부족해 보인다 해도 얕잡아보면 안 된다.

크게 될 사람은 어려운 상황에 처해 있는 지금의 상태가 아니라, 머지 않아서 그 사람의 그릇만큼 커질 것이기 때문이다.

물론 조건은 있다.

궁핍함과 결핍을 겪어본 사람이 결국 성공에 이를 확률이 높다.

눈물 젖은 빵을 먹어 본 적 있는가? 배부른 사자는 사냥하지 않는 법이다.

남자가 목표를 이루고 성공하기 위해서는 자신을 잘 보필할 현명한 여자가 필요하다.

얼굴이 예쁘거나 겉치레가 번들거릴 필요는 없다.

현명하고 야무진 여자는 무엇을 하든 사랑스럽고 멋져 보인다.

세상을 살며 느낀 것은 현명한 여자와 야망 있고 성실한 남자가 결혼하여 동업하면 성공 가능성이 매우 높을 것이라는 생각이 든다.

한쪽이 아무리 노력해도 다른 한쪽이 돈을 마구 써 대고 엉뚱한 짓을 하면 돈이 새고 우환이 생겨서 하던 일이 허사가 되고 만다.

빈 독에 물을 붓는 격이라서 아무리 물을 부어도 채워지지 않을 것이다.

2 가정이라는 동업, 남자와 여자의 무게

'가화만사성'이라는 말처럼 가정이 평안해야 일이 잘 풀리고, 서로 살맛이 나서 즐겁게 생활하며 모든 일이 형통하게 된다.

프랑스 작가 모파상이 쓴 『여자의 일생』이라는 책을 오래전에 읽었는데, 유럽의 중세 봉건시대나 성리학을 신봉하던 조선시대나 남존여비 사상은 우리 정서와 크게 다르지 않음을 느꼈다.

남자들은 성에 관대했고, 벼슬아치는 남녀를 불문하고 군림하는 존재였으며, 여자는 남자의 삶을 보조하는 역할로 자식을 낳아 기르고 남편의 사랑을 기다리며 세월을 보냈다.

그러다 기대와는 달리 남편이 다른 여자를 만나 사랑에 빠지게 되면, 여자는 배신당한 처지가 되어 원통함과 분노 속에 사랑의 대상이 자식에게 옮겨간다.

자식을 지나치게 애지중지하며 귀하게만 키우면, 그 아이는 엇나가서 아버지와 비슷한 이기적 사고를 지닌 자기모순적인 인간이 되어 버릴 수 있다.

우리 아버지 세대의 정서는 조선의 후예답게 가부장적이고 투박했다.

삶의 괴로움을 술과 담배로 풀었고, 일이 잘 풀리지 않거나 본인 마음에 들지 않으면 부인이나 자식에게 폭언과 폭행을 일삼기도 했다.

불과 얼마 전까지 이어져 오던 여성의 수난은 남녀평등을 외치면서 점차 나아지기 시작했고, 노동집약적인 산업사회를 지나 정보화 사회에 접어들면서 힘들이지 않고도 돈을 벌 수 있는 일자리가 늘어났다.

그 결과 부부가 맞벌이를 하게 되었고, 여성의 지위는 눈에 띄게 높아졌다.

남편은 고생하는 아내가 안쓰러워서 조금씩 집안일을 돕기 시작했는데, 어느새 그것이 당연한 역할이 되어 버린 경우도 적지 않다.

요즘은 여자도 술과 담배를 거리낌 없이 하고, 수시로 남편을 주변 사람과 비교하며 핀잔을 주는 모습도 볼 수 있다.

이렇듯 시대는 변했지만, 윤리는 여전히 살아 있을 것이라는 믿음으로 남자들은 결혼 후 가족 부양을 위해서 부단히 노력하며 사회생활에서 오는 모든 고단함을 감내하며 살아간다.

그러나 막상 은퇴하고 나면, 가족으로부터 존재감이 사라진 듯한 허탈함을 느끼는 경우도 있다.

현 시대의 '남자의 일생'은 결코 가볍지 않다.

생존 경쟁 속에서 가족을 위해 혹사당하면서도 속으로만 삼킬 뿐, 하소연할 곳 없이 살아가는 남자들의 삶은 겉으로 보이는 것보다 훨씬 고단하다.

이 글은 그러한 남자들의 고충을 조금이나마 이해해 달라는 이야기이기도 하다.

어느 날 TV를 보다가, 남편을 원수처럼 대하는 한 부인의 행동을 보며 마음이 무거워졌다.

결혼이란 본래 부부가 함께 꾸려 가는 공동의 삶인데, 남편은 기반만 다져 놓고 눈칫밥을 먹다가 결국 지쳐서 제 발로 집을 나서게 되는 모습이 안타깝게 느껴졌다.

한 장면이 특히 오래 남았다.

퇴근한 남편은 거실 소파에 앉아 저녁을 기다리고 있었고, 아내는 부엌에서 정성스럽게 음식을 준비하고 있었다.

하지만 상이 차려지자 아내는 아들만 불러서 함께 식사를 시작했고, 남편은 아무 말 없이 자리를 피했다.

그 순간 남편은 실체는 있으되 존재하지 않는 사람처럼 보였다.

부부 사이의 대화와 배려가 사라질 때, 가정은 서서히 금이 가기 시작한다.

부부 간의 성 또한 어느 한쪽의 무기가 되어서는 안 된다.

권리는 의무 위에서 성립되는 것이며, 서로의 기를 꺾기보다는 살려 주는 관계가 되어야 오래 갈 수 있다.

필자는 30대 초반, 이른바 3D 업종이라는 말이 등장하면서 제조공장을 운영하기가 점점 어려워졌다.

다른 길을 찾다가 처형이 하던 옷가게를 동네에서 시작했고, 20년 넘게 운영하던 공장을 접은 뒤 아내를 도와 옷 장사를 하게 되었다.

그러나 오랜 기간 밤낮없이 뛰어다녔어도 남은 것은 그리 많지 않았다.

밤늦게 가게 문을 닫고 동대문과 남대문 도매시장을 오가다 보면 새벽이 되었고, 두 살, 세 살 아이들은 차 안에서 울다가 잠들기를 반복했다.

아내는 새벽까지 일을 하고도 아침이면 다시 아이들과 가게를 챙겼다.

필자는 가게 청소와 짐 나르기, 집안일을 맡아서 아내를 도왔다.

그렇게 살던 중 외환위기가 닥쳤다.

이자율은 치솟고 장사는 되지 않아서 가게를 정리한 뒤, 경험도 없이 노래방을 인수하게 되었다.

막상 해 보니 생각보다 훨씬 험한 일이었고, 아내는 밤을 새우며 그 모든 상황을 감내해 냈다.

결국 노래방을 정리하는 데까지 3년이 걸렸다.

그 사이 아내는 갓 마흔을 넘겼는데 흰머리가 늘었고, 얼굴에도 주름이 자리 잡았다.

스물일곱에 시집와서 쉼 없이 달려온 아내는 어느덧 환갑을 맞았다.

돌이켜 보면 큰 탈 없이 여기까지 온 것이 기적 같기도 하다.

말로 다 표현하지 못한 고마움을 마음에 담아 두었다가, 얼마 전 작은 선물로 마음을 대신했다.

여자든 남자든 가정을 이루고 자식이 생기면 중간에 포기할 수 없는 책임이 생기고, 아이를 키운다는 것은 끝까지 도리를 지켜야 할 서로의 약속이며, 그 시간만큼은 누구도 대신해 주지 않는다.

여자의 인생 또한 쉽지 않다.

능력 있는 남자를 만나면 삶이 수월할 수도 있겠지만, 그렇지 않다면 인생이 훨씬 고단해진다.

그러나 중요한 것은 환경이 아니라 태도이다.

"가난하게 태어난 것은 부끄러운 일이 아니지만, 가난하게 죽는 것은 부끄러운 일이다." 누군가 옳은 말을 했다.

이 말은 남 탓하지 말고, 스스로의 삶을 책임지라는 뜻이다.

부부 싸움 중에도 서로의 인생을 부정하는 말만큼은 해서는 안 된다.

모든 책임은 결국 나에게 있다는 마음을 가질 때, 어떤 역경 속에서도 다시 일어설 수 있다.

그리고 그 힘은 무엇보다 부부 간의 신뢰와 믿음에서 나온다.

요즘 대한민국은 고성장을 이끌던 시기를 지나 저성장·고비용 사회로 접어들었고, 이 시대를 살아가는 부부에게 필요한 것은 더 많은 돈이 아니라, 서로를 이해하고 격려 해주는 것이 어려움을 버티게 해 주는 힘일지 모른다.

사회가 불확실할 때, 국가 경제가 힘들 때, 이럴 때일수록 가정 경제 역시 절약하고 대비하여서 '유비무환'의 자세를 갖추어야 한다.

나라 살림도 일반 가정과 다르지 않아서 갑자기 큰돈이 생길 일은 쉽지 않으니 요행 바라지 말고 노력을 더해야 한다.

서로 싸우지 말자.

살을 맞대고 사는 사이에서 아내를 이겨서 얻을 이익도 없고, 남편 기를 꺾어서 잘 사는 집안은 한 번도 본 적 없다.

수렵 시대나 농경 사회에서는 힘센 남자가 먹 거리를 마련하여 생존을 책임지고, 여자는 자식을 낳아서 기르며 남편을 내조하는 역할을 맡았다.

그 시절에는 그 조합이 자연스러웠다.

역사를 살펴보면 삼국시대나 고려시대에는 여성이 가정을 이끄는 모계적 요소도 있었고, 특히 고구려에는 '서 옥제'라는 제도가 있었다.

결혼하여 신랑이 신부 집에 처가살이하면서 지내다가 출산 후 아이가 어느 정도 자랄 때까지 살다가, 가정을 꾸릴 능력이 되면 처가로부터 독립하는 제도였다.

요즘에도 이런 제도가 이어졌으면 좋겠다는 생각을 해본다.

앞서 언급한 산업혁명기의 유럽 사회 역시 우리 아버지 세대와 흡사하여서, 모파상이 쓴 『여자의 일생』을 젊은 시절에 읽으며 큰 공감을 했었다.

당시 유럽 여성들의 사고방식과 결혼 생활, 가족을 사랑하는 방식이 우리와 크게 다르지 않았다는 점이 오래도록 기억에 남아서 그 줄거리를 소개한다.

1880년대를 배경으로 한 이 작품에서 주인공 잔느는 귀족의 딸로 태어나 부모의 사랑을 받으며 곱게 자란 소녀였다.

수녀원 부속학교를 열일곱에 졸업하고, 마을 성당 신부의 소개로 외모가 출중한 청년 줄리앙을 만나 사랑에 빠져 결혼한다.

그러나 첫날밤, 남편 줄리앙은 자신의 욕구만 채우고 돌아서 잠들고 냉대하는 바람에 잔느는 깊은 모욕감을 느낀다.

신혼여행 중에도 줄리앙은 쇼핑하는 잔느에게 물건을 사지 못하게 눈치를 주며 돈을 빼앗아 간다.

귀족으로서 돈 걱정 없이 살던 잔느는 큰 혼란과 상실감을 느낀다.

줄리앙은 인색했고 애정은 이미 식은 듯했다.

어느 날, 침대를 정리하던 하녀 로잘리가 갑자기 아이를 낳고, 잔느는 과거 줄리앙과 로잘리가 함께 있던 장면을 떠올리며 배신을 직감한다.

잔느는 이 사실을 시부모에게 알리지만, 줄리앙은 끝까지 부정하며 오히려 잔느를 정신병자로 몰아간다.

부정행위가 오래전부터였음을 알게 된 잔느는 큰 상처를 입은 상태에서 임신 사실을 알게 되고, 분노와 슬픔, 괴로움에 휩싸인다.

결국 잔느는 남편을 용서하기로 하고, 하녀 로잘리에게 많은 돈을 주어서 집에서 멀리 내보낸다.

삶에 대한 흥미를 잃고 지내던 중 아이가 태어나자, 잔느는 새 생명에 대한 기쁨으로 모든 애정을 아들 폴에게 쏟는다.

그러나 남편 줄리앙은 다시 백작 부인과 바람을 피우고, 어머니마저 병으로 세상을 떠난다.

잔느는 아들을 잃을까봐 두려워서 아이를 하나 더 낳기로 결심하지만 각방 생활로 쉽지 않다가 겨우 임신한다.

그러나 얼마 뒤, 줄리앙과 백작 부인의 불륜을 눈치 챈 백작이 둘이 있던 집을 언덕 아래로 밀어 두 사람은 잔해에 깔려 즉사하고, 잔느는 그 충격으로 임신한 딸을 사산한다.

남편의 배신과 인생에 대한 혐오 속에서 잔느는 아들을 통해 구원을 찾고자 과도한 애정을 쏟는다.

그러나 과잉보호 속에 자란 폴은 자기중심적인 인물이 되었고, 영국 사립학교 유학 후 집에 돌아오지 않은 채 창녀와 동거하며 어머니에게 돈만 요구한다. 모든 재산을 잃은 잔느는 과거 하녀였던 로잘리의 집에 의탁해 살며, 폴과 창녀 사이에서 태어난 손녀를 돌보며 새로운 애정을 느낀다.

한편 하녀였던 로잘리는 착한 남편을 만나서 가정을 이루고 잘 살고 있었다. 그녀는 귀족인 잔느에게 말한다.

"인생이란 사람들이 생각하는 것처럼 그렇게 좋은 것도, 그렇게 나쁜 것도 아니군요."

그렇다. 귀족이라고 행복한 것도 아니고, 서민이라고 불행한 것도 아니다.

부자라고 다 행복한 것도 아니며, 가난하다고 모두 불행한 것도 아니다.

삶은 도화지에 그림을 그리듯, 어떻게 살 것인지, 스스로 선택하는 것이다.

여자의 삶은 평생 기다림의 연속이라 해도 과언이 아니다.

어떤 목적을 가지고 삶을 영위하느냐에 따라, 인생의 끝자락에서 본인이 만들어 놓은 삶의 흔적들은 온전히 부메랑이 되어 돌아온다.

그것이 노년에 불행이 될 수도 있고, 행복한 삶으로 바뀔 수도 있는 것이다.

그래서 가정이 화목하고 행복하게 번영하려면 근검하고 성실한 남편과, 현명하게 집안을 꾸려가는 아내가 함께 가정 경영을 잘해야 한다.

그 어떤 조건보다도 집안의 실질적 주도권자인 여자가 현명할 때 비로소 가정의 행복이 가능해진다.

남자의 일생은 어떤 사람과 인연을 맺느냐에 따라 운명이 달라질 수 있는데, 이 또한 결국 본인이 옳은 방향을 선택해야 할 문제이다.

젊었을 때 기념품과 판촉 물을 회사나 개인사업자에게 납품하는 일을 했었다. 한 번은 축산업협동조합 도지부에서 우산 600개를 주문받아 납품했는데, 담당 부장이 지부장이 도자기를 좋아한다느니, 이번 주말에 직원 회식이 있다느니 하며 은근히 분위기를 띄웠다.

모르는 척 며칠 뒤 수금을 하러 갔더니 그 부장이 노골적으로 커미션을 요구했다. 거절하자 소문이 났는지 그 이후로는 관공서 일거리가 끊겼다.

지저분한 돈은 벌고 싶지 않았고, 거머리 같은 사람들에게 아부하고 싶지도 않았다.

3 남자의 품격

자신감 있는 남자는 걸음걸이부터가 다르게 당당하게 걷는다.

어깨를 늘어뜨리거나 꾸부정하게 걷고, 종종걸음으로 촐랑거리듯 움직이는 모습은 보기에도 좋지 않다.

상대방과 대화할 때는 자세를 바르게 하고 허리를 펴며 시선을 당당하게 마주쳐야 한다.

눈을 피하거나 위아래로 흘겨보면 상대방은 불안해하고, 본인 또한 자신감이 없어 보인다.

대화에서는 말하기보다 듣는 것이 더 중요하다.

묻는 말에만 답하지 않고 논점을 흐리는 문답은 피해야 하며, 천천히 생각하면서 여유 있는 화술로 대화를 이끌어 가는 것이 좋다.

대화 중 적절한 손동작이나 바디 랭기지(body language)를 곁들이는 것도 매력적인 인상을 줄 수 있다.

상대방을 가르치려 하거나 억지로 설득하려 애쓸 필요는 없다.

내가 전하고자 하는 말만 분명하게 전달하면 되고, 같은 말을 반복해서도 안 된다.

자신감 있는 남자는 말투도 간결하고 분명하다.

한 번 한 말은 반드시 실천하며, 아부하지 않고 불의와 타협하지도 않는다.

늘 책을 가까이하고 공부하여서 배운 것을 삶에 활용하며, 몸과 마음을 깨끗이 유지하려고 노력한다.

출발이 늦었다고 탓하지 마라.

그렇게 느끼는 순간이 바로 가장 빠른 출발점이다.

흙 수저라서 언제, 무엇을, 어떻게 해야 잘 살 수 있을지 막막하더라도 아직 늦지 않았다.

누구를 원망하거나 쉽게 포기해서도 안 된다.

그것은 나약하고 어리석은 생각이다.

지금 이 순간 아무것도 없는 상태가 오히려 전화위복이 될 수도 있다.

비 온 뒤에 땅은 더 단단해지고, 하늘은 더 맑아지는 법이다.

'고진감래'라는 말처럼 고생 끝에 즐거움이 온다.

깔끔하게 없는 상태에서 다시 시작하는 인생도 젊음과 패기가 있다면 충분히 가능하다.

남자는 약속을 정확히 지켜야 하고, 말과 행동이 일치해야 한다.

작은 약속이든 큰 약속이든 모두 중요하다.

약속을 철저히 지켜야 신뢰를 얻고, 어려울 때 도움을 받을 수 있다.

특히 돈이 없을수록 신용을 더 잘 지켜야 한다.

건축업을 시작하고 얼마 지나지 않아서, 필자가 건물을 지을 때 건축비로 약 5억 원이 필요했는데, 실제로 가진 돈은 그 절반인 2억 5천뿐이었다.

착공은 했지만 준공을 낼 수 있을지 걱정이 앞섰다.

고민 끝에 일 잘하는 인부들에게 인건비 3개월 치를 선불로 지급하며 "나머지는 준공 후에 드릴 테니 잘 부탁드립니다."라고 말했다.

생각지도 못한 큰돈을 미리 받은 인부들은 모두 열심히 일해 주었고, 중간에 돈을 요구하는 사람도 없었다.

덕분에 무사히 준공을 마칠 수 있었다.

만약 돈이 없다며 임금을 조금씩만 줬다면, 인부들에게 시달리다 큰 곤란을 겪었을 것이고 실패했을지도 모른다.

세상에 눈먼 돈은 없다.

누구도 10원 손해 보고 살지는 않는다. 그렇다고 무작정 손해 보며 베풀라는 말이 아니다. 공과 사를 분명히 하고, 신뢰를 지키라는 뜻이다.

나의 철칙은 공짜를 싫어한다는 것이다. 살면서 복권 한 장 사 본 적도 없다.

그것은 어렸을 때부터 누구에게 의지하려는 마음을 없애려고 다짐했던 나 자신과의 약속이기도 했다.

의타심은 사람을 나약하게 만든다.

글을 쓰는 요즘, 임대를 준 곰탕집 아주머니가 점심을 먹으러 가면 건물주 왔다고 밥값을 한사코 받지 않으신다.

그래서 미리 식탁 위에 밥값을 올려놓고 조용히 나온다.

10여 년 전만 해도 뒤에서 무언가 쫓기는 듯 매사에 급했고 늘 좌불안석이었다.

성질도 급한데다가 조급증까지 있었다.

그래서 젊었을 때는 담배를 하루에 두세 갑씩 피웠지만, 마흔 살이 되던 날 단번에 끊어버렸다.

술은 애초부터 멀리하려고 했다.

객지를 떠돌며 힘들다고 술 마시고, 외롭다고 마시고, 괴롭다고 마신다면 결국 폐인이 될 것 같았다.

"나는 조건이 미흡하다."라고 말하는 것은, 결국 "나는 부족하고 게을러서 일하기 싫다."는 말과 다르지 않다.

남자 나이 마흔을 넘기면 한 가지 정도는 분명히 먹고살 수 있는 경쟁력 있는 능력이 있어야 하고, 또 그래야만 가족을 부양할 수가 있다.

마흔이 넘어서 편의점 아르바이트나 하고 있을 수는 없는 것이다.

처음에는 벌이가 잘 안 되더라도, 장기적으로 봐서 부가가치가 있고 스스로 잘할 수 있는 일을 찾아서 꾸준히 하다 보면 결국 그 분야의 전문가가 되고 경쟁력을 갖추게 된다.

데일 카네기의 『인간관계론』을 읽은 지 오래되어 내용은 가물거리지만, 30년이 넘도록 머릿속에 남아 있는 질문이 하나 있다.

"세상에서 가장 많이 키우는 동물이 무엇인가?"

소는 우유와 고기를 제공하고, 닭은 고기와 달걀로 식탁을 풍요롭게 하며, 돼지는 많은 고기를 얻을 수 있어서 많이 사육한다.

그런데 개는 인간에게 직접 제공하는 것이 없음에도 불구하고 세상에서 가장 많이 키워진다.

그 이유는 강아지는 사랑받을 짓을 할 줄 알고, 주인에게 충성하며 배반하지 않기 때문이다.

누군가에게 사랑받고 싶다면 먼저 사랑받을 짓을 해야 한다.

내가 아내를 싫어하고 미워하는데, 아내가 나를 사랑할 수 있을까?

평소 대화에서 "당신 때문에"라고 언성을 높인다면, 그것은 원망이 담긴 말투가 된다.

기왕이면 "당신 덕분에"라고 말하며 부드럽게 대화를 시작하자.

데일 카네기는 그의 저서에서 남자들의 삶에 필요한 지혜 아홉 가지를 제시했는데, 이를 간략히 소개한다.

시련을 당하면 웃어넘겨라.

명랑한 성격은 재산보다 귀하다. 성격도 노력에 따라 충분히 바뀔 수 있다.

인간을 알기 위해 노력하라.

리더는 자신보다 더 잘 아는 사람을 뽑아 쓸 줄 알아야 한다.

자기보다 우수한 사람을 다룰 줄 알아야 성공할 수 있다.

기회 앞에 절박하라. 기회가 왔을 때 붙잡지 못하면 큰 실수다.

젊었을 때는 사소한 일이든 큰일이든 일이 주어지는 것 자체를 감사히 여기고, 맡은 일을 즐겨야 한다.

배움을 탐하라. 틈나는 대로 독서하라.

지치고 힘들수록 책을 읽고 배워야 한다.

어려움을 극복하는 가장 좋은 도구는 책이다.

능력을 보여주지 못할 자리는 없다.

유능한 젊은이는 불굴의 의지로 어떤 어려움도 극복하지만, 의지가 없는 사람은 주어진 환경에 안주하며 낮은 기준의 일자리를 찾는다.

우정을 지켜라. 진실한 친구와 다퉜다면 먼저 화해를 청하라.

손을 내미는 것을 거부하는 사람은 불행한 사람이다.

관계가 다소 서먹해지더라도 친구를 완전히 잃는 것보다는 낫다.

마음의 상처는 오직 자신만이 입힐 수 있다.

그 누구도 내 명예를 짓밟을 수는 없다.

자신의 명예는 오직 본인만이 훼손할 수 있다.

여행으로 마음을 넓혀라. 가능하다면 무리해서라도 세계를 돌아보라.

모든 사람이 각자의 목적을 가지고 열심히 살아가는 모습을 보게 될 것이다.

부자인 채로 죽는 것은 부끄러운 일이다.

나이가 들면 부를 쌓는 것보다 현명하게 나누는 일이 더 중요해진다.

미래에 대한 막연한 걱정은 삶을 조금씩 갉아먹는다.

그러나 그렇다고 대비를 게을리 해서는 안 된다.

평생직장이나 직업이 보장되지 않는 시대이기에 노후 대비는 선택이 아니라 생존의 문제다.

나이가 들수록 남자의 가장 강력한 무기는 결국 돈과 건강이다.

"나중에 어떻게 되겠지."라는 생각은 불행한 노후로 이어질 수 있다.

지금 어렵다고 미루다 보면, 그 '나중'은 끝없이 뒤로 밀려난다.

성공

절실함이 결과를 바꾼다

1 성공은 절실함에서 시작된다

과거를 돌이켜보면, 성공의 시작에는 먼저 절실함이 있었다.

18세에 당나라 과거시험에서 장원 급제한 최치원 선생은 이렇게 말씀했다.

"남이 백을 할 때 나는 천의 노력을 했다."

신라 말기, 열두 살의 어린 아들을 당나라로 유학 보내면서 최치원의 아버지는 단단히 일렀다.

"성공하여 돌아오지 못하면 나를 아버지라 부르지 마라"

"나 또한 너를 아들이라 부르지 않겠다."

진골이 아니라는 이유로 육두품 이상의 벼슬에 오를 수 없었던 현실에 깊은 좌절과 한이 맺혀 있던 아버지의 뜻을 이루어 드리기 위해 어린 최치원은 외국에서 더 높은 벼슬에 오르고자 주야장창 학문에 매달렸다.

밤잠을 쫓기 위해 가시로 허벅지를 찔러가며 공부했다는 이야기는 지금 들어도 그의 절박함과 집념이 투철했음을 알 수 있다.

성공은 재능보다 먼저, 이처럼 절실한 각오에서 시작된다는 사실을 우리는 그의 삶에서 확인하게 된다.

그러나 당나라에서는 외국인이라는 한계로 끝내 높은 벼슬에 오르지 못했고, 스물여덟에 신라로 돌아왔으나 진골 귀족들의 부패한 정치 놀음과 나라가 기울어가는 현실 앞에서 그는 좌절한다.

결국 마흔 살에 모든 관직을 버리고 해인사로 들어간 뒤, 세속을 떠나 은둔 했는지, 그의 삶은 역사 속으로 사라졌다.

그러나 그가 남긴 학문과 정신은 오늘날까지 '노력의 상징'으로 남아 있다.

"Do not say you cannot do that."

"할 수 없다고 말하지 마라."

오래전부터 전해 내려오는 영국 격언이다.

또 성공의 대명사인 정주영 회장님은 이를 단 한마디로 압축했다.

"해 봤어?" 해 보지도 않고 안 된다고 단정하지 말라는 뜻이다.

말은 짧지만, 그 안에는 수많은 실패와 도전을 견뎌낸 경험의 무게가 담겨 있다.

성공하기 위해서는 '할 수 있다'는 믿음과, 그것을 끝까지 밀어붙이는 의지가 필요하다.

우리가 말하는 성공이란, 결국 목적하는 바를 이루고, 자신이 열망하던 목표에 도달한 상태를 의미한다.

성공은 결국 집념이 쌓여서 만들어진 결실이다.

영국 속담에 "거친 바다에서 유능한 선장이 나온다" 는 말이 있다.

잔잔한 바다에서는 선장의 능력을 알 수 없지만, 폭풍우 속에서는 선장의 역량이 분명히 드러난다.

사 즉 생의 각오로 실패를 두려워하지 않고 가능성에 도전할 때에만, 성공의 문은 비로소 열린다.

그렇다고 성공이 아주 어려운 것은 아니고, 그 조건은 생각보다 단순하다.

돈이든 명예든 행복이든 갈망하는 바가 있다면, 성공 확률이 높은 방향으로 생각하여서 꾸준히 노력하고, 목표를 위해 끝까지 실천하면 된다.

다른 사람의 그릇된 행동을 반면교사로 삼는 것만으로도 실패의 가능성은 충분히 줄일 수 있다.

성공은 특별한 비법이 아니라, 반복되는 선택의 방향에서 결정된다.

스티브 잡스는 스탠퍼드대학교 졸업식 연설에서 이렇게 말했다.

"배고픈 상태를 유지하라. 끊임없이 갈구하라."

(Stay Hungry, Stay Foolish.)

모험과 도전 없는 성공은 존재하지 않는다.

목표를 이루기 위해서는 도전하는 용기와 식지 않는 의욕이 필요하다.

필자 역시 고단한 생활을 버텨 오면서, 지나고 보니 도전하고 성취하는 시간이야말로 무언가를 반드시 해내겠다고 다짐하며 몸부림쳤던 순간들이 가장 소중한 날들이었음을 깨달았다.

수백억의 재산을 모아도 삶이 반드시 충만해지는 것만도 아니었다.

세상살이는 생각보다 허무하여서 목표 없이 떠도는 삶은 공중에서 길을 잃은 철새처럼 외롭기만 하였고 갈길 잃은 나그네 신세라는 사실도 알게 되었다.

그러나 영특한 자들이 설쳐대는 치열한 생존 경쟁 속에서 더 나은 삶을 살기 위해서는 분명한 목표를 세우고, 시간과 정신을 의도적으로 투자해야 한다.

요즘은 여기에 더해 주식이나 금, 은과 같은 자산에 대한 안목도 필요해졌다.

시대가 바뀐 만큼, 성공을 준비하는 방식 또한 달라졌기 때문이다.

"작은 부자는 부지런함에서 오고, 큰 부자는 하늘이 내린다."

어릴 적 숙부께서 흘려주듯 하신 말씀이 아직도 가슴속 깊이 남아 있다.

"작은 돈을 아껴야 큰돈을 모을 수 있다."

"수입보다 지출이 많아서는 절대 부자가 될 수 없다."

이 말들은 부자가 되기 위해서 반드시 지켜야 할 가장 기본적인 지침이다.

혹시 당신은 자신의 인생이 아니라, 남의 시선을 의식하며 인생을 허비하고 있지 않은지 스스로에게 물어볼 필요가 있다.

과거에 굳은 의지와 뚝심으로 살았던 위인들의 성공은 국가 발전과 인류 문명을 이끌어 왔다.

그 중 정주영 회장의 도전과 성공은 이 나라의 위상을 드높였고, 그레이엄 벨은 전화기를 발명해서 인류의 소통 방식을 근본적으로 바꾸어 놓았다.

악기 장인 스트라디바리우스, 유전학의 아버지 멘델, 천연두 백신을 개발한 에드워드 제너와 같은 선구자들 또한 고난 속에서 새로운 길을 열었다.

특히, 역경을 이겨내고 흑인 여성 최초로 미국 아이비리그 대학교 총장이 된 루시 시몬스의 성공은 그 의미를 다시 생각하게 한다.

가난과 차별 속에서도 교육을 통해 삶을 바꾼 그녀의 이야기는, 치열한 노력 끝에 얻는 결실이 얼마나 찬란한지를 분명히 보여준다.

이 위대한 인물들의 공통점은 가난하고 힘든 어린 시절을 보냈다는 점이다.

그러나 그 결핍은 좌절이 아니라, 오히려 성공을 키워 낸 양분이 되었다.

"궁하면 통한다"는 말이 결코 빈말이 아님을 우리는 이들의 삶을 통해서 확인하게 된다.

사람마다 재능과 목표는 다르기에 성공의 잣대를 하나로 재기는 어렵다.

그러나 일반적으로 성공은 경제적 성취를 포함하며, 의미 있는 성공에는 재물이 자연스럽게 뒤따라오는 경우가 많았다.

그들은 어떤 삶을 살았는지, 위대한 그들의 생활 속을 들여다보자.

2 위대한 성공은 어떻게 만들어지는가

배우이자 언어 강사였던 할아버지와 언어학자였던 아버지, 그리고 중증 난청을 앓던 어머니 아래에서 성장한 알렉산더 그레이엄 벨은 어린 시절부터 '소통'이라는 문제를 삶의 가장 중요한 과제로 안고 살아야 했다.

그에게 소통은 단순한 편리함의 문제가 아니라, 살아가기 위해 반드시 넘어야 할 절박한 과제였다.

어린 벨과 어머니와의 소통 문제는 누구보다 간절하게 인간의 목소리를 이해하려고 애써야만 했을 것이다.

어머니와 대화하기 위해 목소리의 진동을 전달하는 방법을 스스로 고안했던 경험은 훗날 그의 발명 정신의 씨앗이 되었다.

입술을 이마에 대고 음성의 떨림을 전하던 그 작은 시도는 인간의 한계를 넘어서려는 집요한 탐구의 출발점이었다.

위대한 발명은 대개 거창한 아이디어에서 시작되는 것이 아니라, 이렇게 절실한 필요에서 비롯된다.

십 대 시절 그는 청각장애 학생들을 가르치며 발명에 몰두했고, 가족의 병환과 잦은 이주, 자신의 건강 악화라는 연이은 시련 속에서도 연구를 멈추지 않았다.

전신 전보 개발에 매달리던 그는 단순한 신호 전달을 넘어, 전선을 통해 사람의 목소리를 직접 전달할 수 있다는 가능성에 집념을 보였다.

그리고 그의 집요함을 알아본 토머스 왓슨의 도움을 받아, 마침내 1876년 3월 10일 인류 최초의 유선 전화기를 발명한다.

"왓슨, 이리 와 보게."

이 짧은 한마디는 인류의 소통 방식을 근본적으로 바꾸어 놓았다.

이는 한 개인의 성공을 넘어, 인류의 거리 개념 자체가 달라진 순간이었다.

전화의 발명은 개인의 집념이 어떻게 문명의 방향을 바꿀 수 있는지를 보여 주는 대표적인 사례로 남았다.

이후 통신 기술의 발전은 컴퓨터의 등장으로 이어졌고, 머지않아 스티브 잡스는 애플을 창업해서 개인용 컴퓨터를 세상에 내놓는다.

그 기술은 다시 스마트 폰으로 발전해서 오늘날 전 세계 어디서나 영상과 음성을 동시에 주고받는 시대를 열었다.

기술은 사람을 바꾸고, 바뀐 사람은 다시 세상의 속도를 앞당긴다.

문명은 언제나 한 사람의 집요한 질문에서 출발해 다수의 삶을 바꾸어 왔다.

"Don't settle, 안주하지 마라."

이는 생전에 잡스가 늘 강조하던 말이다.

그는 환경이나 출발선보다 태도와 선택이 인생을 결정한다고 믿었다.

미혼모인 대학원생 어머니에게서 태어나서 입양된 그는 노동자인 양부모 아래서 자라며 누구보다 결핍 속에서 삶을 시작했다.

양부모는 평생 모은 돈을 써서 그를 대학에 보냈지만, 그는 학비와 생활비 부담으로 입학 6개월 만에 중퇴하게 된다.

돈이 없어서 학교에서 도강을 전전하며 친구 집 처마 밑에서 잠을 자고, 끼니 거르기를 밥 먹듯 하던 시절이 이어졌다.

그러나 이 시기는 단순한 실패의 시간이 아니라, 훗날 그만의 기준과 철학이 형성되던 시간이었다.

그 과정 속에서 몰래 들었던 서체와 디자인 수업은 당시에는 쓸모없어 보였지만, 결국 가장 큰 경쟁력이 되어 돌아왔다.

인생에서 헛된 배움은 없다는 사실을 그는 몸으로 증명했다.

졸업 후 그는 친구 워즈니악의 아버지 집 주차장, 열 평 남짓한 공간에서 개인용 컴퓨터를 개발했다.

둘은 그곳에서 애플을 창업했고, 10년 만에 연 매출 20억 달러, 직원 4천 명이 넘는 기업으로 성장시켰다.

그러나 서른 살이 되던 해, 잡스는 자신이 창업한 회사에서 해고당하는 인생 최대의 시련을 맞는다.

이 실패는 끝이 아니라 전환점이었다.

그는 넥스트 사를 창업해서 다양한 서체를 컴퓨터에 내장했고, 동시에 만화 영화사 픽 사를 일으켜서 키웠다.

픽 사는 애니메이션 영화 「토이 스토리」를 3D로 제작하며 큰 성공을 거두었고, 넥스트 사는 결국 애플이 인수하면서 잡스는 다시 경영진으로 복귀한다.

만약 그가 애플에서 해고당하지 않았다면, 오늘날 우리가 누리는 다양한 서체와 컴퓨터 그래픽의 발전은 훨씬 늦어졌을지 모른다.

"실패는 성공의 어머니다"라는 말처럼, 그의 실패는 더 큰 도약을 가능하게 했다.

이후 애플에 복귀한 잡스는 개인용 컴퓨터의 보급을 가속화했고, 스마트폰을 개발해서 지구촌 어디서나 사진과 음성을 주고받는 세상을 열었다.

56세의 비교적 이른 나이에 췌장암으로 세상을 떠난 그는 남기고간 업적이 너무도 많아서 깊은 아쉬움이 있다.

과중한 업무와 복잡한 인간관계에서 비롯된 극심한 스트레스 또한 요절의 한 원인이 아니었을지 생각하게 된다.

"훌륭한 아티스트는 베끼고, 위대한 아티스트는 훔친다."

"세상을 바꿀 수 있다고 믿을 만큼 미친 사람이 결국 세상을 바꾼다."

"위대한 일을 할 수 있는 유일한 길은 자신이 하는 일을 사랑하는 것이다."

잡스의 말들은 하나같이 삶의 태도를 돌아보게 만들기에 너무도 충분하다.

성공은 재능이나 환경이 아니라, 어떤 선택을 반복하며 살아왔는지의 결과임을 일깨워 준다.

이번에는 정주영 회장을 회고하며 젊은이들에게 꿈과 용기를 전하고자 한다.

그의 인생은 '불가능'이라는 말을 끝까지 믿지 않았던 한 인간의 기록이다. 1915년 강원도 통천에서 6남 2녀 중 장남으로 태어난 그는 가난 때문에 중학교에 진학하지 못하고 농사를 짓다 가출했다.

원산에서 기찻길 막노동을 하다 아버지에게 붙잡혀 돌아왔지만, 이 가출은 세 차례나 반복된다.

열아홉 살에 소 판 돈 70원을 들고 네 번째 가출에 성공한 그는 인천항 하역 인부로 일하다가 경성의 쌀가게 배달원이 된다.

3년을 성실히 일한 끝에 쌀가게 주인은 주색잡기에 빠진 아들 대신 가게를 정주영에게 맡겼고, 그는 '경일상회'의 주인이 된다.

이후 중일전쟁 발발로 쌀가게를 접고 자동차 정비공장을 인수했으나, 공장은 한 달도 채 되지 않아 화재로 전소된다.

그러나 다시 세운 공장은 훗날 세계적인 현대자동차로 성장한다.

1968년에는 경부고속도로 450여 킬로미터를 단 2년 8개월 만에 완공해 세계를 놀라게 했고, 1973년에는 울산 미포만 사진 한 장과 설계도 한 장만 들고 유럽을 설득해 조선업에 진출한다.

조선소와 도크를 동시에 건설하는 공법으로 결국 약속을 지켜낸 이 도전은 한 기업인의 성공을 넘어 한 국가의 자신감을 세운 사건이었다.

2001년 작고하며 남긴 낡은 구두와 헤진 허리띠는 그가 평생 지켜 온 검소함과 나라사랑의 정신을 상징한다.

꿈은 꾸는 자만이 이룰 수 있다.

그 꿈은 간절해야 하고, 실천 가능해야 하며, 사회적으로 가치 있고 도덕적으로도 흠결이 없어야 한다.

생각이 바뀌지 않으면 인생도 바뀌지 않을 것이고, 성공은 요행이 아니라, 열심히 노력한 삶의 태도가 만들어 낸 결과물이다.

요즘은 높은 연봉을 제시해도 전문의를 구하지 못하고, 곳곳에서 인력난이 심각한데도 젊은이들은 일자리가 없다며 일하기를 주저한다.

머지않아 많은 영역에서 인간의 노동은 로봇과 기계에 의존하게 될 것이다.

이런 시대일수록 더 분명한 목표와 태도가 요구된다.

만약에 대기업의 말단 직원이 "사장이 되고 싶다"고 말하면서 속으로는 '부장만 되어도 충분하다'고 생각한다면, 그 선을 넘기는 어렵겠지만,

그러나 반드시 사장이 되겠다고 마음먹고 준비하여 도전한다면, 머지않아 사장 자리에 서 있는 그를 보게 될 것이다.

인생은 결국 마음먹기에 달려 있다.

월세 생활에 안주한다면 그 자리에 머물 수밖에 없지만, 전세와 내 집 마련을 목표로 저축하고 실천한다면 삶의 궤적은 분명히 달라진다.

인생은 저절로 나아지지 않고, 방향을 정한 사람에게만 길을 내어 준다.

부자가 되기 위해서는 거창한 계획보다 작은 약속부터 반드시 지켜야

하고, 사소해 보이는 습관 하나가 결국 삶의 크기를 결정한다.

어느 중국집 주방장이 사장과 크게 다툰 뒤 식당을 망하게 하겠다며, 주문받은 음식마다 비싼 재료를 아낌없이 넣어 내놓았다는 이야기가 있다.

그러나 식당은 망하기는커녕 손님이 발 디딜 틈 없이 몰려들었고, 사장은 오히려 큰 부자가 되었다, 고 한다.

성의와 정직은 결국 사람의 마음을 움직이고, 신뢰는 때로 예상하지 못한 결과를 만들어 낸다.

3 성공의 기준은 결과가 아니라 태도이다

성공한 사람들에게는 분명한 공통점이 있다.

그들은 근면하고 성실하며, 상대를 배려할 줄 알고 자연스럽게 사람을 끌어당기는 친화력을 지닌다.

솔직하고 창의적이며 인내심과 생활력이 강하고, 꾸준함을 잃지 않는다.

말보다 행동이 앞서고, 솔선하고 실천하며, 매사에 부지런히 움직인다.

형편이 좋을 때나 어려울 때나 한결같은 자세로 살아가며, 늘 자신을 점검하고 부정한 방법이나 공짜 돈을 바라지 않는다.

이러한 태도는 단기간에 만들어지지는 않지만, 자신을 믿고 정직하게 생활하다보면 시간이 지날수록 강력한 신뢰가 쌓이게 된다.

부산 해운대 사거리 한쪽에 어느 날 국수 전문점 간판이 걸렸다.

'오픈 준비 중'이라는 현수막은 몇 달째 그대로였고, 상가 월세만 해도 수백만 원이 넘는 자리라 더욱 의아했다.

잔치국수와 비빔국수 두 가지만 준비하는 데 왜 이렇게 오랜 시간이 걸리는지 고개가 갸웃해졌다.

그러던 어느 날 마침내 문을 열었는데, 육수 맛을 내는 데만 무려 6개월이 걸렸으니, 양은 푸짐하고 맛도 좋아서 부산은 물론 경상도 사람들까지 몰려들었고, 이내 소문이 퍼지며 문전성시를 이루게 되었다.

이 가게는 성공이 요령이나 편법이 아니라, 준비와 성의에서 비롯된다는 사실을 증명해 주었다.

성공의 본질은 학벌이나 출신 배경에 있지 않고, 오직 열정과 의욕, 그리고 무엇보다 하고자 하는 의지와 실천이 중요하다.

옥스퍼드 대학을 나와서 고추밭에서 고추를 따고 말리는 일을 하고 있다면, 그 순간 학벌은 그리 큰 의미를 갖지 못한다.

학벌은 성공에 있어 약간의 플러스 요인일 뿐, 결정적인 요소는 아니다.

부동산으로 성공하고 싶다면 부동산과 관련된 공부를 해야 하고, 식당을 하려면 서비스와 경영을 배워야 하며, 해외 무역으로 성공하려면 언어를 익혀서 경쟁력을 갖추어야 한다.

성공은 원하는 분야에 대한 준비와 몰입에서 비롯되며, 그 과정에서 실력이 차이를 만든다.

며칠 전 텔레비전에서 별 네 개를 단 사성장군이 국방부 장관 후보로 청문회에 나오는 장면을 보았다.

"6·25 전쟁을 누가 일으켰습니까?"라는 질문에 그는 끝내 명확한 답을 하지 못했다.

한 나라의 국방부 장관 자리에 오를 정도면 세속적으로는 성공한 인생일 수 있다.

그러나 국민의 생명과 재산을 책임져야 할 자리에 선 사람이 두려움에 말을 흐린다면, 과연 성공했다고 할 수 있겠는가?

사회적 지위와 직함이 성공을 보증해 주지는 않는다.

성공이란 정직하고 정의로우며 의로운 사람만이 말할 수 있는 것이다.

편법과 기만으로 얻은 자리는 성공이 아니라, 잠시 스쳐 가는 우연에 불과하다.

법과 정의가 흔들리고 교활한 자들이 득세하는 사회에서, 노력 없이 얻은 성공을 배척하는 것이야말로 지극히 상식적인 사회의 모습일 것이다.

성공을 이야기할 때 우리는 흔히 결과만을 떠올린다.

얼마를 벌었는지, 어떤 자리에 올랐는지, 남들보다 앞서 있는지를 기준으로 삼는다.

그러나 조금만 더 깊이 들여다보면, 진정한 성공은 결과 이전에 이미 삶의 태도 속에서 완성되어 있음을 알게 된다.

어떤 선택을 반복해 왔는지, 어떤 유혹을 견뎌 냈는지, 그리고 어려운 순간에도 무엇을 지키려 했는지가 결국 한 사람의 인생을 규정한다.

성공한 사람들은 대체로 요령을 찾기보다 원칙을 세웠고, 단기간의 이익보다 오래 갈 수 있는 방식을 택했다.

눈앞의 손해를 감수하면서도 신뢰를 쌓았고, 남들이 보지 않는 시간에 자신을 단련했다.

그 과정은 느리고 고단했지만, 그만큼 쉽게 무너지지 않는 기반이 되었다.

성공이란 단번에 도착하는 목적지가 아니라, 방향을 잃지 않고 걸어온 시간의 총합이라 할 수 있다.

또 하나 중요한 점은 성공이 결코 혼자 완성되지 않는다는 사실이다.

아무리 뛰어난 능력을 지녔더라도, 주변의 신뢰와 협력이 없다면 그 성취는 오래 지속되기 어렵다.

성의와 정직, 배려와 책임감은 당장 눈에 보이는 성과를 만들어 주지 않을지 몰라도, 시간이 흐를수록 사람을 모으고 기회를 불러온다.

세상은 빠르게 변하고 있고, 앞으로의 성공 조건 또한 달라질 것이다.

인공지능과 자동화가 인간의 역할을 대체하는 시대가 오더라도, 정직함과 성실함, 책임감과 신뢰의 가치는 결코 사라지지 않는다.

기술은 진보하지만, 사람을 판단하는 기준은 여전히 사람다움에 머물러 있기 때문이다.

어떤 일을 하느냐보다, 어떤 자세로 생활하느냐가 더욱 중요해지는 시대가 오고 있다.

성공을 꿈꾸는 이들에게 꼭 전하고 싶은 말이 있다.

너무 조급해하지 말라는 것이다.

남과 비교하며 스스로를 깎아내릴 필요도 없다. 오늘의 작은 선택 하나, 사소해 보이는 약속 하나를 지켜 내는 일이 결국 내일의 방향을 만든다.

인생이란, 넘어질 수는 있어도, 방향만 잃지 않는다면 다시 일어설 수 있다.

남들이 보기에 화려하지 않아도, 스스로 떳떳하다면 그것으로 충분하다.

그런 삶이 쌓이고 이어질 때, 비로소 개인의 성공은 사회의 신뢰로 확장되고, 다음 세대에게 전해 줄 수 있는 가치가 된다.

나는 그런 성공이 많아질수록 이 사회가 조금 더 단단해질 것이라고 믿는다.

여행

세상은 가장 위대한 교과서이다

1 여행의 재미

세상에 대해 많은 것을 가르쳐 준 것은 여행이었다.

'반다르세리베가완'이라는 도시를 아시나요?

직접 눈으로 보기 전까지는 무척 생소했지만, 보르네오 섬 북쪽에 위치한 브루나이 왕국의 수도이다.

버스 정류장 옆, 호수가 있는 하천 표지판에 "악어에게 먹이를 주지 마세요."

라는 문구가 적혀 있는 것을 보고 깜짝 놀랐다.

아니, 악어가 있다고? 이색적인 풍경에 뱃사공에게 물었다.

"정말 악어가 여기 있어요?"

그는 아무렇지도 않다는 듯 "그럼요. 이 보트만 한 놈들이 여기 많이 살아요."

‘미지의 세계는 늘 나를 유혹 한다’는 말을 입에 달고 살며 세상의 오지를 많이 다녀봤지만, 이 나라를 육로로 찾아오는 일은 참으로 힘들고 어려웠다.

여기를 오기까지는 처음부터 무리한 여정이었다.

인천에서 출발해서 방콕에 입국한 뒤 기차를 타고 푸껫을 들렀고, 다시 태국 남부 핫야이를 거쳐 파당 바사르 국경을 넘어서 말레이시아 페낭과 이포에서 이틀을 묵었다.

그다음 쿠알라룸푸르를 들렀으니 이미 집을 떠난 지 열흘이 훌쩍 넘은 상태였고, 이 길은 여러 번 다녔던 터라 별다른 감흥은 없었다.

다시 비행기를 타고 처음 가보는 보르네오 섬의 쿠칭에서 며칠 머문 뒤, 브루나이 행 비행기 표를 사려고 공항에 갔더니 이틀에 한번 있는 항공편이 매진이라는 답이 돌아왔다.

결국 브루나이로 가려면 버스를 타야 했는데, 정보가 전혀 없었다.

수소문 끝에 시 외곽 시장 통 끝에서 이틀에 한 번, 그것도 새벽에 출발하는 파란색 버스가 있다는 이야기를 들었다.

밀림이 우거진 보르네오 섬의 굽은 2차선 도로를 따라 20여 시간가량을 달려서 국경에 도착했는데, 국경을 무려 네 번이나 통과해야만 했다.

브루나이 국경에서 또다시 외길을 따라 대략 8시간 버스를 타고서야 반다르세리베가완 도심에 도착할 수 있었다.

도시 이름이 워낙 길다 보니, 현지 사람들은 그냥 BSB라고 불렀다.

부유한 나라라는 소문에 기대를 품고 왕궁을 둘러보고, 브루나이 최대 규모인 재임 아사르{Jame’ Asr} 모스크에서 기도를 드린 뒤 ‘캄퐁 아이에르(Kampong Ayer) 라 불리는 세계 최대의 수상마을도 다녀왔다.

소문을 듣자 하니 엄청 부자나라라고 했는데, 그러나 현실은 기대와 달랐다.

열악한 대중교통과 현지인들의 삶에서는 풍요로움을 찾기 쉽지 않았다.

왕이 통치하는 나라, 그리고 그와 가까운 사람들만 넉넉하게 사는 듯 보였다.

직접 보고, 경험해 봐야 실상을 알 수 있기에 여행은 언제나 재미가 있다.

다녀보니, 특별한 목적이나 계획을 세워서 이미 가본 곳을 다시 찾는 여행은 아는 곳을 의미 없이 배회하는 것만 같아서 재미가 없었다.

차라리 가볍게 짐을 싸서 설레는 마음으로 행선지를 정하고, 처음 보는 풍경과 낯선 경험을 마주하는 여행이 훨씬 즐거웠다.

그동안 사업을 할 때도 계획보다는 상황에 따라 즉흥적으로 일을 추진해 왔듯이 여행 역시 생각나는 대로 아무 곳이나 싸 돌아다녔던 것 같다.

마음 내키는 대로 다닌다고 해서 특별히 용감한 것도 아니고, 영어를 유창하게 구사하는 것도 아니다.

여행 영어 정도 조금 할 줄 알며, 궁할 때는 몸짓을 섞어 소통하는 수준이지만, 20여 년 여행 다니면서 의사소통 때문에 큰 불편을 겪은 적은 없었다.

2 여행은 자산

여행은 돈이 조금 들긴 해도 수익이 많이 남는 장사다.

내 재산을 따져보면 눈에 보이는 유형 자산과 머릿속에 쌓인 무형 자산으로 나눌 수 있는데, 보고 듣고 직접 경험한 것들 역시 보이지는 않지만 분명한 자산이다.

일이 잘 풀리지 않거나 생각이 많아지면 답답함과 스트레스가 쌓인다.

그럴 때면 자연스레 떠날 여행지를 먼저 찾게 되고, 행선지를 정하는 순간부터 마음은 한결 가벼워진다.

낯선 풍경과 알아들을 수 없는 언어로 떠드는 이방인들의 대화는, 세속에 찌든 일상을 정리해 주고 새로운 나로 다시 태어나게 해 주는 힘이 된다.

시간이 없네, 돈이 많이 드네 하며 떠나는 패키지여행만 떠올리지 말고, 현지인처럼 생활하며 그들의 문화를 직접 느끼는 여행은 고생은 좀 되더라도 오래도록 기억에 남는다.

내가 즐기는 여행은 하룻밤 숙박비가 만 원도 안 되는 곳에서 자고, 자전거를 빌려 타며, 식당 같지도 않은 허름한 곳에서 현지인들과 똑같은 음식을 먹고, 걸어서 다니는 그야말로 품위라곤 찾아볼 수 없는 행색의 여행이다.

고생은 되지만, 돈이 많이 들지 않고 충분히 즐겁고 재미있게 여행할 수 있다.

세상살이가 어려워 여행은 꿈도 꾸지 못했던 나는, 마흔이 지나서야 처음 비행기를 타 봤다.

아내와 함께한 장가계가는 패키지여행이었는데, 중국이 개방된 지 얼마 되지 않아서 호텔 정문에는 군인이 보초를 서고 있었다.

아침이면 동네 사람들이 공원에 모여서 군무인지 체조인지 모를 동작으로 단체 운동을 하고 있었고, 재래시장에는 큰 쥐와 거북이, 구렁이 같은 뱀이 솥에서 끓고 있었다.

마치 영화에서 본 아프리카 몬도가네를 연상케 하는 풍경이었다.

큰 강 위의 배에서 경극을 보며 식사를 했는데, 가면을 쓴 얼굴이 순식간에 바뀌는 묘기를 보고 감탄을 금할 수 없었다.

그 첫 여행이 너무 좋았던 탓에 이후 여행의 즐거움을 알게 되었고, 여러 나라를 다니게 되었다.

첫 배낭여행의 즐거움을 떠올리면 지금도 비행기를 탈 생각만으로도 설레고 행복했던 기억이 난다.

3 아들과 함께한 여행

아들이 전역하고 마땅한 일 없이 집에만 머물며, 소심한 성격 탓에 자기표현도 잘 못하고 게임에만 빠져 있는 모습을 보고 넓은 세상도 보여주고 새로운 세상 경험을 하게도 해 주고 싶었다.

그래서 함께 여행을 떠나기로 둘이 합의를 봤다.

경비도 적게 들고 먹거리도 풍부한 라오스와 태국을 일주하기로 했다.

아들과 처음 하는 여행이라, 떠나기 전에 대충 정한 코스로는 비엔티안에 입국해서 방비엥과 루앙프라방을 거쳐 태국 치앙마이로 가는 일정이었다.

거기서 다시 방콕과 파타야를 둘러보고, 태국 북쪽에 있는 농카이를 거쳐 라오스 비엔티안에서 인천으로 돌아오는 20일짜리 여정이었다.

저가 항공편이라 늦은 밤에 도착했는데, 미리 예약해 둔 숙소에 들어가 보니, 선풍기 하나 달린 조그만 방 벽에는 도마뱀이 재빠르게 돌아다니고, 바닥에는 개미들이 길게 줄을 지어서 이동하고 있었다.

다음 날 대통령궁과 비엔티안 시내를 구경한 뒤, 밤 7시에 슬리핑 버스를 타고 방비엥으로 향했다.

침대버스는 처음이라 무척 생소했고, 1층 좌석 위에 2층에 잠자는 공간을 만들어서 모포를 뒤집어쓰고 자면서 가는 형태였다.

200킬로미터 남짓한 거리를 무려 11시간이나 달려서 새벽 6시쯤 도착했는데, 비가 오는 밤이라 도로에 돌과 흙이 쏟아지면 조수가 삽으로 길을 만들면서 가야 했다.

옛날 시골 신작로처럼 울퉁불퉁해서 제대로 잠을 잘 수도 없었다.

당시에 '꽃보다 청춘'에서 보았던, 계곡물이 쪽빛으로 유명한 블루라군으로 자전거를 타고 가던 중이었다.

등 뒤에서 '쿵' 하는 소리가 들려서 돌아보니 아들이 다리 밑 좁은 공간으로 떨어져서 꼼짝도 하지 않고 쓰러져 있었다.

깜짝 놀라서 내려다보니 뾰족한 철근 사이에 누워 있었는데, 천만다행으로 크게 다치지는 않았고 이마에서 피를 조금 흘렸지만 곧 정신을 차렸다.

강물은 빠르게 흐르고 깊어 보였으며, 얼기설기 덧대 만든 나무다리 바닥이 고르지 않아서 작은 자전거 바퀴가 걸리면서 굴러 떨어진 것이다.

동굴 탐험도 하고, 외국인들과 강가에서 배구도 하며, 새벽에 열리는 시골 장터에서 이것저것 먹어도 보았다.

저녁에는 야시장을 구경하고 신비로운 자연 풍경을 즐긴 뒤, 다시 루앙프라방으로 가는 야간 침대버스를 탔다.

메콩 강 상류의 두 갈래 강을 끼고 불교 사원이 많은 도시는 유럽풍 건물들이 즐비했고, 서양 관광객이 많은 강변 카페에서 맥주 한 잔을 시원하게 들이켰다.

자전거를 빌려 타고 주변 문화재를 돌아본 뒤, 사흘 후에는 열댓 명이 타는 쌍발 프로펠러 비행기를 타고 마약 왕 쿤사가 지배했다는 골든트라이앵글 상공을 지나 치앙마이에 도착했다.

황금 불상으로 치장한 도이수텝 사원과 타패게이트 나이트 바자를 둘러보고, 시원하게 왕실 마사지를 받으며 쉬다가 야간 슬리핑 기차를 타고 7시간을 달려 방콕에 도착했다.

여행자 거리인 카오산 로드 선술집에서 외국인들과 맥주를 마시며 떠들기도 하고, 길거리에서 파는 전갈도 먹어봤다.

차오프라야 강에서 배를 타고 수상시장을 둘러본 뒤, 고속버스로 두 시간 거리인 파타야로 가서 수영을 즐겼다.

다시 방콕으로 돌아와 라오스와 국경을 맞댄 북부 도시 농카이로 향하는 야간 슬리핑 기차를 탔다.

시내버스를 타고 국경을 넘는 수속을 마친 뒤, 비엔티안의 메콩 강 변에서 멋진 석양을 감상했고, 풍물시장에서 현지 음식도 실컷 맛본 후 인천 행 비행기에 올랐다.

그 후에도 아들과 여러 곳을 배낭여행으로 다녔는데, 기억에 남는 여행 중 하나는 몇 해 뒤 겨울, 스물다섯이 된 아들과 함께 떠난 일정이었다.

베트남 호치민을 경유해 말레이시아 쿠알라룸푸르를 돌아보고, 말라카와 조호바루를 거쳐 육로로 싱가포르를 둘러본 뒤, 인도네시아 바탐 섬에서 국내선을 타고 수마트라 섬 북쪽 제 3도시 메단과 토바 호수를 여행했다.

이어 자바 섬의 제 2도시 수라바야와 제 5도시이자 종교 유적지로 유명한 족자카르타의 유적을 보고, 다시 수도 자카르타로 향하는 여정이었다.

왕복 비행기 표는 두어 달 전에 미리 발권했고, 숙소는 그날그날 인터넷을 검색하여 현지에서 바로 정했다.

이동은 주로 버스나 '그랩'이라 불리는 택시를 이용했고, 식사는 현지인들과 마찬가지로 동네 식당에서 해결했다.

여행의 목적은 그 나라의 풍습과 경제 수준, 문화와 종교, 자연환경, 그리고 국민 의식 수준을 직접 보고 느끼는 것이었다.

주로 가까운 곳은 도보로 다니거나 자전거, 스쿠터를 빌려 타고 다녔다.

호치민시에 도착하니 오후 다섯 시쯤이었고, 갈아탈 비행기까지 대기 시간이 세 시간 정도가 남아 있었다.

공항 근처 시내를 둘러보다 보니 가까운 곳에 시골 재래시장이 하나 있었다.

메콩 강 하구에 자리한 도시답게 강에서 나는 각종 농산물과 물고기가 살아 있었고, 싱싱한 과일과 채소들이 산처럼 쌓여 있었다.

농산물 가격이 워낙 저렴해서 우리 돈 2천 원이면 어지간한 물건은 살 수 있었으니, 그야말로 주부들이 꿈꾸는 천국 같은 곳이었다.

베트남은 예전에도 여러 차례 방문해서 하노이 등 여러 도시를 다녀봤지만, 이처럼 농산물이 풍부하고 저렴한 줄은 미처 몰랐다.

처음 와본 말레이시아의 인상은 도시가 쾌적하고 깨끗했다.

2000년대 초반 마하티르 총리가 제창한 '2020 비전운동'의 결실인가 싶어 연신 감탄이 나왔다.

시내는 선진국다운 면모를 제법 갖추고 있었고 질서도 잘 잡혀 있었다.

공무원들의 행정 선진화가 이미 이루어져 있었으며, 선진국의 문턱에 거의 다다랐다는 느낌을 주었다.

삼성과 극동건설이 합작해서 건축한 웅장한 페트로나스 쌍둥이 빌딩을 중심으로 상점과 쇼핑몰은 대부분 지하에서 영업하고 있었고 지상은 반경 수 킬로미터 이내에서 일반 차량 통행을 통제하고 있었다.

버스는 무료 셔틀버스가 5분 간격으로 운행되었고, 마을로 가는 노선마다 색깔을 달리 표시해서 어른들도 한눈에 알아볼 수 있게 정돈되어 있었다.

참으로 효율적인 시스템이라는 생각이 들었다.

서울 도심의 혼잡함을 개선하는 데도 참고할 만한 좋은 모델이 될 수 있겠다는 생각이 들었고, 서울 사대문 안에도 자가용 통행을 제한하고 무료 버스를 운행해도 좋겠다는 상상도 해보았다.

버스 운행 부담은 사대문 안에서 사업하시는 분들이 공동으로 분담하면 장사도 더 잘될 것이고, 도심도 한층 활기를 띨 것 같다는 생각이 들었다.

말레이반도 남쪽으로 고속버스를 세 시간가량 타고 말라카 시내에 도착했다.

고속도로라 해봐야 우리나라 국도보다 못한 수준이었지만, 동남아 기준으로는 꽤 양호한 도로였다.

말라카는 말레이반도에 네덜란드가 처음 침략했던 항구도시다.

전투가 벌어졌던 해변에는 당시 사용되었던 전투용 목선이 전시되어 있었고, 유적지 골목에는 중국인 관광객들이 구름처럼 몰려들었다.

마침 성탄절 시즌이라 더운 날씨에도 불구하고 산타 복장을 한 미녀들이 빨간 모자를 쓰고 네 마리 말이 끄는 화려한 꽃수레 마차 위에서 '징

글벨' 노래에 맞춰 춤을 추며 거리를 누볐다.

온통 축제 분위기 속에서 거리는 활기가 넘쳤고, 여행객과 먹거리로 가득 찬 관광대국 말레이시아가 부러웠다.

노점상이 즐비한 거리에서 한국 음식이 없는 점은 아쉬웠지만, 한국의 젊은이들이 이 광경을 직접 보고 견문을 넓혔으면 하는 바람도 들었다.

말라카를 떠나 고속버스를 타고 남쪽으로 두어 시간쯤 내려가면 싱가포르 접경지인 조호바루 시에 도착한다.

이곳에는 높은 빌딩을 짓는 크레인이 수십 개가 군데군데 서 있었고, 옆 나라 싱가포르와 치열하게 빌딩 신축 경쟁을 벌이는 듯 보였다.

재래시장에 가보니 인도인과 스리랑카인, 파키스탄 상인들이 동네를 이루며 살아가고 있었고, 중국 화교들의 차이나타운은 역시 넓고 활기가 넘쳤다.

조호바루는 말레이반도 끝자락이라는 지리적 이점을 살려 고층 빌딩과 신공항 건설, 항만 개발에 박차를 가하고 있었고, 차이나타운과 인디아 거리가 조화를 이루며 잘 발달해 있는 모습은 싱가포르와도 닮아 있었다.

싱가포르는 아주 작은 땅을 오밀조밀하게 꾸민 잘 정돈된 공원과 수로를 만들어서 그 위에 작은 유람선을 띄워 관광산업을 하고 있었다.

수십 채의 고층 빌딩이 즐비한 마리나 베이 일대는 넥타이를 맨 외국인들로 넘쳐났다.

도로 공사나 공원 관리는 주로 스리랑카, 인도, 파키스탄 출신의 저렴한 노동력을 활용해서 깔끔하게 이루어지고 있었는데, 우리나라 역시 허드렛일이나 단순 노무는 외국인 노동력을 적극 활용하는 것이 바람직하지 않을까, 하는 생각이 들었다.

인공으로 조성한 센토사 섬에는 작은 해수욕장과 다양한 볼거리, 놀거리가 오밀조밀하게 잘 마련되어 있었고 관광객 유치에도 성공적이었다.

숙박비는 비싸기로 유명한 홍콩보다도 더 비싸다는 느낌을 받았다.

싱가포르 항에서 여객선을 타고 20여 분 거리에 있는 인도네시아 바탐 섬에 도착했는데, 외국인에게는 입국세가 있었고 비용도 꽤 비쌌다.

자바 섬 북단 인근의 작은 섬 바탐에서 비행기를 타고 수마트라 섬 북쪽의 메단 시로 향했다.

인도네시아는 비행기가 대중교통 수단이라 조그만 국내선 공항만 해도 40여 개나 된다고 한다.

기차처럼 완행 비행기가 있어서 오가는 길에 사람이나 물건을 내려주고 태우기도 하는데, 중간 기착지인 줄도 모르고 밀림에 추락하는 줄 알고 가슴을 쓸어내린 기억도 있다.

수마트라 섬 북쪽의 메단 시는 인도네시아에서 두 번째로 큰 도시다.

고층 건물은 거의 없고, 양철을 얼기설기 엮은 낮은 집들이 도로를 따라 끝없이 이어져 있었다.

인구가 천만 명에 달하는 도시임에도 경찰은 거의 보이지 않았고, 사설 경비를 고용해서 치안을 유지하고 있어 이 도시는 외국인들은 거의 찾지 않는다고 한다.

금은방과 숙박시설, 관공서마다 사설 보안요원이 수십 명씩 배치되어 있었다.

하룻밤 숙박비가 우리 돈 800원짜리부터 23만 원짜리까지 워낙 다양해서 숙소를 정하지 못하고 헤매고 다녔다.

그때 시커멓고 작은 체구의 사내가 한여름에 가죽 잠바를 걸치고 오토바이 체인을 빙빙 돌리면서 배낭을 노리는 듯 계속 뒤를 쫓아왔다.

이리저리 피해 다니다가 '베짝'이라 불리는 오토바이 택시를 잡아타고 저렴한 호텔로 가 달라고 부탁했다.

기사는 처음 흥정하고 탈 때는 일만 루피아라고 하더니, 도착해서는 십만 루피아를 요구했다.

말도 통하지 않아서 큰소리로 실랑이를 벌이고 있는데 호텔 보안요원이 중재에 나서서 결국 사만 루피아로 합의를 봤다.

한 시간 넘게 쫓아온 사내나, 아무 호텔에나 데려다주고 돈을 요구하는 기사나, 여인숙만도 못한 방을 하룻밤에 사만 원이나 받는 숙소나, 낯설고 음침한 도시에서 겪은 하루는 십 년을 산 것만큼이나 길게 느껴졌다.

수마트라 섬은 자바 섬보다 두 배 이상 크지만 인구는 자바의 5분의 1인 3천만 명 정도라고 한다.

다음 날 아침 토바호수로 가기 위해 시외버스를 타고 여섯 시간을 이동했다.

차비가 3,700원인 낡은 버스와 그 두 배인 7,600원짜리 급행 마이크로버스가 있었다.

70년 된 벤츠 버스는 의자가 낡아서 비닐이 찢어지고 스펀지가 드러나 있었으며, 녹슨 철판이 그대로 보였다.

차 바닥은 삭아서 구멍으로 도로가 내려다보였고, 창문 유리는 깨져서 비가 오면 차장이 합판 조각으로 비를 막아주었다.

좁은 차 안에서 사람들은 담배를 피워대고, 후덥지근한 날씨에 2차선 도로에는 오토바이와 마주 오는 차량, 무단 횡단하는 사람들이 뒤엉켜

아수라장이다.

경적 소리는 끊이지 않았고 운전사의 곡예 운전에 멀미가 날 지경이었다.

도착할 때까지 십여 차례는 죽을 고비를 넘긴 듯했다.

토바호수는 화산 폭발로 생긴 칼데라 호수로, 호수 안에는 세계에서 가장 큰 사모시르 섬이 자리하고 있으며 수심은 무려 500미터에 이른다. 고 한다.

적도 부근임에도 시원한 기온 덕분에 소나무가 잘 자라고 평균 기온은 년 중 15도 정도로 쾌적했다.

조용하고 한적한 이곳에 어떤 미국인은 석 달째 머물고 있다고 했다.

자전거를 빌려 타고 섬을 한 바퀴 도는 동안 수천 년 이어져 온 독특한 문양들의 기둥과 이층으로 길게 뻗은 전통 가옥의 화려한 지붕은 신비롭고 아름다웠다.

말도 통하지 않는 작은 식당에서 아주머니가 정성껏 볶음밥을 만들어 주었고, 식탁보 아래에는 세계 각국의 지폐가 가지런히 정리되어 있었다.

아주머니는 그것을 보물처럼 자랑했고, 서툰 한국말로 몇 마디 인사를 건네기도 했다.

값싼 항공을 이용하려면 여행은 부지런해야 했다.

새벽 4시에 기상해서 새벽 6시 비행기로 자바 섬 끝자락 수라바야로 향했다.

눈부시게 맑은 적도의 하늘을 감상하던 중 비행기가 갑자기 고도를 낮추며 밀림으로 내려가기에 "아! 여기서 생을 마감 하는구나" 싶어 잔뜩 긴장하고 있는데, 곧 안내 방송이 흘러나왔다.

중간 기착지이니 족자카르타나 수라바야로 가는 승객은 잠시 기다리라는 내용이었다.

인도네시아 세 번째 도시 수라바야는 유전이 있는 도시답게 비교적 여유롭고 선진화되어 있었으며, 네덜란드 식민 지배에 맞서 오랜 독립전쟁을 치른 탓인지 애국심도 강했다.

박물관과 대형 성당이 인상적이었다.

이틀간 머문 뒤 시외버스터미널에서 다양한 수 공예품을 파는 상인들을 보았고 무슬림 모자인 '와치'를 하나 사서 쓰고, 현지인과 같은 차림으로 족자카르타행 버스에 올랐다.

도로는 여전히 외길이라 어수선했지만, 삼모작하는 논에서는 한쪽에서는 모를 심고 다른 쪽에서는 탈곡을 하고 있어서 신기했다.

화산섬답게 토질이 비옥해 농산물이 풍성했고 사람들 얼굴에도 풍요로운 삶의 여유가 묻어났다.

자바 섬에는 수시로 분화하는 활화산이 열네 개나 있어 지진과 화산 폭발 위험이 크지만, 토지가 비옥해서 인도네시아 인구 2억 8천만 명 중 절반 이상이 이 섬에 살고 있다고 한다.

자바 섬 중부에 위치한 잘 알려지지 않은 도시 족 자카르타에는 세계 최대 규모의 힌두 사원 프람바난과 세계 3대 불교 사원인 보로부두르가 있다

세계 지리와 풍물에 밝다고 자부했던 필자조차 이름만 들었을 뿐이었는데, 실제로 마주한 그 규모와 장엄함에 감탄을 금할 수가 없었다.

세계 여러 유적지를 다녀보았지만, 불과 40여 킬로미터의 거리를 두고 두 종교가 각기 이렇게 어마어마하게 크고 훌륭한 건축물을 보유하고 있다는 사실에 엄청 놀랐다.

서기 8세기말 경에 세워진 돌조각 건축물의 웅장함과 정교함, 그리고 힌두교의 유래와 역사를 돌에 새겨서 후세에 전하고자 했던 당시 자바인들의 지혜와 큰 스케일, 손재주, 신앙에 대한 열정은 인간의 무한한 힘과 가능성을 그대로 보여주는 엄청난 작품이었다.

그 앞에 서자 저절로 입이 벌어졌다.

캄보디아 씨엠립의 앙코르와트, 미얀마 양곤의 쉐다곤 파고다와 바간의 수많은 불교 사원들, 북부 태국의 화이트·블루 사원과 도이수텝, 일본의 신사들, 중국 소림사를 비롯한 낙양·장강 유역의 불교 돌 조각 문화재들을 두루 둘러보았지만, 이 사원만큼은 세계 최고라 해도 틀림이 없다는 생각이 들었다.

이 엄청난 걸작 문화재가 대동아전쟁 당시 일본군에 의해 종탑 속 부처상의 머리와 많은 부분이 파손되어서 아직까지 완전히 복원되지 못하고 있다는 사실은 참으로 안타까웠다.

거대한 돌탑 사원의 옥상에는 72개의 종탑이 있고, 그 안에 각각 다른 부처님이 모셔져 있었다.

꼭대기에는 특히 크고 웅장한 종탑 하나가 자리하고 있었고, 그 안에는 더욱 큰 모습의 부처님이 모셔져 있었다.

그곳에서 가까운 프람바난 힌두 사원은 9세기경 건축 당시 불탑이 무려 240개로 이루어졌다고 한다.

전설에는 하루 만에 천 개의 탑을 세웠다는 이야기도 전해지지만, 현재는 18개의 탑만 복원되어 있었고 주변에는 무너진 수많은 탑들이 복원을 기다리고 있어서 앞으로도 복원 작업에 수백 년은 더 걸릴 듯했다.

대체로 규모는 비슷했지만, 가장 큰 시바 신전은 높이 47미터로 15층에 달했고 한 변의 길이가 222미터나 되는 정사각형 구조였다.

내부에는 여덟 개의 석실이 있었는데, 꼭대기 석실 안에 무엇이 있는지 궁금해서 올라가 보았다.

그곳에는 9세기 중반 약 1000여 년 전 돌로 만들어진 로로종그랑이라고 불리는 드르가 여신이 마치 살아 있는 사람처럼 안치되어 있었다.

컴컴한 돌방에 혼자 올라갔다가 시커멓게 생긴 사람이 화려한 옷을 입고 누워있는 모습을 보고는 너무 놀라서 겁에 질렸던 기억이 지금도 생생하다.

족 자카르타 시내의 작은 호텔에 묵었는데, 2층 방 바로 아래 앞마당에 수영장이 있는 구조였고 관광지치고는 숙박비도 꽤 저렴했다.

무더운 저녁, 파란 수영장을 보니 피로도 풀 겸 물에 들어가고 싶어 한참을 물장구치고 나서 샤워실로 갔다.

그런데 수도가 고장이 났는지 물이 나오지 않았다.

옆을 보니 큰 통에 누런 물이 담겨 있어 그 물로 이를 닦고 머리를 감고 몸도 씻고 방으로 들어갔다.

아들이 묻는다. "아빠, 샤워실 수도 고장 났던데 어떤 물로 씻었어요?"

"옆에 누가 받아 놓은 물로 씻었지." 그러자 아들이 깜짝 놀라며 말한다.

"아, 그 물은 대변 보고 손 씻는 물이에요.

이슬람 사람들은 손으로 해결하잖아요."

"어쩐지 물 색깔이 누렇더라." 아, 정말 문화적 충격이었다.

다음 날 아침 식당에서 밥을 먹고 있는데 찌는 듯한 더위 속에서도 가죽 잠바를 입은 시커먼 사람이 문 앞에서 기타를 치며 노래를 불렀다.

사람들이 돈을 주길래, 나도 몇 푼을 주었더니 또 다른 사람이 와서 노래를 부른다. 다시 돈을 줬다. 그러자 또 다른 사람이 나타난다. 끝이 없었다.

나중에 들으니 이슬람 문화에서는 무엇이든 이웃과 나누며 살아야 한단다.

기차를 타고 수도 자카르타로 향했다.

자카르타 외곽 기차역 주변은 쓰레기가 산처럼 쌓여 있었고, 아이들은 그 위에서 뛰어놀고 닭과 염소들은 쓰레기 더미를 뒤지며 먹이를 찾고 있었다.

이 쓰레기들은 아마 수십 년 동안 인간이 누려온 편리함의 부산물일 것이다.

자카르타는 빈부 격차가 아마 세계 최고 수준이 아닐까 싶었다.

동네마다 깨끗하고 웅장한 쇼핑몰이 들어서 있었는데, 그 안의 물가는 한국과 크게 다르지 않았다.

바로 행 길을 건너면 딴 세상이다. 열악하기 그지없는 환경이 펼쳐진다.

동남아 여러 나라를 여행하며 선진국이 되기 위해 정부의 역할이 무엇인지, 공무원의 의식 구조는 어떠해야 하는지, 그리고 국민은 무엇을 해야 하는지에 대해 많은 생각을 하게 되었다.

코로나가 창궐하기 전 해인 2018년 겨울에는 아들과 함께 미얀마를 거쳐 태국을 20일간 여행했다.

오래전부터 가보고 싶었던 미얀마를 방문하게 되어 무척 기뻤고, 일정도 미리 정해 두었다.

양곤에 도착하자마자 세계 3대 불교 사원 가운데 하나인 쉐다곤 파고다부터 찾았다.

높이가 100미터가 넘는 불탑은 수천 개의 보석과 28톤의 금으로 장식되어 있었고, 그 앞에서 버마인들의 불심이 얼마나 깊은지 새삼 느낄 수 있었다.

수많은 사람들이 돈을 벌어서 모은 금을 부처님께 봉양하는 것을 가장 큰 행복으로 여긴다니, 그들의 순수하고 착한 마음이 그대로 전해지는 듯했다.

인레 호수 인근의 게스트하우스에서 묵고 이른 아침에 일어났는데, 어린 직원이 다가와서 아침 식사를 하라고 권했다.

방금 짠 생우유 한 잔과 토마토 작은 것 하나, 계란 찐 것 하나, 그리고 바나나 조그만 것 하나를 내준다.

작은 쟁반에 담긴 것이 소박하여 볼품은 없었지만 맛있었고 배도 든든했다.

밤새 슬리핑 버스를 타고 새벽 4시경 불교 도시인 바간에 도착해서 택시를 잡아타고 구시내로 갔다.

택시비를 내려고 보니 지갑이 든 가방이 없다.

아들이 어깨에 두르고 다니던 가방을 잠결에 버스에 두고 내린 것이다.

당황해서 어쩔 줄 몰라 하는 아들에게 택시 기사는 문제없다며 다시 버스 내린 곳으로 갔지만, 버스는 이미 다른 데로 떠나 버렸다.

여행할 돈을 전부 잃어버렸으니 큰일 났다는 생각이 들었다.

그럼에도 기사는 문제없다며 운수회사 사무실로 우리를 안내했다.

모두 퇴근해 불이 꺼진 텅 빈 사무실에 한 직원이 기다리고 있었고, 환한 미소를 지으며 가방을 건네주었다.

그들에게는 욕심날 만한 액수였을 텐데, 한 푼도 손대지 않고 그대로 돌려준다.

아! 역시 부처의 나라다웠다. 너무나 감사하고 고마웠다.

새벽녘 도로를 따라 걸어가는데 시커멓게 생긴 전갈이 꼬리를 치켜세우고 길을 건너고 있었고, 동이 트기도 전에 모스크에서 울려 퍼지는 기도 소리가 귀청을 울렸다.

삼천여 개의 불탑이 서서히 햇살을 받으며 금빛 모습을 드러내는 신비롭고 멋진 도시, 바간에서 4일을 머물렀다.

만달레이로 가기 전 불교 유적지가 엄청 많고 세계에서 제일 큰 와불상이 있다는 '몽유아'라는 도시에 도착해서 시내를 둘러보니, 온통 군복차림의 사람들만 보이고 장갑차와 군인들이 눈에 띄었다.

곧 무슨 일이 일어날 것 같은 불안한 분위기가 감돌아서 한나절도 채 머물지 못하고 만달레이로 다시 돌아왔다.

그곳 반란군 기지를 다녀온 얼마 후, 코로나가 한창일 때 반군이 온 나라를 점령했다는 뉴스를 듣게 되었다.

세계 35개국을 여행하면서 많은 교포 분들을 만나 봤다.

홍콩에서 식당을 30년이나 하고 있다는 어느 교포 분이

"여기 살아보니 한국은 갑부 나라다." 라고 했다.

선진국이라고 해서 다 잘 먹고 잘 사는 것도 아니었다.

전 세계에서 동식물, 농수산물과 각종 음식재료들로 다양한 음식을 해 먹고 잘 사는 나라는 대한민국 내 조국이며, 강산이 아름답고 사계절이 뚜렷하며 삼면이 바다로 온갖 생물이 다양하게 서식하는 곳도 한반도이다.

프랑스 파리 에펠탑 주변은 소매치기가 많았고, 관광지 주변에는 기념품을 강매로 판매하는 사람들도 있어 불편했다.

노르웨이는 너무 춥고 사람 구경하기 어려워 외롭고 쓸쓸한 나라였고, 뉴질랜드는 보기에는 푸른 초원이 아름답게 보이지만 직접 가서 보니 가는 곳마다 소똥 냄새가 났고, 미국 로스앤젤레스 거리는 밤에는 치안이 불안해서 다니기가 조심스러웠다.

요즘 정치와 경제가 어렵다고 해외로 이민을 많이들 가는 추세인데, 전통과 역사를 지키고 법과 제도를 잘 정비해서 국민이 행복한 나라, 잘 사는 대한민국이 영원하기를 기원한다.

귀천

인간은 무엇으로 귀해지고, 무엇으로 천해지는가?

1 모든 생명은 저마다의 자리에 있다

뙤약볕이 내리쬐는 늦여름 오후,

집 앞 산길을 걷고 있는데 커다란 검은색 구렁이 한 마리가 꼼짝도 하지 않은 채 똬리를 틀고 길가에서 볕을 쬐고 있다.

필자는 강아지는 좋아하지만 뱀은 소싯적부터 징그러워서 늘 혐오해 왔다.

그냥 지나치려다가 살아 있나, 혹시 죽었나 싶어서 가까이서 살펴보니 미동이 없어 나뭇가지로 살짝 건드려 봤다.

그런데 이 녀석이 마치 "내 집 근처에 왜 오셨나, 성가시게 구시네." 하는 듯 고개를 돌려 빤히 쳐다보는 것이 아닌가.

난생처음 시커먼 큰 뱀과 눈이 딱 마주쳤다.

영롱하게 빛나는 검은 눈알은 뜻밖에도 천진난만해 보였고, 맑고 순진하기까지 했다.

지금은 한가로이 제 할 일을 하고 있으니 볼일 없으면 빨리 가시라는 눈빛 같았다.

신기한 마음에 한참을 바라보고 있는데, 일광욕을 다 했는지 이내 똬리를 풀고 스르르 구멍 속으로 사라졌다.

'뱀도 예쁘구나. 좋아하는 사람도 있겠다.'는 생각이 들었고, 살아 있는 모든 생명은 귀하고 소중하다는 마음이 자연스레 일었다.

인간이 동물 중에서 으뜸이라는 편견은 버려야 한다.

코끼리는 발로 땅을 두드리거나 저주파 목소리로 십 리 밖의 동료에게 의사를 정확히 전달하고, 꿀벌은 날갯짓으로 동료에게 꽃이 있는 거리와 방향, 꽃의 종류까지도 알려준다.

이처럼 멋지고 경이로운 생명들도 때가 되면 시들고 비틀어진 모습으로 볼품없어지는 것이 자연의 이치다.

그렇게 생명을 다하면 이 세상에서 사라지고, 그 자리는 또 다른 생명이 태어나서 다시 채우게 된다.

인류를 무지로부터 무한한 가능성의 세계로 인도한 인물인 스티브 잡스 {Steve Jobs}는 2005년 스탠퍼드대학교 졸업식 연설에서 죽음에 대해 다음과 같이 말한 바 있다.

※ 출처: Steve Jobs, Stanford University Commencement Address (2005)

"누구도 죽기를 원하지 않을 것이다.

그러나 우리 모두가 공유하는 것은 단 한 가지, 죽음이다.

그 죽음으로부터 아무도 도망칠 수는 없다."

죽음이란 나이 들어 병들고 힘없이 시들어 볼품없어진 것들을 말끔히 정리해 주는 자연의 섭리이기도 하다.

낡고 오래된 것을 물러나게 하고, 그 자리에 새로운 생명이 깃들도록 만드는

또 다른 형태의 창조 과정이라 할 수 있다.

지금 이 글을 쓰고 있는 나 역시, 그리고 이 글을 읽는 그 누구도 머지 않아 이 세상에서 조용히 퇴장하게 될 것이다.

그렇기에 주어진 시간은 이미 한정되어 있으며, 그 시간을 허투루 낭비해서는 안 된다.

이 세상 그 누구도 당신의 삶을 대신 살아줄 수 없고, 그럴 필요 또한 없다.

다른 사람의 의견 속에 자신의 생각을 익사시키지 말고, 내면의 목소리를 당당하게 드러내며 살아가는 것이 가장 온전하고 후회 없는 삶의 방식일 것이다.

당신의 마음이 시키는 대로, 생각이 내키는 방향으로, 용기와 직관을 가지고 원하는 일을 하며 살아가기를 바란다.

죽음 앞에서는 명예도, 재산도, 지위도 모두 이차적이고 부수적인 것이 된다.

그러므로 젊은 그대의 숭고한 자존심과 정신을 값싸게 팔아넘길 수는 없는 것이다.

세상에서 가장 소중한 존재인 당신의 삶을 누구도 대신 살아줄 수 없으니,

백지에 그림을 그리듯이 자유롭게, 마음 내키는 대로 살아가시길 바란다.

그러나 세상에는 절대 권력을 신봉하고 자손 대대로 부귀영화를 누리려는 자들이 만든 법이라는 올가미에 걸려, 고귀한 삶을 고통과 아픔 속에서 허비한 사람들이 너무도 많다.

누구를 위한 희생인지도 모른 채, 이유도 영문도 모른 채 말이다.

그들의 영혼이 편히 쉬기를 신께 기도한다.

그렇다면 오늘날 법치주의에서 법이란 무엇인가?

절대 군주의 권력을 견제하고, 국민의 대표기관인 의회가 제정한 법에 의해서만 통치하려는 목적에서 시작된 법치의 개념은 민주주의 국가의 기본 통치 이념이다.

그러나 법을 배우고 연구하는 자들이 자의적으로 해석하여, 평등하지 못한 법 위에 군림하고 있는 현실은 참으로 가슴 아픈 일이다.

"악법도 법이다"라는 말은 통치자의 입장에서는 통치 수단의 편리한 논리가 될 수 있으나, 다수의 국민에게는 불공정과 불신을 키우는 씨앗이 된다.

안정되고 공평한 사회가 성립되기 위해서는 무엇보다도 법이 평등하고, 공정하며, 정의로워야 한다.

대한민국은 자유민주주의 국가임을 표방하고는 있지만, 과연 형평에 부합하는 법치주의가 제대로 작동하고 있는지에 대해서는 긍정하기 어렵다.

법이 자본과 권력에 기생하는 현실 속에서, 사회 지도층과 정치권력이 법 위에 군림하는 모습을 보며 국민이 분노하지 않을 수 있겠는가.

법치주의의 성패는 결국 법을 집행하는 자에게 달려 있다.

법 집행자가 정의롭지 못하고 공정하지도, 지혜롭지도 못하다면 법은 힘없는 약자를 옭아매는 사슬로 작용할 뿐이다.

그것이 어찌 망나니의 칼춤과 다르겠는가.

로마법에 따르면 "법위에 잠자는 자는 보호받지 못한다"는 말이 있다.

이 법에 따라 손해배상을 청구하면 피해자를 보호해 준다는 뜻이다.

법이라는 것이, 알아서 피해자를 보호해주지 않기 때문에 현대 사회에서 민생을 지키기 위해서는 최소한 민법 정도는 스스로 읽고 이해할 수 있어야 한다.

법을 공부하여 그 분야에 종사하는 이들 가운데에는, 학식과 지식을 이유로 사회 위에 군림할 자격이 있다고 착각하는 이들도 있다.

그러한 오만과 자만이 굳어질 때, 법은 정의의 도구가 아니라 기득권을 지키는 방패로 전락하고 만다.

지금은 한국에서 일어나는 소식이 세계 어디에서든 곧바로 전해질 만큼 밝고 투명한 시대가 되었다.

그럼에도 일부 국가 지도층이 손바닥으로 하늘을 가리고자 한다면, 국민의 분노와 불신은 커질 수밖에 없다.

나라의 지도자라면 도대체 누구를 위하여 국가를 경영해야 하는가?

여러분도 익히 알고 있듯이, 이 땅에는 세계 역사상 가장 위대한 지도자가 있었다.

이념과 사상을 초월해서 감언이설과 유언비어 속에서도 박정희 대통령의 나라 사랑과 민족중흥의 역사적 업적만큼은 부정할 수 없을 것이다.

개발도상국을 선진국으로 이끈 지도자는 세계적으로도 드물기 때문이다.

전쟁의 시련과 고통을 겪고도 불과 50여 년 만에 세계 10위권 경제대국 대한민국의 초석을 다졌지만, 그의 서거 40여 년이 지난 오늘날 이 나라가 가장 빠르게 소멸 할 수 있다는 섬뜩한 우려마저 나오고 있다.

그렇다면, 이후의 국가 지도자들은 무엇으로 자신의 치적을 증명하고, 어떤 명분으로 이름을 역사에 남길 것인지 묻지 않을 수 없다.

법치가 무너지고 오만한 자들이 국민을 무시한 채 극단적인 법과 제도를 만들어서 민생을 옥죄고 있으니, 과연 어디 마음 놓고 생업을 하고 사업을 하며 가업을 이어갈 수 있겠는가.

약자를 보호한다는 명분으로 만들어진 민사 특별 임대차 보호법은 형평을 잃은 채 각종 부작용을 낳고 있고, 최저 생계비라는 이름으로 책정된 임금은 자영업자가 감당하기 어려운 부담이 되었으며, 충분한 검토 없이 밀어붙인 서민 경제 정책들은 물가를 끝없이 끌어올려 놓았다.

온갖 구실로 거둬들인 각종 세금은 젊은이들이 결혼해서 살아야 할 집값마저 감당할 수 없게 만들었고, 서울에서 서민의 월급으로는 백 년을 벌어도 집 한 채 마련하기 어려운 현실 속에서 능력과 의지가 있어도 법과 규제가 발목을 잡아 아무 일도 할 수 없게 되었다.

이런 상황에서 사법이 편향되고 판관이 제멋대로 판단하여서 법을 휘두른다면 오늘의 결과는 어쩌면 필연적 결과라 할 수 있을 것이다.

공정하고 정의로워야 할 검찰마저 기득권 정치 세력에 기생한다면, 힘없는 양민의 삶은 그들의 행패 앞에서 절망할 수밖에 없을 것이다.

당연하고 상식적인 것들이 일부 정치 권력자들의 치부를 가리기 위해 부정되고, 공정한 것이 불공정으로 둔갑한다.

오늘날 권력을 쥔 이들은 노조와 정당을 비대화해 헤게모니를 고착시키고, 정규직이라는 명분 아래 약자들의 생계를 쥐고 흔들면서도 돈이 되고 꿀 빠는 자리는 자신들과 자식들에게 세습하는 일을 당연시한다.

그 결과는 서민과 말단 노동자를 넘어 군대와 언론, 사법 체계 전반으로 번지고 있다.

세습되지 못한 젊은이들은 이미 오래전부터 삶의 의욕을 잃은 채 신세를 한탄하고, 부모 탓을 하고 삶을 게을리 하니, 표를 의식한 정부는 임금 인상과 각종 수당을 내세워서 순진한 젊은 정신을 달래려고 매표를 한다.

더 이해하기 어려운 것은 이 모든 결정을 내리는 지도층 다수가 쉰 살, 예순을 훌쩍 넘긴 세대라는 사실이다.

얼마 남지 않은 생애에 기왕 국록을 받고 나라 일을 한다면, 사리사욕보다 국가와 민족을 먼저 생각하고 겨레의 백년대계를 고민해야 하지 않겠는가.

그러나 오늘의 현실에서 칭찬하고 존경할 만한 국가 지도자나 본받을 만한 인물을 찾기 어려운 것이 안타까운 사실이다.

정치 부재가 국가와 국민을 얼마나 황폐하게 만드는지는 이웃 나라들의 사례만 보아도 충분히 알 수 있다.

선심성 포퓰리즘 정책으로 몰락한 나라에서 무능한 지도자는 국민을 도탄에 빠뜨릴 수 있다.

이처럼 풍전등화와 같은 조국의 앞날이 걱정되기에, 국가 지도자는 현명하고 올바른 판단으로 자유 대한민국 국민을 하나로 뭉치게 하여 사회를 안정시키고, 서민 경제를 다시 일으켜 주기를 바라는 바이다.

정부는 하루빨리 친 기업 정책으로 전환해서 임금은 기업 자율에 맡기고, 근로시간 유연제 등을 과감히 풀고 노조의 부당한 파업을 정부가 막아서 회사는 고용을 늘리고 근로자는 마음 놓고 생업에 종사할 수 있도록 하는 정책으로 일자리를 만들어야 할 것이다.

서민이 생업에만 몰두하도록 돕는 것이 정부가 당연히 해야 할 일이다

자랑스러운 나의 조국, 사랑하는 자유 대한민국이 지속되기를 바라며 과거 꿈과 희망으로 부풀었던 시절을 회상한다.

젊은 그대들의 이해를 돕기 위해서, 그리고 자유 대한민국을 영원히 지키기 위해 사실을 알리고 싶은 것들은 이렇다.

사상과 이념 갈등 속에서 공산 사회주의자인 북조선의 김일성은 1950년 6월 25일 새벽, 시장경제와 자유민주주의를 지향하던 이승만 정권의 남한을 모두가 곤히 잠든 새벽에 기습 공격하여 전쟁을 일으켰다.

한반도는 완전히 초토화되었고, 수많은 젊은이가 목숨을 바친 끝에 전쟁은 3년을 넘겨 1953년 7월에야 휴전되었다.

그로부터 70년 동안 서로 다른 정책과 이념으로 살아온 결과는 이미 분명하게 드러나 있다.

자유민주주의와 자유 시장경제를 선택해 온 대한민국은 선진국이 되었고, 북조선은 최빈국으로 전락해서 아사자가 속출하고 있으며 국민의 자유는 극도로 제한되고 있다.

30~40년대에 출생하신 어르신들의 목숨을 건 희생과, 50~60년대 이른바 베이비부머 세대의 피땀 흘린 노력과 애국심이 있었기에 이 나라는 오늘의 부국이 될 수 있었다.

오늘날 정치부재로 인하여 국가 경제와 사회 문제가 혼란하여서 젊은 이들이 불행하게 생활을 한다면, 기성세대로서 미안한 마음이 드는 것도 사실이다.

부당한 법의 사슬에 묶여 망나니의 오랏줄을 차고 감옥살이를 하며 고문을 당한 것이 화근이 되어서 평생을 희생당한 한 천재 시인이 있었다.

"귀천"이라는 시를 남긴 천상병의 삶을 되돌아보면, 인간이 육체적 고통을 올바른 정신으로 얼마나 버틸 수 있는지를 가늠하게 된다.

참담했던 그의 삶을 떠올리며, 우리가 하늘로 돌아갈 때 과연 시인처럼 "세상은 아름다웠다"고 말할 수 있을지 나 자신에게 묻게 된다.

그의 아름다운 글귀와 순수한 인간적 감성에 깊은 감명을 받아서 이 시를 처음 접하던 순간 필자는 끝내 눈물을 흘리고 말았다.

이 시를 영문과 수업 시간에 알게 되었고, 국내보다 외국에 더 잘 알려져 있다기에 영문으로도 옮겨 보았다.

「귀천」 – 천상병

Returning to Heaven

by Cheon Sang-byeong

※ 필자 번역. 원시의 정서 전달을 위한 부분 인용임.

I'll go back to heaven again

Hand in hand with the dew

That melts at a touch of the dawning day.

(중략)

I'll go back and say,

It was beautiful.

나 하늘로 돌아가리라

새벽빛에 와 닿으면 스러지는 이슬

더불어 손에 손을 잡고.

(중략)

나 하늘로 돌아가리라

아름다운 이 세상 소풍 끝나는 날

가서 아름다웠다고 말하리라.

시인이 살아온 세상을 떠올리며, 그가 얼마나 힘겨운 삶을 살았는지 간략히 소개해 본다.

1930년에 태어나 63세인 1993년에 생을 마감한 천상병은 일본에서 출생해 8·15 광복 이후 마산에서 자랐으며, 중학교 5학년, 지금으로 치면 고등학교 2학년 무렵 이미 「공상」, 「피리」 등의 작품을 발표했다.

서울대학교 상과를 중퇴했고, 전쟁 중에는 미군 통역관으로 활동했다.

그러나 그의 인생에 결정적인 상처를 남긴 전환점은 1967년 동백림 사건이었다.

이 일로 옥고를 치른 뒤 육체적·정신적 충격을 크게 받아 정상적인 삶을 이어가기 어려운 후유증이 남았고, 이는 그의 삶과 작품에 깊은 영향을 미쳤다.

실제로는 친구에게 술값으로 빌린 돈이 빌미가 되어 간첩으로 몰렸고, 6개월 만에 집행유예로 풀려났지만 이미 몸과 정신은 크게 망가져 있었다.

전기고문의 충격으로 혼이 반쯤 나간 사람처럼 행동하게 되었고, 1970년대 초부터는 막걸리로 연명하며 알코올 중독자이자 행려병자로 떠돌았다.

1972년 친구의 여동생과 결혼했으며, 시집으로는 「주막에서」, 「천상병은 시인이다」, 「저승 가는데도 여비가 든다」, 「요놈 요놈 요 이쁜 놈」 등을 남겼고, 동화집으로는 「나는 할아버지다」 등이 있다.

그는 나병 환자로서 잠자리에 들고 나면 손가락 마디가 끊어지고 이가 빠지는 고통을 겪었으며, 하루 막걸리 한두 병으로 연명하는 파리하고 초췌한 모습으로 도시의 뒷골목을 배회하며 걸인과 다름없는 삶을 살았다.

그로부터 45년이 지난 뒤에야 천상병은 혐의 없음으로 무죄 판결을 받았다.

집행의 공정성이 어떤 결과를 낳는지에 대해 법조인들이 냉철한 직업윤리를 갖기를 바라는 마음에서, 필자는 앞서 신랄하게 법원을 비판했던 것이다.

법은 지위 고하를 막론하고 만인에게 평등해야 하며, 집행자나 기득권을 보호하거나 대변하는 수단이 되어서는 안 된다.

법은 조문과 문장으로만 완성되는 것이 아니라, 그것을 집행하는 사람의 양심과 태도에 의해 비로소 살아 움직인다.

아무리 정교하게 만들어진 법이라 하더라도, 집행자의 판단이 비뚤어지면 법은 정의가 아니라 또 다른 폭력이 될 수 있다.

법과 원칙에 따른 공정한 상벌은 국가 기능을 유지하는 기틀이자 나라의 근본을 떠받치는 초석임에도, 법을 조금 배운 설익은 법관들이 편파적인 해석으로 판결을 내리며 국력을 분산시키고 민생을 괴롭히는 현실은 참으로 개탄스럽다.

그 피해는 결국 힘없는 개인에게 돌아가고, 사회 전반에는 불신과 냉소만이 남게 된다.

공인중개사인 필자는 민법은 공부했지만 형법 공부는 깊이 하지는 않았다.

그러나 형법이 사사로운 법이 아니라, 지위 고하를 막론하고 반드시 지켜야 할 공법이라는 것 정도는 알고 있다.

형법은 국가가 행사할 수 있는 가장 강력한 권한을 다루는 법이기에, 그 집행에는 무엇보다 절제와 책임이 전제되어야 한다.

기본적으로 형법의 기능에는 규제적 기능, 보호적 기능, 보장적 기능이 있다.

보호적 기능이란, 형법이 생명·신체·재산·명예·공공의 안전·국가 등 법익을 보호하는 것이며, 법익의 침해 없는 범죄는 존재하지 않는다는 뜻이다.

규제적 기능은 국민에게는 행위 규범이자 의사 결정 기준으로 작용하고, 법관에게는 재판 규범과 평가 규범으로 작용해 행위를 규율한다.

보장적 기능은 국가 형벌권의 한계를 설정해 임의적 형벌로부터 국민을 보호하는 것으로, 이 기본 논리는 반드시 지켜져야 한다.

이 세 가지 기능 중 어느 하나라도 무너질 때, 법은 정의를 세우는 도구가 아니라 억울함을 낳는 장치로 변질되고 만다.

3 귀천은 권력이 아니라 태도가 만든다

필자 역시 어린 시절을 회상하면, 망망대해 일엽편주처럼 막막했던 시간이 있었다.

비슷한 시기에 천 시인과 같은 행색으로 연명하던 기억이 있어 동질감을 느끼며, 힘든 외로움과 그리움에 몸서리치던 사춘기를 떠올리게 된다.

이 「귀천」이라는 시를 처음 접했을 때, 가난하고 힘들었던 지난날이 떠올라서 뜨거운 감정이 북받쳤고, 무지렁이처럼 버텨 온 세월을 되돌아보며 눈시울을 붉혔다.

6개월간의 억울한 옥살이로 정신은 황폐해지고, 몸은 전기 충격으로 평생의 상처를 안게 된 그의 삶은 지금도 깊은 울림을 남긴다.

그래서인지 출소 후 그는 거의 폐인과 다름없는 상태가 되었고, 사회에 다시 적응할 용기를 내지 못한 채 정신마저 급격히 쇠약해져 사회로부터 스스로 고립되고, 삶의 의욕마저 잃어버리지 않았나 싶다.

그처럼 힘겨운 삶을 살았으면서도 그는 누구도 원망하지 않았고, 남을 탓하지 않았으며 인생은 소풍 같은 것이라고 말했다.

그리고 하늘에 가서 "세상은 아름다웠다"고 말하리라 하였다.

"죽지 못해 산다"는 말보다 "개똥밭에 굴러도 이승이 낫다"는 말을 하자.

아침에 사라지는 이슬 같은 인생이지만, 산기슭에서 놀다가 석양이 지고 황혼 노을이 질 무렵 구름이 손짓하면 나는 가리라.

이승에서 저승으로 넘어가는 순간도 삶의 일부이며, 또 다른 의미로 다가오는 영생의 길인지라, 어쩌면 신께서 나만을 위해 마련해 쥬 시간일지도 모른다.

나이가 들었다는 생각이 들면 과한 욕심을 버리고 삶을 즐기며, 과격한 언행을 삼가도록 하자.

남들 앞에 나서지도 말고, 그저 혼자 말을 흘려보내듯 조용히 살아가면 된다.

과하지도 모자라지도 않는 중용은 실천하기는 어렵지만, 모든 사람을 고귀한 성품과 인품으로 대하다 보면 다툼 없고 싸움 없는 세상에서 살아갈 수 있을 것이다.

가끔 뉴스에서 영아를 학대하고 폭행해 죽음에 이르게 하거나, 자신의 무능으로 가산이 기울자 가족에게 폭력을 행사하고 끝내 동반 자살까지 감행하는 일들을 접하게 된다.

이 모두가 업보를 쌓는 행위들이다.

업보라는 개념이 동양에만 있는 것은 아니다.

미국을 비롯한 서양에도 '카르마(Karma)'라는 말이 있으며, 죄를 지으면 언젠가는 그 죗값을 반드시 치러야 한다는 것을 그들 역시 굳게 믿고 있다.

행복하려면 좋은 국가와 건강한 사회를 만드는 조건부터 갖추어야 한다.

그 조건은 서로가 합심해서 억지 부리는 모난 사람들을 배척하고, 불신을 믿음으로 바꾸며, 불평등과 불공정이 없는 사회, 거짓과 기만이 없는 사회, 활기차고 건강한 사회를 만들어 가는 것에 모두 동참해야 한다.

인도네시아 발리 사람들은 일 년 내내 신을 위한 축제를 연다.

집집마다 작은 재단을 짓고 신을 모시며, 동네마다 사원이 있어 산과 나무, 바다와 구름, 별을 숭배하고 한 달이 멀다 하고 감사의 제를 올린다.

그들은 하루에 세 번 기도한다.

아침에는 자신을 위해, 점심에는 가족과 이웃을 위해, 저녁에는 지구에 사는 모든 생명을 위해 기도하며 자연과 살아 있는 모든 것들의 안녕을 빈다.

필자는 특별한 종교는 없지만, 조상님의 은덕으로 힘들었어도 올바르게 살려고 노력해 온 그간의 삶에 감사를 드린다.

유교를 숭배해 온 조선의 후예로서, 강하지만 부드럽고 냉철하지만 관대하며, 이웃과 작은 정을 나눌 줄 아는 따뜻한 할아버지가 되기를 소망해 본다.

족보

인간의 본성

1 뿌리를 떠올리게 하는 죽음

"포레스트 검프"라는 영화를 본 적 있다.

홀로 된 엄마가 불구인 어린 아들을 키우면서 늘 하던 말이,

"Stupid is as stupid does."

"바보처럼 행동하면 바보다."

동네 아이들이 소아마비를 앓고 있는 아들 포레스트를 절음발이, 바보라고 놀리자, 엄마는 아들에게 늘 용기와 자신감을 심어주며 남자는 무엇이든 할 수 있어야 한다고 가르친다.

"너는 불편할 뿐이지 바보가 아니란다."

"바보는 따로 있는 것이 아니라, 바보처럼 생각하고 행동하면 바보가 되는 거란다."

엄마의 헌신적인 희생과 끈기 있는 가르침,

그리고 소아마비를 앓은 본인의 악착같은 의지와 노력으로 포레스트
는 불편한 다리와 나약한 정신을 극복하고 청소년 시절에는 정상인으로
성장하여서 미국 탁구 국가대표 선수가 되고, 월남전에도 참전한다.

영화의 끝부분에서 엄마는 임종을 앞두게 된다.

두 사람의 마지막 대화는 아들이 "엄마, 왜 죽으려고 해?"

그러자 엄마는 조용히 말한다. "아들아, 죽음도 삶의 일부란다."

그 말을 남기고 엄마는 숨을 거둔다.

가끔 누군가의 부고 소식을 들을 때면, 영화의 마지막 장면이 떠오른다.

3년 전, 세상에 하나뿐인 피붙이 형이 명을 달리했다.

형은 똑똑하고 영리했지만, 가난한 집안에서 태어났다.

초등학교만 간신히 졸업하고, 지개 지기 싫다고, 농사도 짓기 힘들다
고, "아버님 전상서"로 시작하는 편지 한 장 남기고 서울로 상경해서 양
복점에서 기술을 배웠다.

사실 형은 중학교에 갈 수도 있었다.

하지만 재수 없게 돼지가 중학교 입학금을 먹어치워 버렸다.

아버지가 돼지우리를 청소하려고 막사 울타리에 돈이 든 조끼를 걸어
두고 일하던 중, 돼지가 감쪽같이 해 치웠다.

혹시나 조끼에 넣어둔 돈이 나오지 않을까 싶어, 사흘 동안 돼지 똥을
살폈지만 이미 소화돼서 흔적조차 보이지 않았다.

법이 정비되지 않았던 70년대 중반까지는 인권이라는 개념조차 떠올
리기 힘든 시절이었다.

기술을 배우는 일은 몹시 어려웠고, 기술자들은 견습공을 혹독하게 때

리며 시도 때도 없이 괴롭혔다.

형도 그 시절, 기술자라는 사람이 마구 휘두른 주먹에 따귀를 맞아서 고막이 터져 버렸다.

그 후 귓속 깊은 곳이 곪았는지 늘 진물과 고름이 흘렀고, 그 병은 끝내 낫지 않아서 평생을 고생했다.

당시 직장이라야 월급은 고사하고 삼시 세끼 밥만 먹여주면 다행이었고, 밤낮없이 혹독하게 일을 해야만 했던 시절에 형이 객지에서 홀로 살아가는 일은 무척 힘들었을 것이다.

타향에서 만난 사람들과의 기 싸움에 지쳤는지, 서럽고 외로워서였는지, 아니면 나쁜 사람들과 어울리다 술을 잘 못 배우게 된 탓인지, 형은 쉰이 넘도록 술에 의지하여 힘든 세월을 견디려 했다.

형은 환경이 좋지 못한 좁은 가내 공장에서 수십 년간 양복을 재단하고 재봉틀을 돌리며 바느질을 해서, 먼지를 많이 마실 수밖에 없는 작업 환경이었다. 당시는 작업 환경이 열악해도 아무도 개의치 않았고, 환풍기조차 없던 시절이라 위생이나 건강 문제 같은 것은 신경 쓸 겨를도, 들어본 적도 없었다.

90년대에 들어서자 더럽고, 힘들고, 어려운 일을 3D 업종이라 해서 기피하는 경향이 생겼고, 폐수를 버리면 환경이 나빠진다고 규제하는 법도 만들어졌다.

아무튼 숨 쉬기조차 힘든 좁은 작업장에서 평생을 일하다가 예순이 넘어서 폐에 섬유종이 생겼고, 그것이 암으로 발전해서 일찍 세상을 떠났다.

장남이었던 형은 늘 친인척들의 안부를 묻고 형제들의 소식을 전했으며, 조상님 제사도 극진히 모셨다.

족보 책을 소중히 여겨 늘 들여다보았고, 필자에게도 하나하나 가르쳐 주었는데, 양반집 자손임이 분명했던 형이 그렇게 우리 곁을 떠났다.

아버지가 돌아가신 뒤 집안 사정은 더욱 어려웠는데, 스물세 살이던 형은 이미 객지에 있었고, 스무 살 된 누나는 동생들을 건사해 준다며 어머니를 꼬드긴 나이 많은 자형에게 떠밀리듯 시집을 가 버렸다.

그 누나 집에서 여섯 달을 눈칫밥 먹으며 학교를 다니던 필자는 버티기 힘들어서 네 살 된 막내와 세 살 터울의 두 여동생, 할머니와 어머니를 단칸 판잣집에 남겨둔 채 간단한 옷가지 몇 개와 책가방 하나 메고 서울 행 완행열차를 타고 상경했다.

한창 클 나이 열다섯 살에 이름 모를 타향 골목을 굴러다니며 끼니 거르기를 밥 먹듯 했지만, 누구 하나 붙잡고 살기 힘들다는 말 한마디 할 곳이 없었다.

어쩌다 한 번씩 찾아오던 형에게도 싫은 소리 한 번 해본 적 없었고, 말대꾸 한 번 한적 없이 형을 따르고 좋아했었다.

어린 나이였지만 세상살이가 힘들다는 것쯤은 알고 있었다.

어렵게 객지 생활을 하던 형이나 시골에서 머슴살이 하시던 부모님을 원망해 본들, 뾰족한 답이 나올 리 없다는 것도 이미 일찍 깨달았다.

꿈과 희망에 찼던 70년대, 형은 돈만 생기면 술로 고단함을 견디려 했지만, 필자는 언젠가는 부자가 될 것이라는 희망에 찬 날을 보냈다.

그렇게 어렵던 시절에 형이 가끔 찾아오면 반가워서 좋았다.

어릴 적엔 몰랐는데 이제 와서 생각해 보면, 맛있는 국밥이라도 한 사발 같이 먹으며 형이 어린 동생을 한 번 안아주었더라면 어땠을까, 하는 생각이 든다.

하지만, 살갑지 못한 성격 탓에 형도 거기까지는 생각하지 못했나 보다.

만약 그때 형이 그런 생각을 할 상황이었었다면 공부를 하거나 사업이라도 하려고 애썼을 것이다.

어렴풋한 기억에, 형이 17살 때 객지로 떠나던 날, 글을 모르던 식구들에게 아버지께서 형이 쓴 편지를 읽어 주실 때 어린 나는 이불을 뒤집어쓰고 소리 죽여서 울었고, 눈물이 뺨 위로 하염없이 흘러내렸다.

“아버지” 라는 혹은 “아빠”라 불러본지, 오래되어서 기억조차 나지 않는다.

어릴 적 화롯불이 있는 온돌방 아랫목에서 흐릿한 등잔불을 켜놓고 큰 소리로 시를 읊듯이 “어사 박문수와 심청전”을 읽으시며 소설 속 이야기를 들려주시던 아버지의 모습이 떠오른다.

아버지는 1920년대에 태어나 어린 시절 일제 식민 치하에서 쌀과 놋그릇을 공출로 빼앗기던 시절이라 끼니조차 제대로 잇지 못하고 자라셨다.

청년기에는 대동아전쟁 통에 일본군에 끌려가기 싫어서 토굴에 숨어 지내며 목숨을 부지하셨고, 해방이 되자마자 곧바로 6·25 사변을 겪으며 또 한 번 죽을 고생을 하셨다.

가진 것이 없었던 탓에 전라도 큰집에서 머슴살이를 하며 가족을 부양하셨다.

70년대 초, 형이 부산 초량 동 공동묘지 인근에 판자대기로 얼기설기 엮어 지은 판잣집을 14만 원에 사면서 온 가족이 대도시로 이사하게 되었다.

아버지는 평생 농사만 지었지 다른 일을 해본 적이 없었는데, 대도시

산업 현장인 도로 공사장에서 남포를 터뜨리는 작업을 하시다가 위장병을 얻어 일찍 세상을 떠나셨다.

전쟁과 기근에 시달리면서도 언제 글을 깨우치셨는지 책을 손에서 놓지 않으셨고, 토정비결 풀이도 잘하여서 주변 사람들의 사주를 봐주곤 했다.

영리한 분이었지만, 시대를 잘못 타고난 것이 그저 안타까울 뿐이다.

조선의 후예답게 가부장적이어서 인자하지는 않았지만, 엄하고 무서웠던 아버지는 두루마기에 중절모를 쓰고 흰 고무신을 신은 채 동백기름을 머리에 발라 멋을 부리셨다.

그런 차림으로 도회지로 나가실 때면 꼭 나를 데리고 다니셨다.

힘든 가장의 소임을 묵묵히 감당하던 아버지는 1972년 여름, 마흔일곱의 짧은 생을 마감하셨고, 그로 인해 우리 육 남매는 힘든 날들을 보내야만 했다.

2 가풍은 양심과 교육에서 만들어진다

어느 해 동짓달, 눈보라가 몹시 휘몰아치던 새벽이었다.

물기 가득한 공장 바닥에 양철로 된 덧문을 깔고 잠을 자려고 누웠는데, 너무 추워서 온몸이 얼어붙는 고통 속에 그만 불붙은 석유곤로를 끌어안고 침낭을 뒤집어쓴 채 잠이 들었고, 침낭에 불이 붙어서 타 죽을 뻔한 적이 있었다.

힘든 세월을 보냈지만 필자는 세상을 비관하거나 부모를 원망해 본 적 없었고, 과거에 얽매여서 절망하기보다 '원망을 희망으로 바꾸고자 노력했다.

객지에서 어린 나이에 구박받고 천덕꾸러기 신세로 온갖 고초를 겪었지만, 애초에 세상살이에는 자신이 있었다.

니체의 말처럼,

"다른 사람 눈치 보지 말고, 어차피 주어진 인생을 최고로 여행하자."

라는 말을 가슴에 새기며 세상살이가 힘들고 어려울 때면 책에서 답을 찾고 지혜를 배우려고 했다.

역시 살면서 맞닥뜨리는 어려움의 정답은 책 속에 있었다.

가진 것 없고 배운 것이 많지 않더라도 나쁜 짓 하지 않고, 남에게 피해 주지 않으며 정직하게 살다 보면 스스로 마음의 위안도 얻게 된다.

살다 보면 누구나 실수를 한다.

옳고 바른 결정을 했다고 자신했지만 판단 착오나 잠깐의 착각으로 바보 같은 행동을 할 때가 있다.

한두 번은 그래 "실수였어." 하고 넘어갈 수 있지만, 양심의 가책 없이 옳지 못하다는 것을 알면서도 욕심이나 본심을 숨긴 채 실수라고 변명한다면, 그 사람의 천성이나 가치관을 의심해 봐야 한다.

이처럼 양심을 속이는 일을 막기 위해서 우리 민법은 알고 고의로 저지른 행위를 "악의"라 하여 엄하게 다스린다.

사람의 행실을 '알고 했는가, 모르고 했는가'는 매우 중요하다.

진정으로 모르고 한 일이라면 "선의"로 보아 법을 해석하는 기준이 달라진다.

경험상 그릇이 큰 대인배에게 실수하면 넉넉한 아량으로 용서라도 받지만, 속 좁은 소인배에게 실수했다가는 어떤 앙심으로 보복 당할지 모른다.

현명한 대인배는 사소한 일은 알면서도 모르는 척 해주는 지혜가 있지만, 속 좁은 소인배는 작은 것 하나까지 트집 잡아 끝까지 따지고 들며 결국 이기고 말든지, 심지어는 다른 양심을 품기도 한다.

사람을 대인배로 키우기 위해서는 유아기부터 부모의 가르침이 중요하다.

인지 발달 과정을 살펴보면, 태어난 지 6개월만 지나도 아이는 엄마가 웃는지, 우는지, 화가 났는지, 옆집 사람과 싸우는지, 친 한지까지도 판단하는 지능을 갖게 된다.

책상 위가 바닥보다 높다는 사실을 인지하고, 가정이 안정되어 있는지도 느끼게 된다.

학교에 들어가기 전 이미 어느 정도 성격과 품성은 형성되고, 그렇게 형성된 인격이나 성품은 일곱 살이 지나면 고치기가 어려워진다.

'세 살 버릇 여든 간다' 는 속담이 있듯이 아이는 부모로부터 배우고, 그 부모는 또 그의 부모로부터 배워서 인격과 인품이 이어지면서 가풍과 가문을 이루게 된다.

그것이 곧 그 집안의 내력이고 품격으로 자리한다.

그러나 안타깝게도 현대인은 가정에서 배우는 인성교육을 등한시한 채, 말도 트기 전부터 경쟁에서 이기게 하겠다는 이유로 학원에 보내고, 온갖 잡다한 매체를 통해서 정당하지 못한 인격을 형성하게 만들고 있다.

그 결과 성인이 되어서도 형편없이 이기적인 품격을 지닌 인간을 만들어 내는 꼴이 되고 말았다.

이처럼 가치관이 무너진 사회에서 공정과 상식, 정의를 무시한 공직자들이 국가적으로 많은 문제를 일으키고 있다.

인격과 품격 없이 부패해 버린 소위 탐관 지도층은 검은 비리에 연루되어 법과 원칙을 무시한 채 국민 위에 군림하여서 지탄을 받고 있는 것이다.

사법고시가 폐지되고 행정고시와 외무고시마저 사라진 지금, 사회 지도층이라 하는 기득권자들이 세습하여서 외교관이나 판·검사 노릇을 해 먹는 세상이 되었는데도, 민초들은 이를 제대로 알지 못한 채, 그들의 감언이설에 속아 후진적인 사회 풍토 조성에 동조를 하고 있다.

이들은 권력을 움켜쥔 뒤 그 직위를 수단 삼아 재물을 탐하고, 자손 대대로 권력과 부귀영화를 누리려고 혈안이 되어 있다.

그러다 보니 법을 자기들 마음대로 고치고, 이를 제지하려는 상대에게는 함부로 악담을 퍼붓고 막무가내로 드러내놓고 나라 곳간을 축내고 있다.

이러한 모순된 권력 카르텔 시스템을 고쳐 나가지 않는다면 나라의 안녕과 융성은 기대할 수 없을 것이다.

이념과 사상을 같이하는 자본주의 사회임에도 정규직과 비정규직, 은행원과 중소기업 노동자 간의 임금 격차는 거의 세 배에 달하고 있다.

이처럼 모순된 임금 체계가 공정하게 정비되고, 노동 강도에 따라서 임금이 합리적으로 정돈되며, 신분 차이가 완전히 사라질 수는 없더라도 인권이 상식선에서 개선될 때, 나라의 앞날도 약간은 희망적이라 할 수 있을 것이다.

예전처럼 서민의 자식이 영국 대사도 되고 외무장관도 되고 판·검사도 되며 장관도 되는, 그야말로 "개천에서 용 나는 세상"이 다시 오기를 희망한다.

정의와 윤리가 사라진 작금의 시대를 보며, 선조들의 마음가짐과 군자로서 마땅히 행해야 할 도리를 상기하면서 조상님들의 삶을 뒤돌아본다.

아울러 도덕과 예를 생각하며, 아직 우리 사회에 남아 있을지 모를 유교 정신과 양반으로 이어져 온 필자의 가문을 소개하고자 한다.

3 족보는 근본을 잇는 기록이다

필자는 양반 가문의 자손으로서 조상의 빛난 얼에 누가 되지 않을까 늘 염려하며 살아왔다.

그래서 어릴 적부터 "가진 것 없고 배운 건 없어도 양심은 속이지 말자"고 다짐해 왔다.

제주 한라산 삼성혈에서 신인으로 솟아난 고을라, 부을라와 함께 맏형 양을라가 전설 속 고·부·량의 시조인데, 이 삼성혈은 지금도 신선이 머무는 곳이라 한다.

주변의 모든 나무들이 삼씨가 태어난 굴을 향해 마치 절을 하듯 가지를 숙이고, 비가 오나 눈이 오나 굴 입구가 젖지 않게 한다고 하니 신비롭기 이를 데가 없다.

탐라국 제주에서 신라에 들어온 서기 668년, 양순이 신라국 한라공에 봉해지며 제주 양씨의 시조가 되었다.

양순의 자손 가운데 고려 시대 지방 호족으로 유격장군을 지낸 遊擊公派(유격공파) 양보숭 공이 있고, 그의 11세 손이며 조선 중기 기묘사화에 연루되어 관직을 버리고 낙향해서 학포당을 세우고 후학 양성에 평생을 바친 학포 양팽손의 17세 손이 바로 필자인 正岩 梁泰承이다.

그러므로 필자는 신라가 나라를 세우기도 전인 단군 시기에 지금의 제주도에 탐라국을 세운 왕의 피를 물려받은 왕손이 분명하다.

"그래서 살아생전 어떠한 유혹에도 흔들리지 않겠다는 다짐으로 지금까지 곧게 살아왔다."

요즘 시대에 무슨 족보를 따지느냐, 조선 시대도 아닌데, 라고 말할지 모르지만 천만의 말씀이다.

하물며 강아지도 족보를 따지는데, 사람의 근본인 조상의 뿌리가 없다면 짐승만도 못한 사람이 된다는 말이 결코 과장이 아니다.

인간의 근본인 양심과 도덕을 유대인처럼 5천 년 전부터 랍비의 가르침으로 전해 온 것도 아니고, 공자의 유교 교리로 인과 예를 어려서부터 바르게 가르친 것도 아니며, 서양처럼 지켜야 할 사회적 에티켓이 확립된 것도 아니고, 신을 두려워하여 "인샬라" '신의 뜻대로'를 입에 달고 사는 힌두교도들도 아닌 우리 사회에서 오직 생존과 투쟁만을 가르쳐서야 어찌 사람답게 살기를 기대할 수 있겠는가.

그것은 애초에 불가능한 일이다.

대가족이 모여 살며 조부모에게 예의범절을 배우던 전통마저 사라진 현실에서, 그나마 인간의 뿌리라 믿어 온 족보마저 무시해 버린다면 무엇을 근본으로 삼아 사람답게 살 수 있겠는가.

필자는 전라남도 화순 능주 땅에서 태어났다.

학포 할아버지의 피를 물려받아 글도 좀 쓰고 그림도 조금 그리며, 성질은 급하고 불의를 보면 참지 못하는 성격이다.

대쪽같이 곧고 공과 사를 분명히 하며, 한 번 마음먹으면 끝을 보고 마는 성품을 지닌 선비다운 면모로 나름의 가치관과 철학적 기준을 지키며 살고자 해왔다.

족보를 논하고 가문을 내세우는 것이 시대에 뒤떨어졌다고 할지 모르지만, 필자는 그렇게 생각하지 않는다.

인간의 근본은 시대와 무관하며, 올바른 인격이 형성되어야 우리가 살아가는 공동체의 질서 또한 평온하게 유지될 수 있기 때문이다.

양반의 가치와 가문의 전통은 빛나는 보석과도 같아서 돈으로 살 수 없는 것이며, 악의와 불의와는 추호도 타협할 수 없다.

그것은 조상님 또한 협조하지도, 용서하지도 않을 것이다.

사람은 사람답게 예의를 지키고 행동을 바르게 하며 양심을 속이지 말아야 한다.

국가와 사회에 도움이 되도록 살아야 하고, 다툼이 있을 때에도 선의로 대하며 언성을 높여 싸우지 말고 타협하는 것이 양반의 도리이다.

"매사에 진중해야 하며 작은 이익에 양심을 팔지 말고, 약자를 괴롭히지 않으며 강자의 권력에 아부하지 말고 불의에 맞서야 한다."

"필자는 윗대 할아버지에 비하면 많이 부족하나, 가문의 피를 물려받아 유교를 숭상하고 학문과 덕을 배우며 양심에 어긋나는 행동은 하지 않으려 애써 왔다."

항렬이라 하여서 씨족의 위계를 알기 쉽게 하기 위해 돌림자를 쓰는데, 필자는 '승' 자를 쓰고 아버지는 '회', 할아버지는 '재', 그 윗대로는 '상·묵·동·열' 자를 순서대로 대를 이어왔다.

요즘은 돌림자를 쓰지 않고 부르기 쉬운 이름을 선호해서 가문과 족보를 구별하기가 점점 어려워지고 있는데, 서양에서도 '주니어(junior)'라는 명칭을 사용하는 만큼 돌림자 정도는 지키고 싶지만, 시대의 흐름상 어낄 수 없음이 안타까울 뿐이다.

가문과 족보를 소홀히 여겨 방치해 퇴색시킨다는 것은 뿌리와 근본 없이 말과 행동을 함부로 하고, 이권 앞에서는 부모와 형제까지 속이겠다는 심사로 여길 수 있다.

요즘 재산이 조금 있는 집안에서는 상속 문제로 형제 간 다툼이 심해 서로 얼굴조차 보지 않고 사는 경우가 있다.

이런 현실을 외면하지 말고 조금이라도 개선하려면 평소 친족과 형제 간의 유대를 강화하고 집안의 전통을 살리며, 가문의 역사와 가풍을 배우고 조상의 얼을 기리는 것이 필요하다.

족보를 중시하고 예의범절로 자식 된 도리를 다하며 부모를 섬기는 효를 근본으로 삼고, 형제간의 우애를 학교와 가정에서 잘 가르치기를 바란다.

학포 선생은 전라도 능성현 출신으로 어려서부터 고을에 신동으로 알려졌다.

일곱 살 때 이 고을을 순시하던 전라감사가 학포에게 "천지일월"이라는 제목으로 시를 지어 보라고 하자, 바로 그 자리에서

"천지는 나의 도량이요, 일월은 나의 밝음이 된다."

라고 답하셨다.

이에 전라감사는 훗날 용문에서 크게 이름을 떨칠 것이라 칭찬했다고 전해진다.

학포는 중종 시대 명신으로 병조판서를 사직하고 고향 장성에 관수정을 짓고 문인을 배출한 송 흠 문하에서 학문을 연마하였으며, 스물두 살

에 문과에 급제하여 이조정랑과 홍문관 교리를 역임하였다.

靜庵 趙光祖와 성균관에서 맺은 인연으로 뜻을 같이한 행동하는 지식인이기도 했는데, 정암 조광조는 학포에 대해,

"더불어 이야기하면 마치 지초나 난초의 향기가 그에게서 풍기는 것 같고, 기상은 비 온 뒤 갠 가을하늘이요, 얇은 구름이 걷힌 뒤의 밝은 달과 같아 인간의 욕심을 초월한 사람 같다." 라고 묘사하였다.

또 학포는 사후 300년이 지나서 이조참판이라는 벼슬과 혜강(惠康)이라는 시호를 받았는데, 부지런하고 사욕이 없었으므로 '혜(惠)'라 하고, 연원이 유통하므로 '강(康)'이라 하였다.

일관된 삶의 태도와 곧은 성품으로 학포 선생이 죽은 지 300년이 지나서도 많은 이들이 잊지 않고 칭송하는 조상을 둔 필자가 어찌 거짓과 불의에 타협할 수 있겠으며, 정의롭지 못하고 바르게 살지 않을 수 있겠는가.

정암 조광조는 조선 중종 때 시대를 앞서간 개혁 사림파의 수장이었고, 정2품 사헌부 대사헌을 지낸 선생의 아호이다.

필자는 뜻이 다른 조정 '廷'에 바위 '岩' 자를 쓴다.

김해에서 철학관을 하시던 숙부께서 지어 주셨는데, 본래 이 아호라는 것은 ㄱ 사람을 잘 아는 이가 성품과 됨됨이를 보고 걸맞게 지어 주는 것이 전통이다.

뜻을 세우고 바위처럼 흔들리지 말라는 의미로 지어 주신 것 같고, 별것 아니고 말을 앞세우긴 해도 결국 해내는 모습을 보고 잘해 보라며 지어 주셨다.

정암 조광조 선생은 성균관에서 학포 양팽손과 함께 공부하였으며, 정

암 선생은 진사에 장원 급제하였고 학포 선생은 생원시에 급제하였다.

또 학포는 생원시에 합격한 뒤 6년 후 문과 갑과에 급제하여 현량과에 발탁되었다.

정암 조광조는 학포보다 여섯 살이 많았는데, 당시 성균관에는 유생이 대략 200여 명 수학하고 있었다고 한다.

유생들이 학포가 전라도 능성현에서 올라온 시골 출신이라 촌놈이라고 놀리고 괴롭혔던 모양이다.

그러자 정암 선생이 유생들을 꾸짖으며 학포는 글과 그림을 잘 그리는 수재이니 함부로 대하지 말고 잘 도와주라고 편을 들어주었다고 한다.

그렇게 사람을 볼 줄 알았던 정암 조광조는 이후 학포와 둘도 없이 가까운 사이가 되었으나, 기묘사화에 연루되어 귀향을 가게 되었다.

"극형을 내릴 때 역적을 편드는 자는 삼족을 멸하겠다"는 어명에도 불구하고, 학포는 정암은 죄가 없다며 세 차례나 임금께 상소하여 간청하였다.

그러나 결국 정암은 전라도 능성현 쌍봉사로 귀향을 가게 되었고, 임금이 대노하였는지 귀향한 지 채 한 달도 되지 않아 사약이 내려졌다.

기묘사화를 간략히 요약하면, 연산군의 폐정을 개혁하고 성균관을 증수하며 미신을 타파하고 향약을 시행하고, 유익한 서적을 국가가 간행·반포하며, 현량과를 설치해 유능한 인재를 등용하여 정치에 새바람을 불어넣자는 조광조의 개혁정책과 이를 반대하는 보수 훈구파의 갈등에서 비롯되었다.

요즘과 비슷하게 공천을 받아 함부로 날뛰며 나라를 어지럽히는 간신들이 당시에도 많았는데, 공로 없이 공훈을 받은 공신 76명의 작위를 삭

탈하고 전답과 노비를 국가에 귀속해야 한다고 주장한 정암 조광조가 상소를 올리자, 반대한 훈구파와 개혁파 사이에 격렬한 싸움이 벌어졌다.

급진 개혁이 임금의 권위마저 압박한다고 느낀 임금은 훈구파의 음해에 넘어가 '주·초·위·왕'이라는 글자를 나뭇잎에 꿀로 써 벌레가 갉아먹게 한 뒤, 이를 보여준 훈구파의 수장인 왕의 장인이 장차 조 씨가 왕이 될 것이라고 고하자 의심을 품게 되었다.

그 결과 "조광조는 나라를 어지럽히고 왕이 되려는 역적이니 죽이라"는 결론에 이르렀고, 기묘사화는 왕비의 부친이 속한 훈구파의 승리로 끝이 난다.

영의정을 지낸 정암 조광조가 귀향을 가게 되자, 의리의 사나이 학포 양팽손은 모든 벼슬을 버리고,

"이까짓 벼슬해서 뭐 하겠는가"라며 정암이 귀향한 전라도 능성현으로 낙향해서 죽어가는 친구의 벗이 되었다.

둘이 매일 격론을 나누던 중 정암이 사약을 받고 죽자, 임금의 엄명을 무릅쓰고 시신을 거두어 장례를 치러주었다.

정암 조광조의 문중은 경기도 용인에 있었는데, 사약을 받은 역적의 시신을 수습하는 자는 삼족을 멸한다는 어명이 있었기에 아무도 시신을 거두려 하지 않았다.

이에 선조 학포께서 훗날 용인 조씨 문중의 후손들에게 시신을 인계하였는데, 당시 조광조의 나이는 38세, 학포 나이는 32세로 목숨을 건 두 사람의 우정이 얼마나 깊었는지 짐작할 수 있다.

귀향한 지 불과 한 달도 채 되지 않아 사약을 받은 정암은 시 두 수를 지어 학포에게 전한다.

현재까지 잘 전해지고 있는 조광조의 능성 「적중시」이다.

"누가 활 맞은 새와 같다고 가련히 여기는가.

내 마음은 말 잃은 마부 같다고 쓴웃음을 짓네.

벗이 된 원숭이와 학이 돌아가라 재잘거려도

나는 돌아가지 않으리.

독 안에 들어 있어 빠져나오기 어려운 줄을 어찌 누가 알리오."

젊은 생을 마감하며 지은 「절명시」는 참으로 더 애달프다.

"임금 사랑하기를 아버지 사랑하듯 하고

나라 걱정하기를 내 집 걱정하듯 하였네.

하늘이 이 땅을 굽어보시니

내 일편단심 충심을 밝게 비추리."

어쩌면 이리도 이 나라를 걱정하는 필자의 심정과 같을까.!

이 시는 학포의 고향이자 내 고향인 능주 남정리 애우당에 걸려 있다.

사약을 두 손으로 받으면서 학포가 조금 늦게 방 안으로 들어오자,

"양공, 어찌 이리도 늦게 사 오시나이까.

태산이 무너지는가, 양주는 꺾이는가, 철인은 시드는가.

양공, 신이 먼저 갑니다." 하고 사약을 마셨다고 한다.

그 광경을 목격한 학포는 서른두 살의 청춘에 벼슬을 버리고 학포당이
라는 서당을 짓고 후진 양성에 매진하였다.

이후 조정에서 높은 벼슬을 주겠다며 거듭 불러도 응하지 않았고, 그림과 학문에 전념하였다.

그 뒤 여러 차례 관직을 제수 받았으나 사양하였고, 1544년 김안로가 죽자 어쩔 수 없이 떠밀려 그 자리 용담현령으로 잠시 부임하였다가 이듬해인 1545년 쉰여덟의 나이로 운명하였다.

학포 선조의 성품을 물려받은 필자 또한 비 온 뒤 갠 하늘처럼 맑고 푸른 청명한 마음가짐으로 살고자 한다.

의리와 용기를 지니고 언행이 일치했으며, 모든 면에서 재주가 빼어나고 정의로웠던 학포는 총명한 학자였을 뿐 아니라 뛰어난 화가이기도 했다.

그가 그린 산수화는 당시는 물론 조선시대를 통틀어 매우 빼어났다.

저서로는 『학포 유집』 2권이 있으며, 그림으로는 국립중앙박물관에 산수도가 소장되어 있고 일본에 두 점이 더 남아 있다고 하는데, 학포의 작품이라는 확실한 진위가 있음에도, 작가를 특정할 수 없다. 는 일본 측의 억지 주장으로 아직 국내에 들어오지 못하고 있어서 안타깝기 짝이 없다.

조상님의 이 빛나는 유산이 하루빨리 환수되기를 바라는 마음 간절하다.

명심보감

사람은 어떻게 살아야 사람답게 사는가

1 태어났다고 사람이 되는 것은 아니다

"위선자는 천지 이복하고, 위불선자는 천지위화니라."

선을 행한 자에게는 하늘이 복을 내리고, 악을 행한 자는 하늘이 벌로 갚아준다는 뜻이다.

이는 남이 볼 때만 착한 척하고, 보지 않는다고 해서 나쁜 짓을 해서는 안 된다는 유교적 가르침이다.

만약 사람이 숲에서 태어나 늑대와 함께 생활하며, 늑대에게서 생존과 소통의 방법을 배웠다면 그는 늑대와 같은 생각과 행동을 하며 살아갈 것이다.

마찬가지로 인간 역시 본능은 동물이지만, 부모로부터 언어와 행동을 배우고 성장하는 과정에서 영향을 받아 언행과 가치관이 형성되고, 하나의 인격체로 완성되어서 세상을 살아가는 것이다.

천수답에 의존해서 농사를 지으며 스무 가구 남짓이 외부 접촉 없이 옹기종기 모여 살던 시대에는, 조부모로부터 전해 내려오던 생활방식만 익혀도 평생 살아가는 데에는 큰 불편이 없었다.

생각과 사고가 단순해도 삶은 유지될 수 있었고, 공동체는 비교적 안정적으로 유지되었다.

그러나 현대 사회는 온갖 매체가 난무하고 정보가 넘쳐나며, 전 세계의 고유한 전통문화가 빠르게 사라지고 서로 뒤섞여 희석되고 있다.

지구촌은 하나의 마을처럼 연결되어 정보와 생활방식, 식재료까지 공유하는 시대가 되었다.

그 결과 개인의 성격 형성과 가치관은 사람마다 제각각 변형되었고, 정상과 비정상의 경계마저 흐려졌다.

윤리가 희미해진 사회에서는 옳고 그름의 기준이 모호해지고, 범죄를 저지르고도 양심의 가책을 느끼지 못하는 일이 벌어진다.

세상 물정도 제대로 모른 채 제멋대로 형성된 인격으로 오직 자신의 이익만을 추구하며, 경우와 도리마저 갖추지 못한 이들이 거리낌 없이 설치는 현실을 조금이라도 순화하고자 이 장을 서술한다.

그래서 오래전 성현들의 가르침을 다시 떠올리며 인간으로서 지키고 살아야 할 두리를 한 줄이라도 배우고자 명심보감을 전하고 싶은 것이다.

2 무너진 기준과 윤리

갓 태어난 아기를 언제부터 사람으로 볼 것인가에 대해서는 의견이 분분하다.

어떤 학자는 대소변을 가릴 수 있을 때부터 사람이라 하고, 우리 민법에서는 태아에게도 상속권을 인정하여서 사람으로 규정한다.

그러나 필자의 생각은 다르다.

태어났다는 사실만으로 사람이 되는 것이 아니라, 인간다운 행실을 하고 사람으로서 구실을 할 때 비로소 사람이라고 부르고 싶다.

성인이 되어서도 윤리와 도덕을 모르고 예의가 없으며, 인격을 갖추지 못한 채 자신이 마음 내키는 대로 행동하고 아무 말이나 내뱉어서 남에게 상처를 주고, 배려와 절제 없이 쾌락만을 쫓는다면 그 모습은 약육강식이 본능인 동물의 삶과 크게 다르지 않을 것이다.

'개보다 못하다'는 말은 바로 이러한 행태를 두고 한 말일 것이다.

현재 대한민국의 이혼율은 사회적 문제로 대두되고 있다.

전문가들에 따르면 상당수의 부부가 평생을 함께하지 못하고 갈라서는 현실이 너무 많아서 결코 가볍게 넘길 일이 아니다.

이 일련의 사태들로 인해서 급격한 가족해체와 핵가족화는 수천 년 이어져온 조부모 세대의 삶의 방식과 미풍양속은 자연스럽게 전해지지 못하게 되었다.

맞벌이 부부가 늘어나며 가정교육은 소홀해졌고, 입시 위주의 교육과 사교육은 아이들에게 인격을 함양할 기회조차 충분히 주지 못하고 있다.

그 결과 '공부만 잘하면 된다'는 경쟁 위주의 환경 속에 성장한 아이들은 인성과 도덕, 사회성이 무엇인지 배울 기회를 잃은 채 사회로 나가고 있는 것이다.

이러한 모순된 상황의 여파는 가정을 넘어 사회와 국가 전체로 확산되고 있어 사회 전반의 불신을 키우고, 서민 생활마저 위협하는 요인이 되고 있다.

이 같은 상황에서 사회정화에 앞장서 중재를 하고 방향을 제시해야 할 언론마저 갈등을 부추기는 듯한 모습을 보일 때가 있어 더욱 안타깝고 우려스러운 것이다.

노사 갈등, 정규직과 비정규직의 갈등, 갑과 을의 갈등, 세대 간 갈등, 남녀 간 갈등, 나아가 형제자매와 부모·자식, 부부 간 갈등까지 사회 전반에 불신이 확산되고 있어 마음 편할 날이 없다.

부모를 공경하기는커녕 재산을 두고 형제끼리 원수가 되는 일까지 벌어지는 현실을 보면서 조금이라도 사회가 나아지기를 바라는 마음으로 이 책을 쓴다.

내용이 다소 직설적으로 느껴질 수 있더라도, 너그럽게 이해해 주시기 바란다.

특히 걱정되는 것은 최근 언론을 통해 접한 캐나다 일부 지역의 현실이 많은 시사를 주는데, 사회가 흔들리고 민생이 무너지면서 노숙자와 마약 문제로 고통 받는 모습을 볼 때 남의 이야기 같지가 않아서이다.

이러한 상황을 타산지석으로 삼아, 우리 역시 부모 세대가 1970년대에 가졌던 성실하고 절박한 심정으로 어려움을 극복하였듯이 전화위복의 계기로 삼았으면 한다.

경제적으로 풍족하다고 해서 반드시 잘 사는 것은 아니다.

물질이 정신을 지배하는 시대일수록, 부끄럽지 않게 행동하고 양심을 지키며 선한 마음으로 약자를 배려하고 불의에 맞설 수 있는 용기, 그리고 맡은 일을 성실히 수행하는 태도가 진정으로 잘 살아가는 삶일 것이다.

우리가 사는 이 시대에 존경하고 따르고 싶은 어른이 흔치 않다는 사실은 참으로 안타까운 일이다.

근세에 들어 이념 갈등이라는 이름으로, 존경받아 마땅한 선조들마저 업신여기고 무시하는 풍조는 후대를 위해서라도 스스로 자중해 주기를 바란다.

세계에서 가장 과학적이고 훌륭한 문자로 평가받는 한글을 창제하신 세종대왕, 열두 척의 배로 왜군 함선 삼백여 척을 물리친 해전 사상 최고의 성웅 이순신 장군, 대한민국의 초석을 다지고 선진국으로 나아갈 발판을 마련해 준 박정희 대통령, 그리고 그 밖에도 빛나는 업적을 남긴 수많은 선인들이 계신다.

그분들의 헌신과 희생 덕분에 우리는 오늘날 경제 대국을 이루고, 비교적 풍요로운 시대를 살고 있다.

그럼에도 불구하고 우리의 마음은 늘 허전하고, 무엇인가 채워지지 않는 불안 속에서 좌불안석으로 살아가고 있는 듯하다.

흉년이 들어 기근에 시달리는 시대도 아니고, 외적이 쳐들어와서 재물을 약탈하고 삶을 유린하던 시대도 아니며, 일제의 식민 지배 아래 놓인 시대도 아닌데 우리는 왜 이토록 부족함을 느끼며 끝없이 무언가를 채우려고만 하는지 알 수가 없다.

분명한 사실 하나는, 옆집이 나보다 더 잘 먹고 잘산다고 하는 오산이다.

남과 비교하며 나보다 잘되는 꼴을 보지 못하는 마음, 그것은 시기와 질투라는 병이며 동시에 과욕이라는 병이다.

이는 아무리 채워도 채워지지 않는 만성병으로, 마음을 돌보는 교육을 받거나 세월이 흘러 나이가 들어서야 조금씩 가라앉을지 모른다.

그나마 도움이 되는 처방이 있다면, 마음을 치유하는 독서를 하거나 욕심을 내려놓고 여행을 떠나고, 자연 속에 머물며 무엇이든 혼자서 삶을 즐길 줄 아는 법을 익히는 일일 것이다.

"지혜로운 자는 가난해도 즐거워하고, 어리석은 자는 부자여도 걱정한다."

이 말은 이미 천 년도 훨씬 전에 당나라 유학을 다녀온 최치원 선생이 남긴 말로, 그 뿌리는 그보다 앞선 노자의 가르침에 있었다.

이를 신라 말기의 썩어 빠진 진골 귀족과 탐관오리들에게 경종을 울리고자 전한 말이었을 것이다.

학교를 졸업하고 나면 책을 읽거나 공부하기를 꺼리게 되는 이유는, 아마도 스스로 믿는 것이 생겼기 때문이다.

손에 쥔 스마트 폰을 몇 번만 두드리면 세상의 온갖 정보가 쏟아지고, 인공지능에게 물어보면 곧바로 답을 얻을 수 있는데, 굳이 노력하여 책을 읽고 강의를 들을 필요를 느끼지 못하는 것이다.

그러다 보니 보고 들은 잡다한 정보가 세상의 전부가 되고, 그것이 곧 지식이자, 상식이라고 착각하게 된다.

그렇게 자만에 빠진 무지는 사심과 결합해서 스스로를 정당화하고, 어느새 자신이 생각하는 것이 옳다고 믿는 틀 속에 갇혀 버린다.

이처럼 갈등과 욕심으로 사회 질서가 흐트러지고 개인의 삶이 피폐해질 때, 이를 극복하고 채울 해답은 이미 이천오백여 년 전부터 전해오는 훌륭한 스승들이 남겨놓은 책에 있다.

그래서 그들의 책을 읽어 마음의 양식을 쌓고, 가슴에 새겨 사람의 도리를 지키며 품격 있게 살아가려는 노력이 필요한 이유이다.

세상을 처음 접하는 영·유아 시기의 교육은 무엇보다 중요하다.

되는 것과 안 되는 것을 분명히 가르치고, 허용되는 것과 허용되지 않는 것을 명확히 알려야 한다.

이는 부모가 모범적인 행실을 통해 습관으로 보여 주어야 하며, 솔직함과 착함을 몸소 실천함으로써 첫 번째 교육자로서의 역할을 다해야 가능하다.

맹자 어머니가 아들의 교육을 위해 세 번이나 이사했다는 '맹모삼천지교'는 오늘날 극성스러운 교육열이나 치맛바람이라고 비판받을지 모른다.

그러나 맹자 어머니가 과연 아들의 출세와 높은 벼슬만을 바라고 그토록 애를 썼을까, 아니면 사랑하는 아들이 예의 바르고 성실한 삶을 살기를 바랐을까를 다시 생각해 볼 필요가 있다.

처음 맹자의 집은 공동묘지 근처에 있었다.

어린 맹자는 상여 메는 흉내와 곡하는 시늉을 하며 놀았고, 이를 본 어머니는 아들의 미래를 걱정해서 시장 근처로 이사했다.

그러나 그곳에서도 맹자는 상인 흉내만 내며 놀았다.

마침내 공자를 모신 사당과 서당 근처로 이사하자, 맹자는 제자들이 예를 갖추어 제례를 지내는 모습을 보고 이를 따라 공부하며 글을 익히게 되었고, 어머니의 가르침을 몸에 새기며 대학자로 성장했다.

이는 아이가 자라는 환경이 얼마나 중요한지를 보여 주는 분명한 교훈이다.

아이의 감성은 스펀지와 같아서 보고 듣는 것을 그대로 흡수하므로, 부모라면 깊이 새겨볼 필요가 있다.

한국은 오랫동안 경제 성장 일변도의 정책 속에서 우수한 인재를 선발해 산업 현장에 투입하는 교육 시스템을 유지해 왔다.

그 결과 암기 위주의 교육과 과도한 경쟁이 지속되었고, 성적이 우수한 사람만이 출세하는 구조가 굳어졌다.

이 과정에서 교육은 사람을 기르는 본래의 목적을 점차 잃어갔다.

이러한 교육 제도는 시험 점수로만 우열을 가릴 뿐, 사회에 필요한 인성과 책임감을 충분히 길러 주지 못한다.

이 같은 풍토는 결국 이기적인 인간을 양산하고, 학생과 부모 모두를 지치게 하며, 국가적으로도 큰 손실을 남긴다.

공교육은 앞장서서 예의범절과 도덕을 가르치고, 사람으로서 지켜야 할 도리와 사회 구성원으로서 해야 할 일과 하지 말아야 할 일을 분명히 가르쳐야 한다.

그러나 현실은 여전히 입시 위주의 전근대적 암기 교육에 머물러 있어 개선이 절실하다.

잘못된 교육 제도는 결국 예의 바르고 선한 국민의 자유를 억압하고, 삶을 수많은 법과 규제로 옥죄게 만든다.

그 틈을 타 불법을 저지르고도 목소리만 큰 사람들이 세상을 흔들게 되면, 국민은 저급한 지배 속에서 일상의 행복을 조금씩 잃어가게 된다.

매체를 통해 접하는 소식들 속에서, 큰 잘못을 저지르고도 처벌받지 않는 이와 사소한 잘못에도 가혹한 잣대를 들이대는 현실을 보며, 우리 사회는 '정당함'이 무엇인지조차 흐려지고 있다.

양적 경쟁 위주의 교육을 질적 성장을 위한 교육으로 바꾸기 위해서는, 국민의 삶의 수준에 걸맞은 교육 제도 개편이 반드시 필요하다.

그럼에도 이를 실천하려는 정책적 의지가 부족한 현실이 안타깝다.

이에 유교를 신봉했던 선조들이 삶의 지표로 삼고 수양서로 읽었던 『명심보감』 가운데서, 선한 본성과 인간으로서의 인격, 그리고 사람이 행할 도리의 가치를 되새기고자 몇 구절을 인용하려 한다.

도서출판 명문당에서 출판된 장기종 박사 편저의 『명심보감』 일부를, 우리 선조들이 삶 속에서 실천하고자 했던 유교적 도덕과 예의범절의 가치로 삼고자 했던 숭고한 말씀을 전하고자 한다.

아울러 독자들께서 고전을 가까이하며 많이 읽어 보시기를 바라는 마음이다.

"선한 일은 아무리 사소해도 이를 행하고,

악한 일은 아무리 사소해도 이를 행하지 마라."

선을 보거든 목마를 때 물을 본 듯 즉시 행하고, 악한 말을 들으면 귀머거리처럼 모른 척하라.

착한 일은 마땅히 탐내어 행하고, 악한 일은 절대로 즐기지 말라.

남에게 은혜를 넓게 베풀어라. 살다 보면 어디선가 다시 만나게 된다.

남에게 원수와 원한을 맺지 마라. 좁은 길목에서 마주치면 피하기 어렵다.

평생토록 선을 행해도 선은 늘 부족하지만, 단 하루의 악행은 오래도록 남는다.

재물을 많이 쌓아 자손에게 물려주어도 반드시 잘 간직할 수 있는 것은 아니며, 책을 많이 쌓아 물려주어도 모두 읽게 할 수는 없다.

그러니 차라리 남모르게 덕을 쌓고 은혜를 베푸는 것이 자손을 위하는 더 나은 계책일 것이다.

하늘의 도리를 따르라는 뜻으로 우리는 하늘의 뜻에 따라 태어났다.

하늘에 순종하는 사람은 살고, 하늘에 거역하는 사람은 망한다.

혹여 악한 짓을 하고도 이름을 떨치며 잘 사는 듯 보이는 경우가 있다 하더라도, 비록 사람들이 나서서 벌하지 않는다 해도 하늘의 이치는 결국 그를 그냥 두지 않는다.

오이를 심으면 오이를 거두고, 콩을 심으면 콩을 거둔다.

이를 "인과응보"라 한다.

선에는 선의 결과가 열리고, 악에는 악의 결과가 여물게 마련이다.

인간의 삶과 죽음, 부귀와 빈천 또한 하늘의 뜻에 매여 있다.

모든 일에는 각자에게 주어진 분수가 있으니, 뜬구름 같은 인생이 공연히 안달을 떨 필요는 없다.

나를 낳고 길러주신 어버이의 은혜는 하늘보다 높고 바다보다 깊다.

아무리 갚아도 부족하니 감사하고 보답해야 마땅하다.

아버지는 생명의 씨를 뿌리셨고, 어머니는 나를 몸으로 길러주셨다.

부모님께서 나를 낳고 키우시느라 참으로 수고하셨다.

효자가 부모를 섬길 때에는 평상시에는 공경을 다해 모시고, 음식을 올릴 때에는 즐겁게 드시도록 하며, 병환 중에는 진심으로 걱정하고, 상례를 치를 때에는 애도를 다하고, 제사를 모실 때에는 지성을 다해 엄숙히 해야 한다.

사악한 마음이란 이기적으로 동물적 탐욕을 채우려는 데서 비롯된다.

대장부는 마땅히 남을 용서할지언정, 남에게서 용서를 받아야 할 처지에 놓여서는 안 된다.

내가 크다고 작은 사람을 천대해서는 안 되며, 남의 허물을 보고 듣더라도 함부로 입에 올리지 말아야 한다.

나에게 잘 보이려 아부하는 자는 멀리하고, 나의 잘못을 나쁘다고 말해 주는 이는 스승으로 삼아야 한다.

공자께서는 젊을 때는 여색을 경계하고, 장성해서는 싸움을 경계하며, 늙어서는 혈기가 쇠하니 탐욕을 경계해야 한다고 하였다.

군자는 취중에도 말이 가벼워져서는 안 되며, 대장부는 재물보다 대의를 앞세워야 한다.

술에 취해도 말이 적어야 참된 군자요,

재물에 대한 경계가 분명해야 사내대장부라 할 수 있다.

족한 줄 알면 삶을 즐길 수 있으나, 탐욕을 부리고 채우려 들면 근심과 걱정이 생긴다.

만족할 줄 아는 사람은 가난하고 천해도 즐겁게 살지만, 만족을 모르는 사람은 부귀를 누려도 늘 걱정 속에 산다.

명심보감을 읽고 마음에 새기며 살았으면 하는 말들 가운데, 특히 마음에 남는 몇 구절을 추려 적었다.

하나님이 세상 만물을 창조하실 때조차 완전하지 않게 만드셨다고 한다.

나 역시 육십 평생을 완전해지려 애쓰며 살았지만, 매일이 불안했고 남에게 일을 맡겨도 혹시 그르칠까 염려했으며, 내일 닥칠 일을 미리 걱정하며 마음 졸이면서 살아 왔다.

그러나 신이 인간을 미완성으로 만들었다는 사실을 이제야 조금 이해하게 되었다.

근심과 걱정은 욕심에서 비롯된다.

욕심을 내려놓고 즐겁게 살기로 마음먹었다.

이 밖에도 "바르고 착한 마음을 항상 간직하라.",

"남에게 성질부리는 일을 삼가라."와 같이 살아가며 실천해야 할 주옥 같은 가르침이 많으니, 『명심보감』을 꼭 한 번 읽어 보시기 권한다.

인간도 동물이다. 그러나 인간의 존엄성을 높이고 인류를 빛나게 하는 것은 바로 학문이다.

파블로프는 동물 실험을 통해서 인간과 동물의 본성을 연구했다.

조건반응 실험에서 개에게 먹이를 주기 전 종소리를 반복해 들려주자, 나중에는 개가 종소리만 들려주어도 먹이를 기대하며 침을 흘리게 되었다.

인간 역시 동물과 마찬가지로 가르침 없이 방치하고, 학습하지 않으며 배우려는 노력을 멈춘다면, 결국 본능에만 지배되는 존재로 남게 될 것이다.

공부와 수양은 누구도 대신해 줄 수 없는, 오롯이 나 자신이 해야 할 몫이다.

저마다 하늘이 내려준 숭고한 정신과 어진 심성을 계발하고 발전시키기 위해, 우리는 스스로를 단련하며 끊임없이 배우고 수양해야 한다.

선한 마음과 악한 마음은 인간의 본심 속에 늘 함께 자리하고 있다고 한다.

나쁜 마음을 품으면 행동 또한 나쁘게 흐르고, 옳고 바른 마음을 품으면 자연스레 선한 행동으로 이어진다.

그러나 개인마다 인성과 지성의 깊이가 다르기에, 옳고 그름의 판단이 흐려지고 갈등이 생기기도 한다.

복잡하고 다양한 갈등이 표출되는 현대 사회에서 가장 큰 문제는 집단이기주의다.

옳지 않다는 것을 알면서도 자신들에게 불리하거나 손해가 된다고 판단되면 억지를 부리고, 말이 되지 않는 논리로 항변하며 투쟁하는 일이 빈번하게 벌어진다.

이러한 사회 갈등은 대학자들의 가르침으로 풀어 가는 것이 가장 바람직하겠지만, 그것마저 여의치 않을 경우에는 결국 정부의 역할, 즉 지도자의 도덕적 결단과 공정하고 형평성 있는 법 집행이 문제 해결의 열쇠가 되어야 한다.

그러나 소위 국가 지도자라 불리는 이들 가운데 범죄자가 적지 않다는 현실을 마주할 때마다, 나라의 앞날이 심히 걱정스럽다.

인간의 선한 마음이 먼저 자리해야 하늘의 뜻을 따를 수 있기에, 이러한 문제에 더욱 역점을 두고 명심보감을 통해 마음을 정화하며 공정하고 정의로운 사회가 되기를 기원하며, 이와 함께 오늘을 사는 우리에게 교훈을 준 대학자 순자의 가르침을 전한다.

"묻지도 않았는데 마구 이야기하는 것은 시끄럽다 하고,

하나를 물었는데 둘을 이야기하면 잘난 체한다고 한다.

그러므로 군자는 상황에 알맞게 행동해야 한다."

듣지 못한 것은 듣는 것만 못하고, 보지 못한 것은 보는 것만 못하며, 듣는 것은 보는 것보다 못하고, 보는 것은 아는 것보다 못하며, 아는 것

은 행동하는 것보다 못하다.

우리가 지식을 쌓는 목적은 그것을 실제 삶에 적용하여 더 나은 삶을 살아가기 위함이다.

의를 먼저 행하고 그다음에 이익을 좇는 자는 결국 성공한다.

사람의 본성은 악하지만, 인위적인 노력과 수양을 통해 얼마든지 착해질 수 있으므로 운명이란, 닭장 속에 떨어진 매의 알과도 같다, 고 한다.

스스로 닭처럼 갇혀서 평범하고 무료한 삶을 선택할 수도 있고, 매처럼 힘찬 날갯짓으로 하늘을 날며 일생을 살아갈 수도 있다.

말이 많으면 반드시 화를 부르게 마련이며, 소문은 현명한 사람에 의해 멈추게 된다.

근본이 성실한 사람은 늘 안정되고 이익을 보지만, 근본이 방탕한 사람은 항상 위태롭고 손해를 본다.

아는 것을 안다고 하고, 모르는 것을 모른다고 말하는 것이 말의 근본이다.

시냇물이 모여 강이 되듯, 모든 성취는 작은 일들이 모여 이루어진다.

누구든 성공을 바라거든 초심을 잃지 말고 꾸준히 노력해야 한다.

훌륭한 군자는 마음이 늘 한결같고, 그 마음이 하나의 방향을 향한다.

올바른 길로 다가오는 이는 벗으로 삼고, 잘못된 길로 다가오는 이는 피해야 한다.

다투려는 자와는 굳이 논쟁하지 말라.

스스로를 아는 사람은 남을 탓하지 않는다.

노자는 "만족할 줄 알고 멈출 수 있어야 한다."고 하였다.

지나친 욕망만큼 큰 죄는 없고, 만족을 모르는 것보다 더 큰 잘못은 없으며, 탐욕보다 더 큰 허물은 없다.

만족할 줄 알고 그칠 줄 알면 늘 부족함이 없다.

다만 그 만족이 자칫 무능과 게으름으로 흐르지 않도록, 정신과 신체를 늘 건강히 유지하고 새로움을 추구하며 보람 있고 활기찬 생활을 이어가야 한다.

부모가 피땀 흘려 일궈 놓은 재산을 물려받았다면, 더욱 소중히 여기고 보람되게 사용하며 계승·발전시키려는 노력이 필요하다.

또한 부모가 아직 젊다고 해서 효를 미루거나 게을리 해서도 안 된다.

내일 세상이 어떻게 변할지는 아무도 모른다.

이웃을 사랑하고 배려하는 마음을 가져야 한다.

나와 직접 상관없는 일일지라도 관심을 갖고 무시하지 않으며, 모든 이를 따뜻한 마음으로 대할 때 사회는 조금 더 편안해질 수 있다.

그러나 일부 이기적인 사람들은 자신에게 이용 가치가 있을 때만 가까이하다가, 목적을 이루거나 가치가 없다고 판단되면 어느새 등을 돌리고 멀어진다.

사람을 만날 때에는 어떤 인연이든 쉽게 정을 주지 말고, 모든 말을 그대로 믿지도 말며, 적당한 거리를 두고 시간을 두어 알아가는 것이 좋다.

불혹의 나이, 마흔을 넘어서면 건강한 신체 역시 함께 생각해야 한다.

가장이 아프면 가족 전체가 불행해질 수 있으므로, 가족을 위해 술과 담배, 몸에 해로운 음식은 되도록 멀리하는 것이 바람직하다.

필자는 마흔 살에 담배를 끊었는데, 많이 피울 때는 하루에 세 갑까지 피웠다.

술은 체질에 맞지 않아 마시지 못했고, 햄버거나 가공식품은 젊은 시절 형편이 어려워서 접하지 못해서인지 지금도 거의 먹지 않는다.

40세부터 건강이 염려되어서 처음에는 동네에서 달리기를 시작했고, 이후에는 근력운동도 병행했다.

그렇게 하루도 쉬지 않고 십여 년간 저녁 운동을 하다가, 지인의 권유로 오십 대 초반부터 배드민턴 동호회에 가입해서 지금까지 운동을 이어 오고 있다.

틈 날 때마다 영어 공부도 하고 책도 읽으며, 이것저것 배우려 애쓰고 있다.

예전 같으면 단어 하나를 열 번쯤 외우면 익혔을 텐데, 예순을 넘어서니 백 번을 외워도 다음 날이면 잊어버린다.

독자 여러분은 한 살이라도 젊었을 때 무엇이든 배우려고 노력하시기 바란다.

배드민턴도, 외국어도, 모든 배움에는 때가 있다.

봄에 씨앗을 뿌리지 않으면 가을에 거둘 것이 없듯이, 풍요로운 노후를 위해 지금 이 순간부터라도 부지런히 씨앗을 뿌리기 바란다.

삶에 대한 생각

우리는 어떻게 살아야 후회 없이 살아갈 수 있는가

1 삶은 왜 고행처럼 느껴지는가

상상해 보라.

가족을 떠나 아프리카에서 아메리카로 팔려갔을 쿤타 킨테의 심정을 ….

"인생은 고행이다"라는 말을 힘들 때마다 되뇌지만, 처절하게 살았던 이들의 삶을 떠올리면 마음이 숙연해진다.

인류는 역사적으로 끊임없는 전쟁과 갈등 속에 살아왔고, 때로는 기근과 천재지변으로 수많은 사람이 목숨을 잃기도 했다.

우리가 잘 알고 있는 히틀러의 유대인 대학살 홀로코스트나 폴 포트 정권의 크메르 루주 군의 킬링필드 역시 인류을 저버린 참극의 한 장면이다.

이처럼 인간이 인간을 향해 저지른 비극은 불과 수십 년 전에도 반복되었다.

1971년, 한 개인의 비뚤어진 사고에서 비롯된 **서치라이트 작전**은 같은 민족을 향한 무차별적인 살상이었다.

남녀노소를 가리지 않고 짧은 시간 안에 수많은 사람들이 희생되었으며, 많은 여성과 어린이들은 인간으로서 감당하기 어려운 참혹한 고통을 겪어야 했다.

서파키스탄 군은 같은 나라의 동파키스탄 동족을 향해 폭격기를 동원해 며칠 밤낮으로 쉼 없이 공격했고, 그제야 사태는 막을 내렸다.

그들의 부모와 형제, 이웃이 살고 있었을지도 모를 땅 위로 공습이 이어졌고, 포탄과 총알이 비 오듯 쏟아졌을 것이다.

이로 인해 수많은 양민이 삶의 터전을 버리고 이웃 나라 인도로 피신해야 했다.

이후 동파키스탄은 방글라데시라는 국호로 독립했지만, 사회적 혼란과 경제적 어려움은 오랜 시간 이어져 왔다.

정치적 이념 갈등과 사회적 불안은 이처럼 한 나라의 국민 삶을 송두리째 무너뜨릴 수 있다.

역사의 비극을 되돌아보면, 그 출발점에는 언제나 유언비어와 소문, 그리고 이를 부추기는 말과 선동이 존재했다.

그래서 소위 지도자라 불리는 이들의 얄팍하고 교묘한 선동과 달콤한 약속에 쉽게 동조해서는 안 된다.

"무엇이든 공짜로 주겠다"는 말과 감언이설 뒤에는 언제나 숨은 의도가 있음을 의심할 줄 알아야 한다.

"세상에 공짜는 없다"는 말은 냉철하게 따져보고 나온 결론이다.

선심 쓰듯 공짜로 풀어주는 돈은 결국 미래 세대가 고스란히 떠안아야 할 빚으로 남게 된다.

정말로 굶어 죽을 지경이라면 도움을 받을 수 있을지언정 그렇지 않다면 주는 사람의 속내와 그 이후에 발생할 결과를 반드시 따져봐야 한다.

공짜만 바라며 남에게 손을 내미는 옹졸한 삶은 스스로를 약하게 만든다.

어떤 이는 높은 자리에 있고, 또 어떤 이는 막일을 하며 살아간다.

직업도, 직급도, 역할도 제각각이고 살아가는 방법 역시 천차만별이다.

그러나 대부분의 사람들은 주어진 여건 속에서 나름대로 최선을 다하며 성실히 살아간다.

이유는 분명하다.

가족과 함께 미래의 풍요로움을 꿈꾸고, 자신이 만들고 이루어 놓은 가정에서 건강하고 행복하기를 바라는 숭고한 삶의 가치를 믿고 있기 때문이다.

그래서 저마다의 자리에서 자신의 몫을 다하며 살아가고 있는 것이다.

인생을 살아가는 데 명백한 답이 있다면, 살아가는 재미가 없을 것이다.

앞날을 예측할 수 없기에 "혹시나" 하며 기대했다가, "역시나" 하고 실망하고, 또 다시 희망을 품고 내일을 기약하며 살아간다.

내일은 조금 나아지겠지, 좋아지지 않을까 하는 소망을 안고 사는 것이 인생일 것이다.

"삶이 그대를 속일지라도 슬퍼하거나 노하지 말라."

푸시킨의 이 시구를 떠올리지만, 이는 삶의 고단함을 위로하고 달래는 말일 뿐이다.

풍요로운 삶을 위해서는 작은 목표라도 세우고, 이룰 때까지는 누가 뭐라 하 든 신경 쓰지 말고 오로지 참고 견뎌야 한다.

나는 어린 시절 전국을 이곳저곳 떠돌며 세상과 맞서 살아왔다.

학교도 많이 다니지 못했고, 배운 것도 넉넉지 않았다.

학벌도 학연도, 그렇다고 가까운 친구도 없었다.

잦은 이사와 전학 탓에 항상 혼자였고 의지할 사람 없이 외로웠고 고단했지만 마음속 깊은 곳에는 오래전부터 '공부에 대한 한'이 남아 있었다.

그래서 대학에 입학한 뒤에는 무엇이든 닥치는 대로 머릿속에 담으려고 애를 썼다.

책을 뒤적이며 새로운 것을 알아가는 과정 자체가 즐거웠고, 허튼짓으로 시간을 흘려보내기보다는 인생에 남은 숙제를 하나씩 해나가고 있다는 보람도 컸다.

온라인 강의였지만, 교수님의 강의를 듣는 시간만큼은 참으로 행복했다.

노인을 위한 공부라 깊이 파고드는 학문이 아니어서 많은 시간 영문학·심리학·교육학. 문학 같은 교양 과목에 집중하여 시간을 할애할 수 있었다.

배움은 노후를 준비하는 일이기에, 미리 준비해 두면 조금은 더 유식하게 늙어갈 수 있지 않을까 하는 생각도 있었고, 견문을 넓히면 세상 이치도 더 많이 알게 되리라는 소망도 있었다.

이일 저 일을 하면서 부지런히 무언가를 하고 바쁘게 살고는 있지만, 일상의 자잘한 문제들로 머릿속은 늘 복잡하다.

근심과 걱정이 마음속 깊이 파고들어 가슴을 갉아먹는다.

"모든 근심과 걱정은 욕심에서 온다." 그럴 수 있다, 맞는 말이다.

아직도 욕심이 많이 있는 모양이다.

인간이기에 더 많이 갖고 싶은 것은 당연할 것이다.

그러나 이제 와서 깨달았는데 욕심을 부리는 데에도 때가 있다는 사실이다.

젊었을 때는 절약하며 재물을 모으기 위해 애쓰는 것이 당연하겠지만,

예순 넘어서까지 짠돌이 소리를 듣는다면 그것은 잘못 살고 있는 것이다.

그래서 결론은 분명한데, 젊어서는 열심히 일하고 절약하며 검소하게 살고,

늙어서는 마음의 부자로 살아야 한다.

젊은 날의 절약은 내일을 위한 준비였다면, 나이가 들수록 절약은 때로는 삶을 옥죄는 족쇄가 되기도 한다.

돈을 모으는 데에는 때가 있고, 내려놓는 데에도 때가 있다.

그 시기를 분별하지 못하면, 평생 쥐고만 살다가 정작 누려야 할 시간을 놓치게 된다.

그렇다면 우리는 무엇을 위해 이토록 열심히 살아가고 있는 것일까.

곰곰이 생각해 보면, 모든 생명의 공통된 삶의 근원은 본능에 있는 듯하다.

식욕, 수면욕, 성욕, 그리고 무엇보다 종족을 이어가려는 본능.

아마 그것이 삶을 움직이게 하는 가장 근본적인 원동력일 것이다.

아이를 낳아 어떻게 돌보고 교육할 것인가는 늘 중요한 문제다.

아이를 이해하고 함께 공감하는 방법을 찾는 부모 역시, 아이와 함께 배우며 성장해야 한다.

보편적인 아이의 성장 과정을 살펴보면, 철학자이자 심리학자인 피아제가 자신의 아이들이 자라나는 모습을 관찰하며 정리한 '인지발달 이론'이 있다.

이 이론에 따르면, 아이의 사고와 지능은 타고난 능력만으로 완성되는 것이 아니라, 연령대에 따라 신체적 성장과 환경적 경험이 어우러지며 단계적으로 발달한다는 것이다.

아이를 키운다는 것은 결국, 아이를 통해 어른 스스로가 인내와 이해를 배우는 또 하나의 성장 과정이기도 하다.

함께 공부하는 뜻으로, 장 피아제의 이론을 구체적으로 살펴보면,

감각운동기(0~2세) 에는 출생 직후부터 감각과 운동을 통해 세상을 경험한다.

초기의 행동은 자극에 대한 반응에 가깝지만, 점차 시각과 청각, 신체 움직임을 활용해 외부 환경과 상호작용하게 된다.

생후 약 8개월 이전에는 대상이 눈앞에서 사라지면 없어진 것으로 인식하지만, 이후에는 보이지 않아도 존재한다는 사실을 이해하게 된다.

전조작기(2~6, 7세) 에는 언어 발달이 급속히 이루어지고, 자신의 생각과 의도를 말이나 그림으로 표현하기 시작한다.

가상 놀이를 통해 현실을 흉내 내지만, 사고는 여전히 자기중심적이어서 타인의 입장을 이해하는 데에는 한계가 있다.

구체적 조작기(7~11세) 에 이르면 형태가 변해도 양과 부피가 보존된다는 사실을 이해하게 된다. 다만 추상적인 미래 예측에는 아직 한계가 있다.

형식적 조작기(11세 이후)에는 추상적인 사고와 논리적 가설 설정이 가능해진다.

타인을 중심으로 사고하며 미래지향적인 관점에서 생각할 수 있고, 복합적인 분류와 체계적인 사고도 가능해진다.

이러한 과정을 거쳐 중·고등학교를 마치고 사회로 나가게 된다.

이제부터는 보호의 대상이 아니라, 성인으로서 스스로 살아갈 준비를 해야 하는 시기에 접어드는 것이다.

날아다니는 새도 때가 되면 둥지를 떠나 제 갈 길을 간다.

요즘은 둥지를 떠나지 못하는 자녀들도 적지 않은데, 자녀가 마흔이 넘도록 결혼 문제를 두고 부모가 대신 나서는 경우도 보게 된다.

그러나 이는 훗날 원망으로 돌아올 수 있다.

혼인 문제만큼은 자녀의 판단과 선택에 맡기는 것이 바람직하다.

2 각자의 자리에서 버티는 삶

몇 해 전, 아들이 갑자기 결혼을 하겠다고 한다.

스물여덟 살에 너무 이르지 않느냐고 묻자, 여자 친구가 아이를 가졌단다.

잘된 일인가 싶으면서도 마음은 복잡했다.

그래도 평생 함께할 사람이니 신중히 결정하라고 당부했다.

그로부터 넉 달 뒤 결혼식을 올렸고, 다시 넉 달 후에는 할아버지를 꼭 닮은 손주가 태어났다.

결혼초기에는 부부 싸움이 잦더니 지금은 제법 안정된 삶을 살아가고 있다. 손주가 태어나던 날은 너무 기뻐서 밤늦도록 잠들지 못했다.

삶이 선대와 같은 흐름으로 이어지고 있음에 감사했고, 인생이 덧없다 해도 대를 이었다는 사실하나로 큰 위안이 되어서 아들에게 고마움을 글로 표하고 싶었다.

세월은 유수와 같아서 어느덧 육순을 넘겼다.

이룬 것은 그리 없지만, 자식이 자식을 보았다.

젊음이 엊그제 같은데 어느새 할아비가 되었다.

그래도 하늘의 뜻에 순응하며 살았다는 안도감이 든다.

새 생명의 탄생과 함께 새로운 날들이 시작될 것이다.

영광스럽게도 나의 새로운 가족이 되어 준 당찬 내 손주야

너의 일생에 축복이 가득하기를 기원한다.

이제 나는 내가 그토록 지키려고 애썼던 공간을 다음 세대에게 내어준다.

그리고 또 새로운 삶이, 그리도 지키고 싶었던 나의 공간을 채워 나갈 것이다.

아니, 어쩌면 무거운 짐을 내려놓고,

자식에게 힘든 짐을 떠넘기는 과정일지도 모른다.

인생은 고행이라 하지 않았던가.

내가 지던 짐을 이제 아들이 지고 갈 것이다.

그 짐의 무게를 줄여 주는 것은 또 다른 내 몫으로 남을 것이다.

3 다음 세대에게 남기고 싶은 말

자본주의 사회의 장점은 무엇이든 추구하고 노력하면 이룰 수 있다는 점이다. 아들아, 젊었을 때는 말이다.

한 십 년쯤은 죽을힘을 다해서 돈 한번 벌어봐라.

비행기가 이륙해서 드높은 창공에 오를 때까지 승객들이 긴장한 채 가만히 앉아 있듯이, 삼사십 대, 한 십 년은 옆도 뒤도 보지 말고 앞만 보고 나아가야 한다.

허튼짓하면 위험하니 일어서지도 말고, 옆길로 새지도 마라.

무조건 참고 견뎌야 한다. 할 것 다 하고 즐길 것 다 즐기며 씀씀이까지 커지면, 절대로 돈을 모을 수가 없다.

작은 시냇물이 모여서 큰 강을 이루듯, 작은 푼돈이 모여 큰돈이 된단다.

천 원짜리를 우습게보면 절대로 부자가 될 수 없다.

"돈은 액수가 아니라 태도로 모이고, 태도는 습관으로 굳어진다."

집을 지으려면 기초가 튼실해야 하듯, 재물도 공들여 벌어야 쉽게 무너지지 않는다.

공돈 바라지 마라. 거저 생기는 돈은 네 돈이 아니다.

그런 돈은 쳐다도 보지 말고, 요행 또한 바라지 마라.

세상에서 가장 비겁한 행동은 남에게 의지하려는 것이다.

아빠는 육십 평생 단 한 번도 복권을 사본 적이 없다.

술과 담배는 기호식품이 아니다.

땀 흘려 번 돈 들여서 스스로 건강을 해치는 가장 무서운 적이다.

자본주의 사회에서는 머리를 써서 투자를 잘해야 부자가 될 수 있다.

작은 돈을 가볍게 여기면 큰돈도 모이지 않는다.

남들 의식하지 말고 인생을 최대한 즐겨라.

젊음의 시간은 너를 가만 내버려 두지 않을 것이다.

집을 지으려면 기초가 튼실해야 하듯이 재물도 공들여 벌어야 쉽게 없어지지 않는다.

직업 역시 부가가치가 높고 가능성이 있는 것을 선택해야 하며, 스스로 경쟁력을 갖추고 노력해서 성공 확률을 높여야 한다.

남들이 하는 말에 쉽게 휘둘리지 말고, 소신과 확신이 섰다면 뚝심 있게 밀고 나아가라.

가능성이 있는 일이라면 포기하지 말고 열심히 공을 들여라.

시간이 걸리더라도 끝내는 이루어 내고 말 것이 확실하기 때문이다.

다만 한 가지 걱정되는 점은, 법과 제도가 젊은이들의 앞날을 점점 더 옥죄고 있다는 사실이다.

시장을 과도하게 통제하는 구조 속에서, 성실하게 일하고 노력해도 성과를 내기 어려운 현실을 기성세대를 살아온 사람으로서 안타깝게 바라보고 있다.

거래 구조가 복잡해지고 각종 비용과 부담이 늘어나면서, 어느 직업군에서든 정상적인 상도로 큰 이윤을 남기기 어려운 환경이 되어 버렸다.

소규모 자영업이나 중소기업의 현실은 더욱 팍팍하다.

재료비와 인건비, 각종 세금과 고정비 부담이 겹치면서 사업자는 실속 없이 고생만 하게 되고, 그곳에서 일하는 노동자들 역시 언제 일터가 사라질지 모른다는 불안 속에서 하루하루를 버텨야 한다.

이러한 현실은 개인의 게으름이나 능력 부족의 문제가 아니라, 시대가 안고 있는 구조적 어려움이기도 하다.

ㄴ 삶에 대한 결론

마음을 비우고자 얼마 전 강원도 산골짜기에 수양 터 하나를 마련했다.

동네 끝자락 인적 드문 곳으로, 새소리와 바람 소리, 물소리만 들리는 조용한 곳이다.

요즘 소망이 있다면, 좋은 친구 서너 명쯤 사귀고 싶다.

일찍이 공자께서는 친구를 사귈 때 근면 성실한 사람, 진실한 사람, 견문이 넓은 사람과 사귀라고 하셨다.

미국의 한 학자는 인생에서 가장 고독함을 느끼는 시기로 20대 후반, 50대 중반, 80대 초반을 꼽았다고 한다.

맞는 말인지 모르겠지만, 고개가 끄덕여지기도 한다.

20대의 고독은 인생의 방향을 잡기 어렵기 때문일 것이다.

무엇을 해야 할지, 어떻게 살아야 올바른 삶인지, 누구를 믿고 의지해야 할지 몰라서 밤잠을 설치게 된다.

이럴 때는 책을 읽으며 인생 가는 길을 물어라.

50대 중반의 고독은 자식들 출가시키고 난 뒤의 허전함 때문일 것이고,

80대 초반의 고독함은 죽음을 앞에 두고 회한과 두려움이 겹치기 때문일 것이다.

많이 가졌다고 반드시 잘 사는 것도 아니고, 적게 가졌다고 반드시 불행한 것도 아니다.

결국 인생의 무게는 재산의 크기가 아니라 마음의 방향이 결정한다.

항상 겸손한 자세로 배려하고 양보하며, 가능하다면 받은 만큼 세상에 돌려줄 줄 아는 삶이 아름다울 것이다.

제자가 누더기로 덧댄 승복을 입은 성철 스님께 물었다.

"스님, 이 옷을 몇 년이나 입으셨나요?"

스님은 "한 사십 년 됐어요." 하고 담담히 답하셨다.

"왜 좋은 옷을 안 입으세요?"라는 질문에 스님은 이렇게 말씀하셨다.

"나는 제일 못났기 때문에 좋은 옷을 입을 자격이 없어.

그래서 떨어진 옷만 입고 다녀."

이 말 속에는 남과 비교하지 않고, 자기 분수를 아는 사람만이 가질 수 있는 깊은 자유가 담겨 있다.

주변에 똑똑한 사람이 있다면 시기하거나 이기려 들지 말고 배워야 한다.

누군가에게 진심으로 도움을 청하는 것은 비굴함이 아니라, 스스로를 더 단단하게 만들기 위한 용기이자 삶의 지혜이다.

태풍이 왜 태풍인 줄 아나? 태풍이라고 이름을 부르니까 태풍이지.

그렇다, 무지막지한 태풍도 이름값을 하느라 거세게 훑고 지나간다.

좋은 뜻으로 지어 준 이름들인데 제 구실 못 하는 것들은 차라리 이름을 바꿔 불러야 한다.

불교에서는 일백여덟 가지 번뇌가 사람의 마음을 괴롭힌다고 했다.

사람들이 절에 가는 것이 참회를 위해서인지, 아니면 욕심을 채우기 위해 기도하는 것인지는 모르겠다.

이순을 넘어서면 욕심을 덜어내고 자연의 이치에 순응하며 사는 것이 잘 사는 길이다.

항상 무엇을 얻기 위해서 아니, 더 나은 삶을 꿈꾸며 열심히 살아왔지만, 죽음을 앞두고 되돌아보면 그 욕심들이 부질없음을 깨닫게 된다.

물질이 지나치게 풍부한 삶보다, 적은 소유로도 마음이 넉넉한 삶이 오히려 행복할 수 있다는 사실을 뒤늦게나마 알게 되었다.

너무 많으면 모자란 것보다 못하다는 말처럼, 과유불급은 삶에도 그대로 적용된다.

적당히 소유하고, 가볍게 살아가며, 취미 생활도 하고 여행도 다니면서 남은 인생을 즐겁고 평온한 마음으로 살아가기를 바란다.

성공적 노화

우리는 어떻게 나이 들어가야 하는가

노화란 생물학적 장애와 질병으로 늙어가는 것뿐만 아니라, 심리적인 무기력과 사회적 의존성 등으로 삶의 질이 현저히 떨어지는 상태를 말한다.

나이를 먹어감에 따라 노화가 진행되는 것은 자명한 사실이지만, 신체적 노화나 사회적 노화는 본인의 의지와 노력에 따라 10년 내지 20년 정도 늦출 수 있다.

절제된 생활을 통해 건강한 정신과 신체를 유지하는 것이 시대적으로 충분히 가능해진 것이다.

선진국에 진입한 대한민국은 고비용·저성장의 사회 구조에 접어들었고, 생활비 부담 증가로 저출산이 이어지고 있다.

한편으로는 의학 기술의 발달과 급속한 경제성장으로 전반적인 삶의 질은 크게 향상되었다.

또한 평균 수명이 늘어나면서 노후의 삶에 대한 관심이 높아졌고, 은퇴 후에도 하고 싶은 일을 능동적으로 찾아 도전하는 5~60대들이 늘어나고 있다.

이들은 적극적인 소비와 취미 활동, 문화생활을 즐기며 이른바 '액티브 시니어'를 지향하는 추세를 보인다.

우리 사회는 2025년에 이미 65세 이상 인구가 전체의 20%를 넘어서는 초고령 사회로 진입하게 되었다.

이에 따른 사회적·제도적 대응이 반드시 필요하다.

노인들의 사회적 고립감, 소외감, 건강 악화, 역할 상실, 우울감과 무력감, 사회 부적응 문제를 완화하고 노후를 대비할 수 있기를 바라며, 필자가 학위논문으로 제출했던 「액티브 시니어의 경제활동, 여가활동, 사회활동이 성공적 노화에 미치는 영향」을 바탕으로 이 장을 기술하고자 한다.

2024년 통계청 조사에 의하면 한국인의 평균수명은 83.7세이며, 기대수명은 남성 80.8세, 여성 86.6세로 세계적인 장수 국가에 속하게 되었다.

여기서 중요한 개념이 '건강수명'이다.

질병이나 장애를 가진 기간을 제외하고, 신체적·정신적으로 특별한 문제없이 일상생활이 가능한 기간을 말한다.

놀라운 사실은 일생을 통틀어 질병이나 장애로 인해서 타인의 돌봄을 받는 기간이 남성은 약 16년, 여성은 무려 20년에 이른다는 것이다.

성공적 노화란 노년기에 길게 이어지는 이 유병 기간을 획기적으로 줄여서 활기차고 건강하게 일생을 보내자는 것을 의미한다.

65세 이상 노인 한 명을 부양하는 생산가능 인구수는 2030년에는 2.9명, 2040년에는 2.0명으로 급격히 젊은 세대가 감소할 전망이다.

이는 젊은 세대의 경제적 부담을 크게 가중시키는 요인으로 우려가 된다.

이러한 추세를 볼 때, 노인들의 경제활동과 건강관리, 사회적 참여는 미래 세대에게 매우 현실적이고 중대한 과제로 떠오르게 되었다.

퇴직 연령을 55세라 가정하면, 이후 35년 이상을 정기적인 경제 수입 없이 살아가야 하는 노년기를 맞게 된다.

따라서 이 시기를 대비한 건강관리, 여가 활동, 소득 보장 준비는 선택이 아니라 필수다.

은퇴 이후의 긴 시간을 건강하고 활동적으로 보내기 위해, 각자 다가올 노년 생활에 대한 준비를 미리 해두어야 한다.

1 건강은 스스로 지켜야 한다

건강 유지를 위해 필자는 거의 매일 배드민턴을 친다.

캠핑카로 여행 중에도 몸을 움직여야겠다는 생각이 들면 산에 오르거나 체육관을 찾는다.

배드민턴을 시작하기 전에는 동네를 한 바퀴씩 뛰곤 했는데, 우리 동네 노적봉 산길은 몸과 마음을 치유하는데 매우 효과적인 곳이다.

그래서인지, 많은 시민들이 이곳에서 자유롭게 심신을 단련하고 있다.

예전에 이 노적봉에서 10년 넘게 매일 달리고 철봉에 매달렸지만, 당시에는 생활체육시설이나 배드민턴 동호회가 있는지도 몰랐다.

그러다 어느 날 지인과 점심을 먹고 나오면서 체육관에 가 보자고 해서 따라간 것이 이 운동과 인연이 되었다.

"친구 따라 강남 간다" 는 말이 있는데, 참으로 좋은 인연이었다.

배드민턴은 중독성이 강한 운동이라 한 번 시작하면 끊기가 쉽지 않다.

아무튼 이 운동을 시작한 이후로 매일 저녁 시간이 즐거워졌으니, 독자 여러분께도 한 번쯤 입문해 보시기를 권하고 싶다.

또 캠핑을 좋아해서 젊은 시절부터 텐트를 치고 산과 계곡에서 여름휴가와 주말을 보내곤 했다.

10여 년 전 북유럽 여행을 갔을 때, 그들이 집집마다 산과 계곡에 별장을 두고 캠핑카로 여행하는 모습을 보고 큰 인상을 받았다.

귀국 후 바로 업체를 찾아보니 마침 캠핑카 전시회가 열리고 있었고, 고가의 외제 차와 국산 업체 두 곳이 출품하고 있었다.

그중 비교적 저렴한 모델을 주문해서 제작 기간 4개월을 기다린 끝에 캠핑카를 인도받아 지금까지 잘 활용하고 있다.

당시에는 캠핑카 제작이 초창기라 인산철 배터리가 아닌 납산 배터리를 사용했기에, 이후 파워뱅크 교체와 태양광 보강에 적지 않은 비용이 들었다.

그럼에도 불구하고, 살면서 가장 잘한 일은 담배를 끊은 것과 캠핑카를 마련한 것이라고 생각한다.

필자는 체구가 작아서 힘쓰는 일로 먹고살기보다는 머리를 써야 했고, 그 과정에서 스트레스를 많이 받았다.

강가나 산에서 며칠 지내고 돌아오면 마음이 개운해져 다시 일상을 시작할 수 있었다.

캠핑카를 보유하려면 작은 땅이나 차고지가 필요하다.

차를 등록하려면 관공서에다 차고지 증명을 해야 하기 때문이다.

천지가 개벽했는지, 어느 날 우리나라가 선진국이 되었다고 한다.

어릴 적 콧물을 소매에 닦아 반질반질해진 까만 교복을 입고, 배가 남산만큼 불러서 온 동네를 뛰어다니던 기억이 있다.

그 현상이 영양실조였다는 사실을 훗날 텔레비전에 나오는 아프리카 아이들을 보고 알았다.

그 당시 이웃집에서 저녁밥을 짓느라 굴뚝에서 연기가 나는데, 정작 쌀 한 톨 없어 남들이 굶는 줄 알까 봐 맹물만 끓여 연기만 피웠다는 이야기도 들었다.

전쟁 이후의 참혹한 현실을 극복하며 굶어 죽는 것이 두려워서 악착같이 살다 보니 말년에는 어느 정도 여유가 생겼다.

어릴 적 제대로 먹이지 못한 자식들이 안쓰러워서 산해진미를 배불리 먹이며 오냐오냐 키웠더니, 이제는 스스로 잘나서 잘 사는 줄 알고 어른을 함부로 대하는 세상이 되었다.

세상이 아무리 변했어도 "농자천하지대본"이라는 말이 있듯이, 씨를 뿌려야 수확을 할 수 있으니 농사는 생명을 이어가는 근본이 되어야 한다.

자식 농사 또한 부모가 뿌린 대로 거두는 법이다.

그러나 부모 탓만 하기에는 세상이 너무 혼탁해졌다.

예의와 도덕은 차치하더라도 정의와 공정마저 무의미해졌다는 것을 체감하며, 우리 기성세대의 책임을 통감해 보지만 어쩔 수 없는 현실이기도 하다.

다만 국민들의 의식 구조가 획기적으로 변화하여, 힘들고 어려운 일을 하더라도 나라와 사회를 책임진다는 자긍심을 당당하게 여기는 젊은이들이 많아지는 날이 하루빨리 오기를 바랄 뿐이다.

대한민국이 선진국으로 도약할 수 있었던 것은 노동자들의 투철한 사명감과 근면 성실한 정신이 그 기반이 되었고, 훌륭한 정치 지도자들이 있었기 때문이다.

근래 상황이 파이를 키우자는 측과 이미 커진 파이를 나누자는 측이 그것인데 결국 결정이 났는지, 지금의 시국은 파이를 나눠 먹는 형국인 것 같다.

머지않아 어려운 현실이 닥칠지도 모르니 모두 긴장하고 대비해야 할 때다.

앞서 언급했듯이, 이 시대의 젊은이들은 힘든 일을 기피하는 경향이 있다.

앞으로는 농산물과 수산물, 공산품 대부분을 외국 노동자들이 생산하거나 수입에 의존해서 소비하게 될지도 모른다.

아무튼 지나친 염려이길 바라며, AI 로봇이 모든 산업 분야에 투입될 것이 분명하니 농수산물과 생필품이 대량 생산되어서 지금보다 값싸고 풍요로운 세상이 되기를 기대해 본다.

다시 현실로 돌아와서, 국가 차원의 노인 문제 해결 방안을 살펴보면, 생계비 지원을 위한 일자리 제공이나 질병 예방 등 소극적인 복지 정책에 머무르고 있는 것이 작금의 현실이다.

노년에 나타나는 신체적·정서적 변화에 대비해서 생활 점검, 예방 치료, 야외 활동과 운동 등 여건 개선을 통해 노인의 심리 변화에 능동적으로 대응하여 우울과 고독사 예방에 만전을 기해 주기를 당국에 당부하고 싶다.

또한 노인을 사회의 부담으로만 바라보는 시각 역시 개선될 필요가 있다.

일부 교수나 학자들이 "젊은 세대가 부양해야 할 노인 인구"라는 표현을 자주 사용하는데, 이 또한 시각을 달리해서 재고할 필요가 있다.

경제적·신체적으로 안정된 생활을 영위하는 액티브 시니어가 비활동적인 노년층보다 훨씬 많다는 사실을 인정해야 하며, 적극적으로 사회활동에 참여하는 노인들이 오히려 젊은 세대보다 국가와 사회 그리고 경제에 기여하는 바가 크다는 점을 제대로 설명할 필요가 있다.

활동적인 액티브 시니어는 풍부한 경험과 지혜를 바탕으로 사회 참여와 봉사 활동을 하며 자아를 실현하고, 삶의 만족도를 스스로 높여간다.

국가는 법과 제도를 통해 이들을 지역사회의 소중한 자원으로 활용할 방안을 모색해야 할 것이다.

베이비부머 세대는 한국 경제 발전의 중추적 역할을 수행해 온 비교적 부유한 세대로, 이들을 미래 세대의 부담으로 인식하는 것은 매우 부적절하다.

그 이유는 이들이 여전히 한국 사회 소비 지출의 중요한 축을 담당하고 있기 때문이다.

2 '성공적 노화'와 '액티브 시니어'의 의미

그렇다면 이러한 활동적인 노년층이 말하는 '성공적 노화'란 무엇인가?

단순히 잘 먹고 잘사는 삶이 아니라, 고령화 사회에 접어든 지금은 양보다 질을 중시하며 나이를 무색케 하는 건강하고 활동적인 삶의 방식, 즉 라이프스타일을 의미한다고 볼 수 있다.

최근 베이비붐 세대의 은퇴로 사회·경제적 변화가 일어나는 가운데, 독립적이고 여유 있는 삶을 위해 능동적으로 인생을 설계하려는 성향이 강한 '액티브 시니어'가 점점 늘어나고 있다.

이는 정부가 시행하는 국민건강보험 제도가 노인들 삶의 질 향상에 큰 역할을 하고 있음을 보여준다.

'액티브 시니어'란 보통 50세 이상, 특히 50대 중후반에서 60대까지를 지칭하는 개념으로 '나이 든 청년'이라는 의미도 포함한다.

이들은 은퇴 이후에도 여가와 소비 생활을 즐기며 사회 활동에 적극 참여하고, IT 환경에도 비교적 익숙한 신개념 노년층이다.

기존의 실버 세대와는 분명히 구분되며, 합리적이고 미래지향적인 사고방식과 생활 의식을 지닌 계층이다.

이전 노인 세대와 달리 비교적 고학력이고 경제적으로도 여유가 있으며, 지속적인 사회 참여와 경제 활동, 자아실현을 위해 적극적인 삶의 태도를 유지하고 높은 구매력과 자립적 가치관을 가진 활동적인 노년층이라고 할 수 있다.

일반적으로 건전한 생활을 하는 사람은 국가가 제공하는 정기 건강검진을 주기적으로 받고, 운동과 식습관 개선을 통해서 노화를 늦출 수가 있다.

60대의 건강은 50대의 관리에 달려 있고, 70대의 건강은 60대의 생활 태도에서 결정된다.

선진국 반열에 오른 한국 역시 소극적 노인 복지에서 벗어나 적극적이고 능동적인 복지 정책으로 전환할 필요가 있다.

필자의 제안으로는 건강보험 정책의 일환으로 지역마다 실내 체육시설이나 야외 운동장을 지금보다 더 많이 조성해서 누구나 가까운 곳에서 시간에 구애받지 않고 자유롭게 시설을 이용할 수 있도록 해야 한다.

이는 예산 낭비가 아니라, 앞으로 급증할 노인 의료비를 획기적으로 줄일 수 있는 국가 차원의 보건 예산 절감 방안이 될 것이다.

아울러 정부와 민간이 협력해서 국민 노후 준비를 체계적이고 현실적인 사업으로 추진해야 한다.

일본의 노인 클럽과 노인 학교, 프랑스의 시니어 학교, 미국의 엘더 호스텔과 같은 제도를 참고해서 다채롭고 즐거운 노년을 설계할 수 있도록 해야 한다.

평생 거주를 보장하는 주거 형 호텔 개념이나, 이스라엘 농촌의 키부츠와 같은 공동체형 농촌 경영 주거시설도 훌륭한 대안이 될 수 있다.

농촌의 빈집과 소규모 농지를 활용해서 홀로 사는 노인들이 함께 모여 살며 공동으로 텃밭을 가꾸고 음식을 나누는 공동체를 만든다면, 고독과 소외감에서 벗어나는 데 큰 도움이 될 것이며, 노인 문제 해결의 현실적인 방안이 될 수 있을 것이다.

이미 소규모로 시행하고 있는 지방자치단체가 있는 것으로 알고는 있으나, 보다 체계적인 발전을 위해서는 정부 차원의 관심과 지원이 반드시 필요하다.

국가 제도와 시설이 아무리 잘 갖추어져 있더라도 운영상의 미비나 인식 부족으로 인해 제대로 활용되지 않는다면 결국 사장되고 말 것이므로, 실효성 있는 활용 방안을 마련해야 한다.

또한 지속적인 평생 학습을 장려하여 건강하고 행복한 노년 생활을 보낼 수 있도록 해야 하며, 민간사업이 금융과 결합될 경우 과도한 이윤 추구와 각종 부조리가 개입될 우려가 크다.

이에 따라 노 노(老老) 봉사자를 적극 활용하고, 정부가 개입하여서 비영리 단체나 공공기관이 운영하는 방식도 함께 모색할 필요가 있다.

국민 5천만 명 가운데 1천만 명이 60세를 넘긴 현실에서 노인 복지를 외면하고 주먹구구식으로만 접근한다면, 국가 운영에 막대한 재정 부담만 가중될 것이다.

3 은퇴 준비 요소

'액티브 시니어'라는 용어는 미국 시카고대학교 심리학과 교수인 버니스 뉴가튼(Bernice Neugarten)이 처음 사용한 개념으로, 미국 경제의 주축인 베이비붐 세대의 생활 의식이 자기중심적이고 능동적인 방향으로 변화하는 흐름을 포착해서 만들어졌다.

이들은 미래지향적인 노년을 의식하며 자기실현의 의지, 검약, 소박함, 여유와 즐김, 독립적인 삶을 추구하고, 자녀에게 의존하지 않는 강한 자립심과 계획적인 노후 설계를 중요하게 여긴다.

또 이들은 여행과 취미 생활, 교류와 친목을 인생의 중요한 가치로 삼는 세대이기도 하다.

활동적인 삶을 통해 자기실현의 기회를 찾고, 제3의 인생과 일의 재미, 여가의 가치와 목적, 자산 처분과 상속, 자신을 위한 투자를 의식하며 가족 중심의 소비 패턴에서 벗어나 자기 계발, 미용·패션 등 보다 여유 있는 삶으로의 전환을 추구한다.

이들은 기존의 시니어 세대와 구분되기를 원하며, 사회적 관계와 경제적 측면 모두에서 적극적인 삶을 지향하는 건강한 중년을 의미하고, 활동적인 노년 생활까지 포괄하는 개념이라고 할 수 있다.

현대 사회는 부모를 모시고 효도하던 시대를 지나 핵가족 사회로 전환되었고, 이제는 가족의 부양에 의존하기보다 스스로 독립적인 삶을 영위해야 하는 것이 모두에게 필수가 되었다.

이러한 현실에서 은퇴 문제를 고려할 때 가장 중요한 요소를 네 가지로 정리해 본다.

첫째, 은퇴 목표를 명확히 하라.

은퇴 시기와 원하는 생활수준, 취미 활동 등의 목표를 분명히 설정해야 은퇴 이후 삶의 새로운 출발점이 제대로 마련된다.

둘째, 빠르고 넉넉하게 준비하라.

가능한 한 일찍 준비해야 은퇴가 다가와서 허둥대지 않고 차분하게 노후를 대비할 수 있다.

은퇴 후 소득은 현재 소득의 최소 60% 이상이 확보되어야 60대 이후에도 생계를 위해 다시 일하지 않아도 되는 안정적인 노후가 가능하다.

셋째, 인플레이션을 고려하라.

물가 상승률을 연 4%로 가정하면 현재 월 1,000만 원의 구매력은 20년 후 약 450만 원 수준으로 감소한다. 경제력이 있어야 활기찬 노년을 보낼 수 있으므로 반드시 미래 가치를 고려해야 한다.

넷째, 건강을 유지하라.

아무리 경제적 준비를 잘해 놓아도 은퇴 후 일찍 생을 마감한다면 모든 은퇴 설계는 의미를 잃는다.

식습관 관리, 규칙적인 운동, 정기적인 건강검진은 선택이 아니라 필수이다.

４ 삶의 만족이 성공적 노화를 완성 한다

이처럼 철저히 준비하고 대비한다면 성공적인 노년을 보낼 수 있는데, 무엇보다 중요한 것은 본인 스스로 만족하는 삶을 살아갈 수 있어야 한다는 점이다.

삶의 만족이란, 순간순간의 일상 속에서 활동을 통해 즐거움과 보람을 느끼고, 하고자 하는 일을 성취하며 목적을 달성하고, 자신의 행동에 책임을 지는 태도 속에서 자아실현에 대한 긍정적인 사고를 유지하며, 자신은 분명한 가치관을 가진 존재이고 충분히 가치 있는 사람이라고 인식하는 상태를 말한다.

액티브 시니어의 경제 활동, 사회 활동, 여가 활동이 성공적 노화에 미치는 영향은 심리적 측면에서는 정신 기능과 성격의 변화로 나타나며, 사회적 측면에서는 지위와 역할의 상실 과정으로 설명할 수 있다.

이러한 변화를 미리 인지하고 대비한다면 충분히 극복이 가능하다고 본다.

노인의 경제 활동은 경제적 보상을 수반하므로 중요하지만, 본질적으로는 사회 참여의 기회를 넓히는 과정으로 이해해야 한다.

노년기에 할 수 없는 일을 줄이고, 노인이 할 수 있는 일에 대한 배려를 바탕으로 노인 친화적 일자리 정책을 마련해서 다양한 방식으로 사회에 참여하고 역할을 수행하는 자세가 필요하다.

오직 금전을 목적으로 일을 하게 되면 오히려 불행한 노년으로 이어질 수 있으니 지나친 욕심은 금물이다.

노인이 일을 통해 재화나 서비스를 생산·획득하고 소비하는 전 과정을 경제 활동이라 할 수 있는데, 욕구가 충족되면 만족감을 얻고 삶에 대한 열정이 되살아나 활력 있는 생활을 지속하게 된다.

이는 경제적 자립뿐 아니라 정신 건강과 사회적 관계에도 긍정적인 결과를 가져온다.

따라서 국가는 노인의 경험과 숙련된 기술을 활용할 수 있도록 취업 기회를 제공할 필요가 있다.

일을 통해 신체적 건강을 유지하고 역할을 수행함으로써 고독감과 소외감을 해소할 수 있으며, 우울증으로 인한 고독사 역시 예방할 수 있다.

사회 활동을 통해 인간관계를 유지하고 역할을 수행하게 되면 개인적 가치와 만족감을 느끼게 되고, 이는 노년기의 삶의 질을 높이는 중요한 요소가 된다. 사회로부터 격리되고 주변화 된 노인들에게 새로운 역할을 부여해서 그들의 잠재력을 사회적으로 끌어내는 과정은 고령화 사회가 반드시 추구해야 할 가치 있는 과제이다.

특히 50대 중반에 접어들면 사회적 지지가 급격히 줄어드는 시기이므로, 가족과 이웃의 지지를 강화해서 성공적인 노년기를 준비해야 한다.

여가가 무엇인지도 모르고 눈만 뜨면 출근하던 우리의 정서로는 '여가'나 '봉사'라는 개념이 다소 낯설 수 있다.

그러나 여가란 경제적 의무와 사회적·가정적 책임으로부터 벗어나 자발적인 선택에 의해 누리는 자유롭고 여유로운 시간이라고 이해하면 될 것이다.

즐거움으로 기대되고 심리적으로 자유를 느끼는 것, 구속에서 벗어나 자유롭게 선택할 수 있는 기회와 시간, 그리고 자신이 하고 싶은 일을 할 수 있는 것까지 모두 여가에 포함된다.

노인들의 무료함은 정신적·정서적 부담을 안겨 주고 고통을 초래하기 때문에, 여가를 어떻게 보내느냐가 매우 중요하다.

노인 문제 해결은 무엇보다도 고독감과 외로움을 해소하는 데 그 비중을 두어야 한다.

노년기는 빠르면 55세 혹은 60세 이후의 삶을 의미하며, 인생 주기 상 자녀가 출가한 뒤 부부만 남게 되는 시기다.

이 시기에는 노동 시간이 줄고 소득도 점차 감소하면서 무료한 시간이 늘어나고, 여가 생활이 삶의 큰 부분을 차지하게 된다.

노동 중심의 삶에서 여가 중심의 삶으로 전환되는 변화를 겪게 되는 것이다.

능동적인 여가 활동은 노화에 대처하는 중요한 전략으로, 생산적이고 활동적인 노화를 위한 수단이 된다.

이는 사회적 접촉의 기회를 넓히고 신체적 건강을 증진시키며, 삶에 대한 긍정성과 만족감을 높여 준다.

그 결과 스스로에 대한 신념과 신체에 대한 확신이 생기고, 자아 존중감과 가치성이 확립되어 기술과 기능을 발전시키며, 보다 재미있고 즐거운 삶을 영위하게 만든다.

노인의 사회적 여가 활동 유형은 개인의 성격이나 생활 습관에 따라 다르게 나타나며, 연령, 성별, 건강 상태, 경제적 여건, 교육 수준, 삶의 목표 등에 따라 다양하게 전개될 수 있다.

60대 중반을 넘긴 필자는 대학에 다니면서 문학 수업을 오래도록 들었다.

문학은 허구와 상상력을 바탕으로 생각의 자유로움을 필요로 하고, 다양한 경험을 포괄하는 모든 삶의 집합체이기에 매우 매력적인 학문이라고 느꼈다.

건축가로 살아온 필자는 현재의 사회적 상황 속에서 더 이상 사업을 이어 가기 어려운 현실이 안타까웠고, 여가를 의미 있게 보낼 수 있는 방법을 찾다가 글쓰기에 이르렀다.

성공적 노화란, 과거와 현재를 있는 그대로 수용하고, 죽음을 받아들이는 동시에 삶의 의미와 목적을 지속해가며 정서적으로 성숙해지는 심리 발달적 과정이라고 할 수 있다.

아울러 정신적·신체적 질병 없이 기능적이고 사회적인 관계를 유지하는 삶을 의미한다.

스스로 "나는 나이는 들었지만 육체와 정신은 건강하다"라고 인식하고 그렇게 행동해야 하며, 긍정적인 사고로 젊음을 유지하려는 노력이 필요하다.

죽음 또한 삶의 일부이다.

우리는 흔히 죽음을 두려워하고 부정적으로 생각하지만, 인생이란 결국 잘 놀다가 잘 죽는 과정이 아닐까 싶다.

노인을 모시는 자녀들은 어린아이를 돌보듯 수시로 연락하며 인지 영역, 언어 기능, 기억 회상, 명령 수행 능력 등을 살펴야 한다.

특히 주의 집중 장애인 섬 망(delirium)에 유의해야 하는데, 이는 치매와는 다른 양상으로 나타나며 다른 질환의 경고 신호일 수 있다.

노년기의 네 가지 주요 고충으로는 경제적 빈곤, 건강 악화, 역할 상실, 외로움과 고독을 들 수 있다.

노년기에 적응하는 양상은 개인마다 다르게 나타난다.

하루하루 늙어 감을 인식하며 살아가면서, 성숙형은 감사하는 삶을 살고, 은둔형은 해방감을 느끼며, 부정형은 늙음을 부정해 객기를 부리고, 분노형은 운이 나쁘다거나 남 탓을 하며 원망한다.

또 어떤 이는 모든 것을 자신 탓으로 돌리며 자책하기도 한다.

이 중에서 독자들이 선택하길 바라는 삶의 태도는 단연 성숙형이어야 한다.

65세 이상 고령으로 갈수록 배우자가 없는 경우가 늘어나고, 배우자가 없을수록 삶의 만족도는 낮아지는 경향을 보인다.

또한 고학력일수록 생활 만족도가 높으며, 자녀와의 동거 율은 점차 감소한다.

액티브 시니어를 지향하는 60~70대는 비교적 젊음을 유지하고 있어 큰 문제가 없지만, 80세를 넘어서면 결국 누군가의 도움과 수발이 필요한 시기가 찾아온다.

국가 정부는 매년 막대한 국가 예산을 지출하는 소극적 정책에 머무르기보다, 미래 세대의 부담을 덜어 줄 수 있는 저비용·고효율의 노인 복지 대책을 마련해야 할 것이다.

인구 다섯 명 중 한 명 이상이 노인인 초고령 사회에서 노인 정책을 소홀히 하여서 예산만 낭비하게 되면 결국 미래 세대에게 과도한 부담을 지우게 되니 지금부터라도 확실한 대비책을 강구해야 할 것이다.

공수레 공수거

빈손으로 와서, 무엇을 남기고 가는가

1 가난했지만 따뜻했던 날들

핸드폰이 나오기 전에는 전화기에 달린 다이얼을 돌려서 전화를 걸었다.

7~80년대 초만 해도 아주 추웠음에도, 공중전화 박스 앞에 줄을 길게 서서 기다려야 했고, 10원짜리나 100원짜리 동전을 연신 넣어가면서 통화를 했다.

70년대 초에는 자장면 한 그릇은 30원, 왕 곱빼기는 40원이고, 삼치나 고등어 한 마리를 통째로 구워 주는 생선구이 백반은 150원이었다.

시내버스는 앞뒤로 출입문이 있어서 차장이 각각 둘 있었고, 승객이 너무 많아서 발 디딜 틈 없이 짐짝처럼 구겨 넣어져야 했다.

불편함은 있었지만 낭만도 있고 희망이 있었기에 행복한 시절이었다.

저녁녘이면 북적거리는 거리의 포장마차에 옹기종기 모여 앉아서 우정을 나눴고, 길거리에는 수많은 사람들로 활기가 넘쳐났었다.

또 새벽이면 다방에 앉아서 여유롭게 신문을 읽고 모닝커피를 마시기도 했다.

2 책과 현실이 가르쳐준 것

인터넷도, 마땅한 놀 거리도 없었던 시절이라 20대에 접어든 필자는 많은 책을 읽었다.

장르 불문이었는데, 이제 와서 세상 경험 해 보니 그중 기억에 남는 책들의 작가가 무엇을 독자에게 전하려 했는지 의도를 조금은 알 것 같다.

당시 감명 깊게 읽었던 몇 작품의 줄거리는 인생의 희로애락을 매우 명쾌하게 보여 주고 있었다.

젊었을 때 읽은 책들이 오래도록 삶의 교훈이 되어서 인생을 풍요롭게 만든다는 사실을 살면서 깨닫고 있다.

그래서 젊은 학생들은 수학 공식 하나 외우는 것보다 좋은 책 한 권 더 읽는 것이 인생사는 데 훨씬 큰 도움이 되리라는 생각을 하게 된다.

20대 중반, 객지 생활의 어려움을 이겨내며 읽었던 책은 소설 『삼국지』였다.

등장하는 영웅호걸의 매력에 빠져 두어 달 밤잠을 설치기도 했다.

그 무렵 감명 깊게 읽어서 지금까지 기억에 남는 책은 『삼국지』 외에도 『쇼군』, 『명치유신』, 『쿼바디스』, 『여자의 일생』, 그리고 헤밍웨이의 단편소설 『노인과 바다』와 펄 벅 여사가 쓴 『대지』가 있다.

『노인과 바다』와 『대지』는 인생의 무상함을 표현한 작품들로, 삶의 과정에서 희로애락을 겪다가 한 줌의 흙으로 돌아간다는 이야기로 전개가 된다.

1931년 노벨문학상을 받은 펄 벅 여사의 『대지』는 조선 말 근대사와 흡사한 면이 있었고, 가족에 대한 의식이 우리 민족의 정서와 비슷해서 더욱 가슴 시리게 다가왔다.

줄거리를 간략히 소개하면,

청나라 시절, 시골의 가난한 농사꾼 집안에 아버지와 아들인 왕룽이 살고 있었다.

왕룽은 황 부자 집의 하인이던 '오란'이라는 여자와 결혼식을 올리면서 이야기는 시작된다.

신부의 외모는 보잘 것 없지만 지혜롭고 착실하며, 시아버지를 공경하고 부지런히 가정을 돌보며 남편을 도와 묵묵히 농사일까지 해낸다.

부지런하고 성실한 오란은 오전에 아이를 낳고 오후에는 잡풀인 피를 뽑는 억척스러움으로 남편과 함께 토지를 경작했다.

그 덕분에 돈이 모이기 시작했고, 왕룽은 대농이던 황 부자 집의 땅을 조금씩 사들이게 된다.

오란은 아들 둘을 낳았으나, 집안이 넉넉해질 즈음 가뭄이 계속되고 메뚜기 떼가 창궐해 기근이 들면서 온 마을이 굶주리게 된다.

결국 왕룽 가족은 남부 도시로 피난을 떠난다.

그곳에서 부잣집 처마 밑에다 낡은 천막을 치고 삶을 이어가는 왕룽은 인력거를 끌고, 오란은 구걸을 하며 아이들과 힘겨운 나날을 보낸다.

그 와중에 쌍둥이로 아들과 딸을 낳게 되는데, 딸은 지체 장애아로 태어난다.

이후 전쟁이 터져서 빈민들이 부잣집을 약탈하는 난리 통에, 오란은 어느 집에서 값진 보물을 발견하고 그것을 챙겨서 고향으로 돌아온다.

그 돈으로 황 부자네 땅을 더 사들이고 더욱 열심히 일하여서 왕룽은 넓은 토지를 가진 지주가 되어 소작인을 부리게 되고, '연화'라는 기생을 첩으로 들인다.

부자가 된 왕룽은 점차 농사일을 소홀히 하며 첩 연화에게 빠지고, 오란의 잔소리를 개의치 않게 된다.

시간이 흐를수록 토지는 늘어나고, 결국 왕룽은 황 부자 집 저택까지 사들이는 큰 부자가 된다.

그러나 오란은 육체적 고생과 마음의 상처로 세상을 떠나고, 그제야 왕룽은 오란의 소중한 존재를 깨닫는다.

그가 첩에 빠져 오란을 구박하던 때에도 그녀는 묵묵히 부엌일과 밭일을 하며 가족을 지켜 왔다.

늙은 왕룽은 첩 연화의 몸종이던 이화를 새로운 첩으로 삼아 말년을 보내게 되는데, 이화는 셋째 아들 왕싼이 좋아하던 여자였다.

그 일로 셋째 아들은 홧김에 아버지와 연을 끊고 집을 나가 버린다.

왕룽이 죽은 뒤, 게으른 맏아들 왕이는 두 명의 첩을 두고 아버지가 물려준 땅을 팔아가며 호화로운 생활을 하고, 둘째 아들 왕얼은 자기 몫의 땅을 팔아 상업으로 큰돈을 벌지만 인정이 메마른 인색한 인물이었다.

셋째 아들 왕싼은 아버지가 남긴 땅을 모두 팔아 군대를 이끄는 사령관이 된다.

결국 오란과 왕룽이 일평생 피땀 흘려 일군 대지는, 왕룽이 죽자 아들 셋의 손에서 모두 사라지고 만다.

작가 펄 벅은 1922년 8월, 모친을 잃은 뒤 이 책을 쓰기 시작했다.

어머니의 초상을 담아내고 동양인의 땅에 대한 애착을 녹여 냈으며, 토지는 무엇보다 중요하고 모든 생명의 원천이며 인간 삶의 희로애락은 땅에서 비롯되어 다시 땅으로 돌아간다는 메시지를 전한다.

결국 우리가 살면서 애써 쌓아 올린 모든 것은 죽음 앞에서 빈손이 된다는 이야기였다.

또 하나 더 소개할 책은 노벨문학상을 받은 위대한 작가 어네스트 헤밍웨이 작품 『노인과 바다』를 필자는 40여 년 전에 읽었다.

그런데 근래 학창 시절 문학과 교수님이 과제로 가장 감명 깊게 읽은 소설의 독후감을 써 오라고 하셔서 다시 한 번 이 작품을 접하게 되었다.

헤밍웨이는 이 소설을 1950년에 쓰기 시작해서 1952년 말에 출판하기까지 여러 차례 퇴고하며 완성했다고 한다.

그의 열정과 수고로움에 감사한 마음이 들었고, 컴퓨터도 없던 시절 글쓰기가 힘들었을 텐데 참으로 대단하다는 생각이 먼저 들었다.

필자는 여러 직업을 거쳐 왔지만, 작가들의 수고로움을 뼈저리게 느끼며 지금 이 글을 쓰고 있다.

이 작품은 인생이 무엇인지 묻고 답하는 교과서 같은 이야기로 전개가 된다.

마치 되바라진 기득권자들을 꾸짖는 듯, 1940년대 미국의 눈부신 경제 발전 속에 드러난 물질만능주의 폐해와 자본주의 사회의 타락을 빗대어 쓴 작품이란 생각이 들었다.

오랫동안 고기를 잡지 못했던 가난한 노인은 돛을 단 작은 조각배에 약간의 먹을 것과 낚시 도구를 싣고, 이글거리는 적도의 넓은 바다로 나간다.

큰 고기를 낚겠다는 기대에 부풀어 낚싯줄을 바다 속 깊이 드리운다.

종일 잡히지 않던 고기는 늦은 오후가 되서야 미끼를 물었는데, 크기가 배만큼이나 큰 청새치였다.

워낙 힘이 세고 큰 놈이라 끌어올릴 수가 없어 밤새도록 물고기에게 배는 끌려 다닌다.

다음 날에도 내리쬐는 뙤약볕 아래서, 어딘지도 모르게 물고기는 배를 끌고 다닌다.

지치고 힘에 부친 노인은 물고기와 대화를 나누기 시작한다.

마치 적과 마주 서서 악을 쓰듯 혼잣말을 내뱉는다.

"누구도 너를 먹지 않을 것이다. 그러나 오랜만에 잡힌 너를 살려 보낼 수는 없지."

사흘째 되던 날 아침, 결국 고기는 지쳐 끌려 나온다.

노인이 배고픔과 잠을 참아 가며 사흘 동안 버텨낸 쾌거였다.

전쟁에서 승리해 전리품을 챙기듯 그는 고기를 배에 단단히 묶고 집으로 돌아온다.

그러나 그 길에서 묶여 있는 고기를 상어가 공격한다.

노인은 잡은 고기를 지키기 위해서 작살과 창으로 죽을 힘을 다해 상어와 싸운다. 처음 공격해 온 놈들은 겨우 쫓아낸다.

잠시 숨을 돌리기도 전에 피 냄새를 맡은 다른 상어가 두 번째 공격을 해 온다. 이번에도 온 힘을 다해 싸워서 반쯤 남은 고기를 간신히 지켜낸다.

그러나 안도의 한숨을 쉴 틈도 없이 또 다른 상어 떼가 몰려온다.

이제는 대항할 힘조차 남아 있지 않다.

노인은 고기가 뜯어 먹히는 광경을 물끄러미 바라볼 수밖에 없다.

이틀 동안 물 한 방울 마시지 못한 채 굶주리며, 나흘 만에 겨우 항구에 도착했지만 남은 것은 살점 하나 없는 앙상한 물고기 뼈와 죽을 만큼 지치고 허기진 육신뿐이었다.

힘없는 늙은이는 아무도 없는 초라한 오두막에 쓰러져 눕는다.

그때 이웃집 소년이 약간의 먹을 것과 물을 들고 찾아온다.

노인은 바다에서 겪었던 무용담을 길게 늘어놓지만, 현실에 남은 것은 아무것도 없다.

그렇게 늙은 노구는 재물도, 먹을 것도 없이 쓸쓸히 생을 마감한다.

이 소설은 물질만능이 지배하는 자본주의 사회의 부질없는 욕심과 과유불급의 허망한 인생을 비유한 작품으로, 헤밍웨이의 삶과 정신이 치밀하게 계산되어 쓰인 글이 아닐까, 싶다.

세 번의 이혼으로 심신이 피폐해진 작가는 네 번째 부인과도 별거한 채, 낯선 쿠바의 작은 갯마을에서 『노인과 바다』를 집필하며 인생의 마지막 남은 생명의 불꽃을 사른다.

이 작품으로 노벨문학상을 받은 그는 62세의 나이에 비극적인 선택으로 생을 마감한다.

1974년 여름, 나는 세운상가 2층 모퉁이에 종이박스 두어 개를 깔고 하늘을 이불삼아 사흘을 잤다.

언제 밥을 먹었는지 기억이 가물거린다.

"아, 이 작은 몸뚱이 하나 건사하는 게 이리도 힘들단 말인가."

부모의 보살핌이 필요하던 열다섯 살 나이에 살기 위해서 객지를 떠돌던 나는 낯선 서울 땅 종로 한복판에서 운명처럼 한 사람의 도움을 받게 된다.

배고픔을 견디지 못하고 계단을 내려오다 다리가 휘청거렸고, 흐릿한 정신으로 무작정 눈에 띄는 아무 가게나 들어갔다.

들어서자마자 힘없는 어투로 말했다.

"아저씨, 먹을 것 있으면 좀 주세요. 배가 고파요."

50대 중반쯤으로 보이는, 눈 밑에 깨알만 한 사마귀가 있고 노련한 장사꾼다운 옅은 미소를 흘린 조용배 사장님은 종로3가에서 기념품 가게를 운영하고 있었다.

그는 물끄러미 나를 쳐다보더니 안 되겠다 싶었던지, 바로 옆 '감미옥'이라는 국밥집으로 데려가서 설렁탕 한 그릇을 시켜 주었다.

허겁지겁 먹고 나니 사정을 물어보기에 자초지종을 이야기했다.

중학교에 다닐 나이인데 일을 배우면서 학원도 보내 주겠다고 언약하며, 장사동 골목에 있는 그가 운영하던 움막 같은 공장으로 데려다주었다.

그렇게 인연이 되어 그 공장에서 기술을 배우게 되었고, 월급으로는 3,000원을 준다며 열심히 일하면 공부도 시켜 주겠다고 했다.

그러나 그 약속은 지켜지지 않았다.

새벽에 일어나서 열세 명의 아침밥을 해야 했고, 매일이 야간작업이라 밤 열한 시가 되어서야 일이 끝났기 때문이다.

절박했던 시절에 처음 만난 사람의 도움에 의지해서 살아야만 했고, 무슨 일이든 시키면 해야 목숨을 부지할 수 있었다.

당시에는 심신이 괴로워도 도움을 요청할 곳이 없었다.

지금처럼 인권이라는 말도 없었고, 정부나 국가가 가난을 구제해 줄만한 형편도 아니었으며, 심지어 아사자가 나오는 시대였다.

가내 수공 작업장에서는 기술자들이 '시다발이'라 불리던 보조원들을 손에 잡히는 연장으로 사정없이 때리곤 했다.

그 연장은 주로 일제 시대부터 써 오던 도구들이었는데, 가이쟁끼(도르래)나 야수리(쇠줄)로 머리나 어깨를 내리치기도 했다.

괴로워도 갈 곳도, 의지할 곳도 없이, 오직 내일을 기약하는 수밖에 없었다.

먹을 것이 변변치 않으니 키도 크지 않았고 몸도 왜소했다.

어린 나이에 잘 먹고 돈도 모아야 했지만, 당장 한 끼 때우는 것조차 버거운 처지였다.

죽을 각오로 살아야 했기에 돈은 쓸 줄도 몰랐고, 몇 푼이라도 모아서 이 고통에서 빨리 벗어나고 싶은 생각뿐이었다.

그렇게 바쁜 세월이 3년이나 흘러갔다.

이제 와서 돌이켜보니 어린 시절 피눈물 나게 서럽던 사연들이 결국 나를 곧게 일으켜 세운 기둥이었지 모른다.

"공든 탑이 무너지랴."라는 말은 그 시절을 버틴 한 맺힌 교훈이었다.

피땀 흘려 모은 재물은 쉽게 사라지지 않는다.

결핍 속에서 갈망하고 절실히 원했던 사람만이 결국 바라는 바를 성취하게 된다.

궁핍을 모르는 자는 성공의 기쁨을 알기 어렵고, 인생의 참맛도 느끼기 힘들 것이다.

3 욕심, 그리고 빈손

노년에 접어들어 돌아보니, 나처럼 돈 쓸 줄 모르는 사람이 재물을 지나치게 모으면 결국 재산 관리만 하다가 생을 마치게 될 수도 있겠다는 생각이 든다.

젊었을 때는 자린고비처럼 절약하며 살아도, 어느 정도 형편이 나아지면 돈도 좀 쓰고 맛있는 것도 먹고 여행도 다녀야 한다.

나이 들어서까지 재물만 긁어모은다면 그것 또한 실패한 인생일 수 있으니, 생각을 바꿔야 한다.

고생해서 돈을 번 부자가 아끼기만 한다면, 자칫 노년에 부유한 자본의 노예가 되어 돈만 세다 죽는 신세가 될 수도 있으니, 그것은 참으로 통탄할 일이 아닐 수 없다.

평생 절약만 해 온 습관을 바꾸려 애써 보지만, 고기도 먹어 본 놈이 먹는다고 돈 쓰는 일도 쉽지가 않다.

강남에 사는 천 억대 부자가 주차장 경비원 월급 주기가 아까워서 직접 경비를 섰더니, 상가 세입자들이 사장님이라 부르지 않고,

"김 씨, 차 빼요." 차 빼, 하더라는 우스갯소리가 있다.

필자 역시 크게 재물은 없지만, 몇 해 전부터 돈 버는 일은 멈추고 글 쓰고 공부하며 캠핑도 다니면서 인생을 의미 있게 보내려 노력하고 있다.

한 십 년쯤 뒤에는 아들과 손자, 할아범이 함께 배낭 메고 세계 곳곳을 여행하는 꿈을 꾸면서 여섯 살 손주가 빨리 자라 주기를 기다리고 있다.

인생이란 것이 일상에서 소소한 즐거움을 찾아야지, 뜬금없이 큰 행복을 맛볼 기회는 그리 많지 않을 것이다.

살다보면 나에게 다소 불이익이 있는 일이 있을지라도 사회와 이웃을 위해서 참고 인내해야 마음도 편하고 스스로도 불행이 덜 할 것이다.

앞집이 조금 시끄럽다고 곧바로 민원을 넣기보다는 참아야 하고, 이웃 논에 물을 대고 있을 때에는 급해도 조금 기다려 주는 미덕 같은 거 말이다.

우리는 종종 극단적인 자기중심적 시각으로 세상을 바라보며, 좁은 식견과 편파적인 잣대로 사물을 판단한다.

나와 의견이 다르면 척결의 대상이나 경쟁상대로 여기기 쉽다.

중도가 좋다고 하면 우유부단하다고 오해받기 쉽지만, 중도와 중용은 다르다.

중용이란 지나치지도 모자라지도 않으며, 한쪽으로 치우치지 않고 정도를 지키는 상태를 말한다.

교육은 배려와 협력을 중심으로 이루어져야 한다.

경쟁과 배척, 자기중심적 사고로 인격이 형성된다면 사회는 분열과 투쟁으로 치닫게 되고, 풍요롭지만 늘 부족하여서 서로 다투며 괴로운 나날을 보내게 될 것이다.

자본주의가 낳은 물질만능의 폐단 속에서 착취당하는 노동자들이 있음에도, 부귀와 영화는 게으르고 무능한 자들이 누리는 현실은 안타깝기 그지없다.

나라 살림을 속이 검은 탐관오리들에게 맡기는 것은 생선을 고양이에게 맡기는 꼴이지만, 혹시나 양심의 가책을 지닌 자가 있을까 기대해 볼 뿐이며, 그들의 선심성 정책에 놀아나는 우둔한 국민이 없기를 바랄 뿐이다.

부지런히 모아서 주머니가 두둑해야 그들의 얄팍한 낚시에 걸리지 않는다.

돈은 본분을 알고 분수에 맞게 써야 하며, 버는 것보다 적게 지출해야 한다.

돈은 돌고 도는 것 같아도 내 주머니를 떠난 돈은 다시 돌아오지 않으니, 최대한 절약하며 살아야 비로소 부자가 될 수 있다.

역설적으로 현대 사회에서 물질이 정신을 지배하는 모순을 묘사한 작품으로,

1926년 미국 잡지에 실린 D. H. 로렌스의 단편소설을 소개 하자면,

『The Rocking-Horse Winner』 (회전목마의 승리자) 가 있다. 이와같이 미국의 중상류층 가정집에서 아버지는 고급 공무원이고, 씀씀이가 매우 큰 가정주부 어머니는 매일 고가의 물건을 사 나르고 버리기를 반복한다.

돈이 부족한 어머니는 아이 앞에서 늘 "돈이 필요해."를 입에 달고 산다.

어머니의 사랑이 필요한 폴은 돈을 벌어서 엄마의 환심을 사려고 삼촌에게 어떻게 돈을 버는지 묻고, 일등 말을 맞히면 돈을 벌 수 있다는 말을 듣는다.

어린 폴은 자신의 2층 방에서 미친 듯이 목마를 타고 구르곤 했다.

정신이 혼미해질 즈음이면 1등으로 들어오는 말이 흐릿하게 머릿속에 떠오르는 신통력이 있는 아이였다.

일등으로 들어올 말을 삼촌에게 알려주면, 삼촌은 경마장에서 돈을 따 폴이 베팅한 만큼 나눠 주었다.

폴은 그 돈을 어머니에게 건넨다. 어머니는 몹시 기뻐했지만 출처는 묻지 않았다. 사실은 알고 있었지만 모르는 척했다.

어느 날 큰 상금이 걸린 중요한 경마가 있었다.

폴은 여느 때보다 목마를 더욱 힘차게 굴렸다.

정신이 혼미한 상태에서도 확실한 우승 말을 알아내기 위해 멈추지 않고 계속 구르다가, 그만 입에 거품을 물고 목마에서 굴러 떨어져 쓰러지고 만다.

한나절이 지나도록 보이지 않는 폴을 어머니가 찾아 나섰고, 2층 방에서 죽어 있는 아들을 발견한다.

어머니는 슬퍼하기보다 이제 돈을 어떻게 벌지, 누가 돈을 벌지를 혼잣말로 되풀이했다.

삼촌 역시 폴의 죽음을 안타까워했지만, 그의 속마음 또한 돈에 가 있었다.

경쟁하는 사회에서 평범한 사람으로 살아간다는 것은 참으로 어렵다.

그러나 작은 것에도 즐거워하고 만족할 줄 아는 삶이야말로 결국 가장 행복한 생활이 될 수 있다.

큰 재물을 모아 어디에 쓰려고, 무엇에 쓰려고 하는가.

부유한 노예보다 가난해도 마음이 부자인 편이 낫지 않을까.

배부른 소리일 수도 있지만 인생이란, 욕심이 끝이 없기 때문이다.

과유불급이라는 말이 있듯, 과도한 욕심으로 쓰지도 못할 것을 모으기만 하다가는 속병 나서 죽을 것이다.

인생은 한 번뿐이니 지나치게 악착같아도 안 되겠지만, 그렇다고 노력하지 않고 남의 것을 탐해서도 안 된다.

어느 호스피스 병실의 의사는 죽음을 천 번 이상 목격했는데,

부자와 가난한 사람, 죄지은 사람과 많이 베푼 사람, 모두들 죽음 앞에

서는 똑같이 받아들이기 어렵다고 했다.

욕을 하며 마음을 내려놓지 못하는 사람도 있고, 어떤 이는 평온한 마음으로 가족과 사랑의 작별을 하기도 한다.

한 가지 분명한 것은, 언제 죽을지 모르니 살아 있을 때 오늘 만나는 사람에게 내일은 못 볼 사람인 것처럼 친절히 대하고, 오늘을 내 생의 마지막 날처럼 살아야 한다는 것이다.

지난날 나는 힘겹게 세상과 맞서 싸워 왔다. 무엇보다 가족을 부양해야 했기에 정신적 압박도 컸다.

상황이 어떻든 간에 매달 생활비를 마련해야 했고, 그것은 막중한 가장의 책임이었다.

그 짐에서 벗어나기 위해 더욱 애쓰며 살아왔다.

살아 있는 모든 것은 빈손으로 왔다가 빈손으로 가는 공수레 공수거인데, 왜 죽을 때가 되어서야 정신이 이렇게 느슨해지는지 확실히는 모르겠다.

우리 동네 화성에 얼마 전에 화장터가 생겼다.

자동차로 20분 거리인데, 이승에서 저승으로 가는 시간은 불구덩이에 들어가 45분이면 한 줌의 재가 된다.

비용은 16만 원, 외지인은 백만 원을 받는다는데 주민이라고 싸게 해준단다.

관을 통째로 밀어 넣고 커피 한 잔 마시고 나면 이승의 모든 과정은 끝난다.

이렇게 허무하게 사라지는 것이 아쉬워서 작은 흔적이라도 남기고자 이렇게 책을 쓰고 있는지 모른다.

그보다는 요즘 사람들이 너무 의미 없이 세월을 보내는 것 같아서 그동안 살면서 느끼고 경험한 것들을 기록하고 싶었고, 부모 세대가 겪었던 어려운 시절을 젊은이들에게 전하고 싶기도 했다.

끝으로 공자는 인생의 세 가지 계획에 대해 이렇게 말했다.

"일생의 계획은 어릴 때 세워야 하고, 일 년의 계획은 봄에 세워야 하며, 하루의 계획은 이른 새벽에 세워야 한다."

어려서 배우지 않으면 늙어서 아는 것이 없고, 봄에 밭을 갈지 않으면 가을에 수확할 것이 없으며, 새벽에 일어나지 않으면 그날 할 일이 없게 된다.

2026. 3.

끝까지 읽어 주셔서 대단히 감사합니다.

삶에 대한 생각,

저자 正甛 양태승

끝으로 정 암의 삶에 대한 생각을 공유하신 독자께 감사드리며 묵자가 전한 삶의 지혜, 인간관계의 가르침을 함께 배웁니다.

* 지혜로운 사람은 때와 장소, 그리고 사람을 가릴 줄 안다.

* 아첨하는 사람을 곁에 두지 않는다.

* 겸허한 태도로 마음을 열고, 자만하지 않으며 남을 함부로 비평하지 않는다.

* 상대방의 자존심을 짓밟는 논쟁을 피한다.

* 자신을 비워야 상대를 담을 수 있다. 교만하면 아무것도 담을 수 없다.

* 소인에게 맞서는 기술과 피하는 기술이 필요하다. 가능하면 건드리지 말고 피하라.

* 자신의 재능을 지나치게 드러내지 말라. 질투를 부르니 감추는 것이 지혜다.

독자에게

이 책을 끝까지 읽어 주신 당신께 진심으로 감사드립니다.

이 글들은 정답을 말하기 위해 쓰인 것이 아니라,

제가 살아오며 수없이 흔들리고 넘어지면서 스스로에게 던졌던 질문의 기록입니다.

삶은 누구에게나 공평하지 않고,

노력했다고 해서 반드시 보답을 주지도 않습니다.

그럼에도 불구하고 인간은 매일 선택해야 하고,

그 선택의 결과를 스스로 감당하며 살아갑니다.

저 역시 특별한 사람은 아니었습니다.

부족했고, 늦었고, 여러 번 실패했습니다.

다만 포기하지 않고, 최소한 사람답게 살고자 애써 왔을 뿐입니다.

이 책에 담긴 생각과 경험이

당신의 삶에 정답이 되기를 바라지는 않습니다.

다만 길을 잃었을 때 잠시 멈춰 서서

스스로에게 묻는 계기가 되기를 바랄 뿐입니다.

인생의 끝에 무엇을 쥐고 가느냐보다 중요한 것은

어떻게 살아 왔느냐 일 것입니다.

얼마나 가졌는지가 아니라,

얼마나 부끄럽지 않았는지가 남습니다.

부디 남의 시선에 자신을 맡기지 말고,

다른 사람의 삶을 대신 살지도 마십시오.

당신의 인생은 오직 당신의 것이며,

그 누구도 대신 살아줄 수 없습니다.

하루하루를 성실하게 살다 보면

어느 순간, 특별하지 않아도 괜찮은 삶이

가장 단단한 삶이었다는 것을 알게 될 것입니다.

이 책이 당신의 인생에

조금이나마 보탬이 되었기를 바랍니다.

고맙습니다.

— 저자 씀

삶에 대한 생각

1판 1쇄 발행 2026년 3월 18일

저자 正嵒 양태승

편집 김다인

펴낸곳 (주)하움출판사　　**펴낸이** 문현광

이메일 haum1000@naver.com　　**홈페이지** haum.kr
블로그 blog.naver.com/haum1000　　**인스타그램** @haum1007

ISBN 979-11-7374-3542(03810)